내 직업을 소개합니다 2

리얼 스토리 1

차례

프롤로그

────────

인생을 살면서 가장 큰 축복 중에 하나는 나와 잘 맞는 일과 직업을 만나는 것이라고 생각합니다. 나와 매우 긴 시간을 함께하며 그 안에서 다양한 삶의 희로애락을 느낄 수 있기 때문입니다.

15년간의 직장 생활을 마감하고 1인 기업으로 사업을 시작한 지 2년차가 되었습니다. 처음 해보는 사업이기에 힘도 많이 들었고 다양한 시행착오를 거치면서 지금의 자리에 와 있습니다. 저는 매일 블로그에 글을 쓰고 책을 만들고 강의와 모임 및 다양한 프로그램들을 기획하고 있으며 1인기업협회를 운영하고 있습니다. 전자책과 종이책을 모두 해서 60권 정도 냈고 작가 강사 1인 기업가가 되고 싶어 하는 분들에 도움을 주는 일을 하고 있습니다.

1인 기업으로 사업을 하면서 다양한 직업을 가진 분들과 인연이 되었습니다. 주변에 다양한 직업을 가진 분들이 많았고 책 관련 일을 하고 있었기에 우리의 다양한 직업을 필요한 누군가에게 알리고 싶다는 마음이 들었습니다. 자신의 일과 직업에 대해 많은 분이 자부심과 가치를 갖고 있었기에 그것들을 표현하고 싶었습니다. 또한 우리의 길을 가려는 분들이 많다는 것을 압니다. 이런 이유들로 청소년, 대학생, 취준생 분들에게 현실적으로 직업 선택에 도움이 될 다양한 직업의 현실적인 이야기를 담은 공동 저서를 기획하게 되었습니다.

모든 일에는 빛과 그림자, 장점과 단점 그리고 음과 양이 있기에 좋은 면도 있을 것이고 나쁜 면도 있을 것입니다. 1인 기업을 시작하기 전 여러 직업을 거치면서 다양한 이유로 인해 힘들고 어렵게 들어온 직장을 금방 그만두는 사람들을 보며 안타깝다는 생각이 들었고, 회사와 본인 모두에게 시간과 에너지 낭비라는 생각이 들었습니다.

밖에서 보는 것과 안에 들어가서 실제로 내가 해보는 것에는 큰 차이가 있습니다. 저는 직업 선택에 있어 고민을 하는 분들에게 실제로 그 직업을 가진 사람들이 그 직업을 갖게 된 이유 사연, 그 직업을 갖기 위해 한 공부와 만난 사람들, 그 직업의 현실적인 장점과 단점 그리고 비전들에 대해서 진솔하게 담을 수 있는 책을 만들고 싶었습니다. 그것이 인생을 먼저 산 선배이자 어떤 직업을 먼저 경험한 사람들이 해야 할 역할이라는 생각이 들었기 때문입니다.

이 책을 통해 다양한 직업을 소개하고 우리들의 직업을 원하는 분들에게 현실적으로 유익한 도움이 되는 길잡이가 되었으면 하는 마음입니다. 또한 힘들게 들어간 직장을 금방 그만두는 사람들이 줄어들었으면 하는 바람입니다. 책을 만들면서 저 또한 저의 직업의 의미와 비전을 생각해보는 귀한 시간이 되었고 함께 공동 작업을 한 대표이자 작가님들도 모두 같은 마음이었을 것이라고 생각합니다.

귀한 책을 세상에 나오게 도와주신 출판사 숨 차여진 대표에게 감사의 말을 전하고 함께 집필 작업을 해주신 29분의 작가님들에게도 감사의 인사를 전합니다. 또한 귀한 추천사를 남겨주신 홍석기 교수님과 김형환 교수님께 깊은 감사의 말을 전합니다.

아울러 이 책을 통해 많은 분이 정말 자신이 하고 싶은 일, 좋아하는 일을 하면서 성장하고 인생을 재미있고 즐겁게 살았으면 하는 마음입니다.

1인기업협회 나연구소그룹 대표
우경하 드림

김형환 교수

혁신적이고 창의적인 기발한 성과물

2019년 8월 우경하 대표님을 처음 뵈었을 때가 생각이 나네요. 일에 치어 자신을 찾고 싶다며 상담을 요청하실 때만 해도 그냥 고민 많은 직장인이었다고나 할까요? 지금의 열정 가득한 용기 넘치는 모습은 솔직히 찾아보기 힘들었습니다. 그 이후의 과정을 함께하며 우경하 대표님의 놀라운 강점들을 바라보게 되었습니다. 한 사람의 변화라기 보다는 내재되어 있는 자신의 보석을 하나씩 들어내어 찍어 가공하며 기회로 만드는 모습에 놀라움을 금하지 않을 수 없었습니다.

그의 비전을 1인기업협회로 단숨에 시작하는 실행은 지금도 기억에 생생합니다. "도대체 누구와 함께 하려고?" "무엇을 어떻게 시작하려는 걸까?"라는 걱정과 의심은 그의 실행력 앞에 눈 녹듯 사라지고 한 사람, 한 프로젝트, 한 계단, 한 열정으로 채우는 한 모습들에서 성공을 예감할 수밖에 없었습니다. 다양한 분들의 의기투합은 세상을 바꿀 듯 혁신적이었고 그 한 분 한 분과의 밀접한 관계는 가족과도 같았습니다. 더욱이 그분들과 함께 시작한 직업을 소개하는 책 작업은 아무도 생각지 못한 창의적인 제안이자 모두를 승자로 만드는 기발한 전략일 수밖에 없습니다.

직업을 영어로 표현한 단어 중 하나가 바로 Calling입니다. 직업은 어쩌면 이미 나에게 주어진 소명일 수도 있습니다. 하지만 많은 분들 특히 청년들은 자기만의 기준도 아닌 보편적이고 사회적인 오해를 기준으로 삼다가 제때 일을 선택하지도 못하고 시간을 지지부진하게 보내는 경우가 많습니다. 돈이 안 된다는 직업? 일이 많다고 하는 직업? 위험하다는 직업, 남에게 표현하기 어려운 직업? 부모님의 체면에 손상이 간다고 하는 직업 등의 복잡한 편견이 일에 대한 오해를 낳기도 합니다. 이런 상황에서 자신의 직업에 관한 경험과 의미 그리고 비전을 나눈다는 것 자체 만으로도 이 시대에 한 줄기 희망을 보여주는 것이라고 생각합니다.

이 책을 통해 세상을 바꿀 의미 있는 직업의 주인들이 더 큰 자존감을 갖고 더 많은 사회적 가치를 만들어낼 것임을 믿습니다. 우경하 대표님 한 분의 꿈으로 시작한 이 사업이 더 많은 우경하를 만들며 행복하고 자유로운 1인기업들의 귀한 출발점이 될 것입니다.

1인기업협회 화이팅!

__ **김형환**

1인기업CEO 실전전략스쿨 주임교수, 스타트경영캠퍼스 대표, 전 한국능률협회 컨설팅, 한국무역협회아카데미 교수. 저서 『죽어도 사장님이 되어라』, 『1인기업과 미래트렌드』, 『CEO 위기보다 강해져라』

010-8410-2199 | kimhhcn@naver.com

홍석기 교수

베스트 셀러보다 좋은 책

쇼펜하우어는 그의 저서 『문장론(文章論)』에서 "독자들의 시간과 돈을 아깝지 않게 쓰라"고 했습니다. 서점 나들이를 하면서 책을 고를 때 실망할 때가 많습니다. 특히, "베스트셀러"라고 올라 온 책들 중에 베스트가 아닌 책들을 발견하는 경우엔 작가 이름과 경력을 다시 살펴보면서 실망을 합니다. 일부 정치인이나 대학 교수들이 쓴 책 중에 쓸모도 없고 별 볼 일 없는 글이 너무 많습니다. 책을 만드는 데 쓰인 나무가 아깝기도 하고, 서점을 오염시킬 뿐만 아니라 독자들의 마음에 상처를 주는 듯한 느낌이 듭니다. 순수하고 진솔한 글이 나오기를 기다리고 있었습니다.

"코로나 대유행(Corona Virus Pandemic)"이 전 세계인들에게 고통과 피해를 주면서 많은 사람들이 "정신적 건강의 위기(Mental Health Crisis)"에 빠지고 있다고 합니다. 이럴 때 바로 필요한 것이 "정서와 감정의 안정적 관리"가 아닌가 생각하는 바, 그 비결은 독서, 글쓰기, 그리고 음악 감상이라고 합니다. 베토벤이나 모차르트의 아름다운 피아노협주곡을 들으며, 러셀의 철학이나 고흐의 편지를 읽으면서 "인문 예술의 향연"을 즐긴다면 이보다 더한 행복이 어디 있겠습니까?

때를 같이 하여 우경하 작가님께서 글을 쓰고자 하는 분들을 모아, 멋진 작품을 내신다고 하니 얼마나 반갑고 감사한지 모르겠습니다. 많은 분의 원고를 읽으며 감탄을 했습니다. 이름 없는 작가들이 처음 쓰는 글이라 어설플 거라고 했지만, 꾸밈없이 순수한 마음으로 쓴, 최고의 글이라는 생각이 들어 단숨에 다 읽고 다시 읽었습니다. 청소년, 대학생, 취업을 준비하는 분들을 위해 다양한 직업을 가진 분들의 현실적인 내용과 경험을 골고루 담아, 직업 선택에 유익한 도움을 주고자 했다는 우경하 작가의 집필 의도와 철학에 감동을 받았습니다.

　글을 쓰고 싶은데 용기가 나지 않거나, 책 한 권 내고 싶은 갈증을 느끼는 분들을 모아 "멋진 책" 한 권 내자는 일념으로 시작한 "아마추어들의 책 쓰기" 작업은 성공입니다. 부사 형용사로 꾸미려 하지 않고, 앞뒤 가리지 않으면서 순수한 생각과 경험을 나열한 이 책의 모든 글은 "최고의 문장력을 자랑하는 명문(名文)"이었습니다.

　인생 조율사로 살고 싶다는 피아노 조율사의 글을 읽으며, 쇼팽과 브람스의 피아노 협주곡을 좋아하는 필자는 집에 있는 피아노가 어떻게 이렇게 아름다운 소리를 낼 수 있는지를 다시 생각했습니다. 30년 동안 지구 30바퀴 거리를 달리며 7만여 대의 피아노를 조율하고 수리하면서 각 가정마다 "인생을 조율해야 한다"고 강조하는 작가는 기능사의 열정과 소통이 왜 중요한지를 너무나 잘 설명하고 있습니다. 저도 이제부터 인생의 하루하루를 조율하고 조정하면서 수시로 값진 삶이 되도록 살겠습니다.

　지겹고 어려워서 읽기 싫은 책을 즐거운 놀이로 전환하여 어린이들이 책에 빠질 수 있도록 한 "책 놀이 프로젝트 전문가"의 글을 읽으며, 지금까지 자녀와 이웃들에게 얼마나 무식한 방법으로 책을 읽어야 한다고 강조를 하고 있었는지 반성을 합니다. 다양한 직업을 거치면서 자기를 발견하고 후회를 하고, 또 다른 길을 찾은 직업 상담사의 글은 더욱 많은 분들에게 구체적인 지침을 주고, 실수와 오류가 반복되지 않도록 도움을 줄 것입니다.

더 많은 글들이 엮이고 더 좋은 생각들이 표현되고 생성되어, 누군가에게 큰 지침이 되기를 기대합니다.

303명의 작가들을 인터뷰해서 쓴 책 『작가라서(파리리뷰 刊)』 중에 "내 책을 세 명만 제대로 읽어 준다면 충분하다"는 글귀가 떠오릅니다.

__ 홍석기

코리안리 재보험 근무, 한국강사협회 회장 역임, 대학 강사, 기업교육 전문강사

저서 『오늘도 계획만 세울래』, 소설 『시간의 복수』 외 4권, 번역 『글로벌 코스모폴리탄』 외 2권

010-6398-1251 ㅣ skhong33@naver.com

각자의 영역에서 최선을 다하는 전문가들의 진솔한 이야기가 그 길을 걸어갈 후대의 누군가에게 등불이 되어주리라 생각합니다. 오래오래 등불이 되어 길을 밝혀주는 책이 되길 기원합니다.

버터플라이인베스트먼트 신태순 대표
entrepreneur@kakao.com

청소년, 대학생, 그 외 취업 준비생의 필독서가 될 "30인의 리얼 직업 스토리" 출판에 즘하여 공동 저서에 참여한 1인 기업인과 출판에 총괄 지휘를 한 우경하 대표께 감사를 드리며 만연한 취업난으로 힘들어하는 모든 이들에게 소망의 책으로 베스트셀러가 될 것을 직감하며 적극 추천하는 바입니다.

디지털노마드세상 이기인 대표
010-3950-1189 | pacificsp@naver.com

한 분 한 분 소중한 자신만의 삶의 스토리. 직장과 사업의 영역, 직업인으로서의 경험과 노하우를 이렇게 진솔하게 표현하기는 쉽지 않을 것이다. 현장의 이야기를 경험을 통해 진솔하게 풀어낸 우리 모두의 이야기가 여기에 있다. 새로운 길을 시작하는 분들은 꼭 읽어야 할 책이다.

생따연구소 김일 대표
010-2223-8024 | ik66@naver.com

쉽게 경험해 볼 수 없는 다른 분야 전문가들의 생생한 현장 스토리와 그들만의 노하우를 간접 체험할 수 있는 책이다. 사회생활을 시작하는 청년들, 새로운 삶에 도전하는 장년들, 100세 시대의 인생 2막을 준비하는 중년들 모두에게 도움이 될만한 책이라 확신한다.

딱쉬운마케팅 우주보스 김민욱 대표
010-4511-4447 | woojooboss@naver.com

이 책은 오롯이 세상을 향해 빛이 되고자 하는 소명을 띤 다양한 직업인 30인이 분야별 전문성과 자신이 가지고 있는 경험과 노하우를 공개하며 감동시켰다. 읽을수록 가슴에 와닿는 생생한 경험과 작가들의 비전을 응원하며, 이 책을 통해 읽는 이들에게 일과 삶의 의미와 가치를 찾아가는 데 충분한 참고서가 될 것이다.

인생디자인학교 인생코치 한만정 교장
010-9003-7939 | mchan403@hanmail.net

이 책은 주어진 대로 사는 것을 넘어서 스스로 자기 일을 만들어 나아간 분들의 진솔하고도 담백한 이야기들이 펼쳐진 책이다. 각자의 다른 삶의 여정 속에서 생생한 직업의 다양한 이야기가 펼쳐지기에 나만의 일을 찾고 있는 이들에게 반드시 필요한 책이다.

브랜딩포유 장이지 대표
070-4101-8253 | brandingforyou100@gmail.com

직업은 사라지기도 하고 변하기도 한다. 미디어 세대에 청소년의 관심을 끌 수 있는 직업과 좋아하는 일을 선택해서 열정적인 삶을 살아가는 작가님들이 삶! 그 삶을 통해 다양한 시각으로 직업을 바라보고 인생을 배울 수 있는 책이다. 무엇을 해야 할지 몰라 방황하는 청소년들에게 직업을 소개하고 마음을 다독여주는 따뜻한 선물과도 같은 책이다.

꿈키움고찌허게교육원 한미경 대표
010-7754-5841 | amore-jeju@naver.com

제가 읽은 책 중에 제 인생을 바꿀만큼 큰 영향을 준 책이 고등학교 때 읽었던 〈일본의 직업〉이라는 책이었어요. 그 책을 읽고 세상에는 내가 알고 있는 것보다 훨씬 더 다양한 직업이 있다는 것, 세상이 아주 넓다는 것을 알고 '우물 안 개구리'처럼 살고 있는 자신에 대해 많은 생각을 했어요. 이 책이 많은 이들에게 넓은 세상, 다양한 직업을 보여주는 길잡이가 될 것이라고 확신합니다.

생각연필 오애란 대표
010-2568-1811 | aspi919@naver.com

사회 각층의 전문인들이 하모니를 이루어 글을 쓰는 일은 매우 가치 있는 일이다. 이들의 인생이 책이 되는 순간, 1인기업협회의 초석이 되고 역사가 될 것이다. 1인 기업가에게 교과서 같은 책이 되길 바라며 기쁨으로 일을 감당하는 우경하 대표께 진심으로 존경하는 마음을 보낸다.

윈윈시대 윤숙희 대표
010-9873-2557 | mss4007@naver.com

직업과 직장을 선택하는 데 있어 다양한 업종을 먼저 만나고 간접적으로 체험하는 것은 중요한 일이다. 팬데믹 코로나19의 영향으로 많은 직업이 사라지는 시기가 앞당겨졌다. 사라짐과 동시에 새로운 직업들이 생겨난다. 앞으로 어떤 직업들이 살아남을까?
먼저 생생하게 경험하고 체험한 30명의 직업을 가진 작가들 이야기를 통해 직업 선택에 후회가 없고 N잡러의 삶을 살아가는 데 있어 도움이 되리라 확신한다.

한국십시일강예술교육협회 김형숙 대표
010-4719-7932 | suki2024@naver.com

자신이 좋아하는 일, 하고 싶은 일을 할 때 가장 행복하다고 생각합니다. 앞으로 하고자 하는 일, 현재 하고 있는 일이 방향을 잡을 수 없을 때 이 책을 꼭 읽어 보라고 권하고 싶습니다. 끊임없는 시도와 도전은 '나'를 찾아가는 방향을 제시할 겁니다.

다양한 일과 직업을 접한 30인의 피와 땀과 눈물이 담긴 이 책. 독자들의 인생 길잡이가 될 것이라 믿습니다. 1인기업협회 우경하 대표님의 추진력과 선한 영향력에 늘 감탄하며 배우고 있습니다.

그 진실성과 진정성은 이 책에 고스란히 담겨 있습니다. 독자 여러분이 선택한 일과 직업. 하늘을 높이 나를 수 있는 미래를 힘차게 응원하겠습니다. 감사합니다.

GI에듀 김규인 대표
010-7121-9030 | vnfvnf1113@naver.com

진로를 고민할 때 우리는 많은 고민을 합니다. 이 책은 먼저 걸어간 인생 선배님의 다양한 직업 이야기가 한 분 한 분 자세하게 담겨 있어 직업에 대한 사고를 확장시켜 줄 수 있을 것입니다. 어떤 진로 결정이 잘했고, 못한 것은 없습니다. 여러분이 선택한 현재의 일을 사랑하게 되길 기원하며, 고민에 도움이 되는 책이 되길 바랍니다. 기억하세요. "여러분들 모두가 각자 한 권의 소설입니다."

꿈실현연구소 서혜은 대표
shecutty@naver.com

자신감의 날개를 달아주는
나는 아나운서 출신,
스피치 강사다

김옥진

 어렸을 때부터 부끄럼이 많고 남 앞에서 말하기를 아주 싫어했다. 그랬던 내가 웅변을 배우면서 용기를 가지고 변화하기 시작했다. 그것을 계기로 웅변대회에 나가 최우수상을 받고 사람들의 환호성을 받으며 자신감을 키워나갔다. 선천적으로 말을 잘하는 사람이 아니었던 내가 마음먹고 변화하며 성장하고 꿈을 이뤄간 과정에서 이런 고민을 가지고 있는 이들에게 도움을 주고 싶다는 생각을 했다. 아나운서의 꿈을 이루고 스피치 강사가 되기까지의 여정에서 배운 나만의 노하우를 도움이 필요한 분들께 "자신감의 날개를 날아드리자"라는 사명으로 스피치 교육전문가로서 한 길만을 걸어가고 있다. 이 책을 통해 아나운서, 스피치 강사는 어떻게 되며, 이 직업의 꿈을 가지고 있는 이들에게 도움이 되길 바라는 마음에서 용기를 주고, 현실적인 조언을 해주고 싶었다.

먼저, 자기 계발은 할 수 있다는 자신을 믿고 변화, 성장을 위해 꾸준히 나아가야 한다. 그러면 원하는 성공은 따라오게 되어있다. 변화, 성장, 성공을 위해 후회 없이 노력하자!

__ 김옥진

- 찐 스피치커뮤니케이션 대표(1인 기업)
- 보이스, 스피치, 면접 분야 전문 강사
- 아나운서, 스피치 교육원 전임 교수
- 전)현대 기업 사내 아나운서
- 전)울산 시청, 시의회 아나운서
- 전)필리핀 KIB7 한인 방송 앵커

freeoj815@naver.com
https://blog.naver.com/freeoj815
youtube: 김옥진의 찐 스피치커뮤니케이션
010-4876-8439

자신감의 날개를 달아주는
나는 아나운서 출신,
스피치 강사다

나는 이렇게 아나운서에서 스피치 강사가 되었다

어렸을 때 한 번쯤은 생각해본 장래 희망이 있었을 것이다. 나는 학교 놀이를 하면 항상 선생님 역할을 하는 것을 좋아했다. 그래서 어렸을 때 꿈은 아이들을 가르쳐주고 함께하는 선생님이었다. 그러나 성격이 굉장히 부끄러움이 많아 낯을 많이 가리고, 낯선 사람이 인사를 하면 엄마 뒤에 숨기 바빴다. 그래서 할머니께서 오죽하면 "암 삐"라는 별명을 지어주셨다. 이 뜻을 사전에서 찾아보면 "암띠다"라는 수줍음이 많음을 뜻하는 말인데 여기서 말을 약간 변형해서 별명을 만드신 듯하다. 그만큼 지금 스피치 강사를 하고 있는 것은 상상도 할 수 없을 정도로 내성적이고 말이 없는 아이였다. 그랬던 내가 어떻게 아나운서를 하고 스피치 강사가 되었는지 나의 어린 시절을 돌이켜보면 참 신기할 따름이다. 하지만 성향을 변화하기 위해 그동안 어마한 노력을 많이 했다. 그러나 지금 생각해보면 성격은 변하지 않지만 성향은 변할 수 있다는 것을 깨달았다. 성격은 가지고 태어나는 선천적인 부분이 있지만 성향은 살아가면서 배우고 접하는 환경, 만나는 사람에 따라 얼마든지 바뀔 수 있다.

초등학교 시절, 어머니께서는 너무 숫기 없고 부끄러움이 많은 딸래미가 걱정이 되셨는지 학교 옆에 있는 웅변학원을 데리고 가셨다. 지금은 없어졌지만 학원의 이름도 생생하게 기억난다. 남들은 조기교육으로 영어를 배우는데 나는 스피치를 배운 것이다. 학원에 가서도 내가 가고 싶었던 학원이 아니었기 때문에 맨 뒷자리 구석에 앉아서 조용히 있다가 집에 오곤 했다. 그렇게 한 달 남짓 되던 날, 앞에 나가서 발표하기도 두렵고 가기 싫었던 내가 마음이 변했다. 나와 성향이 비슷한 같은 반 친구가 있었는데, 스피치를 배우고 조금씩 변하면서 수업 시간에 앞에 나가서 자신감 있게 발표를 하는 모습이 너무 부럽고 멋져 보였다. 나도 저렇게 바뀌고 싶다는 생각이 들었다. 그날부터 마음을 먹기 시작했고, 나도 할 수 있다! 변해야겠다는 생각을 했다.

얼마 뒤, 선생님께서 종이 한 장을 주셨고, 웅변대회를 나가야 하니 이 대본을 다 외워 오라고 하셨다. 나는 변화하기로 마음을 먹었기 때문에 선생님께서 주신 대본을 다 외우고 더 잘하기 위해 100번을 소리 내서 읽었다. 100번 정도 대본을 소리 내서 대본을 읽으면 자연스레 외워지고 원고도 내 것으로 소화할 수 있다. 2018 평창동계올림픽 유치를 위해 김연아가 영어로 프레젠테이션을 하기 위해 100번씩 매일 소리 내서 읽었다고 한다. 그렇게 맹연습을 했기 때문에 그때의 프레젠테이션은 많은 사람들에게 찬사를 받았다. 맹연습을 통해 대회 당일, 가족과 친지, 많은 관중들 앞에서 당당하게 웅변 발표를 했다. "이 연사 소리 높여 외칩니다." 마지막 멘트를 하고 인사를 했을 때 사람들의 환호성과 박수를 받은 동시에 '내가 해냈다'는 뿌듯함과 심장이 뜨거워지면서 자신만만한 기분을 느꼈었다. 나는 최우수상을 받고 전국대회까지 출전하면서 성향이 변하기 시작했다.

부끄럼 많고 낯선 사람 앞에서는 말도 못하고 개미 목소리였던 내가 180도 변해갔으니 부모님도 좋아하시고 무엇보다 스스로가 "자신감"을 얻게 되니 표정도 밝아지고 하루하루가 즐거웠다. 웅변을 배운 것은 내 인생의 터닝 포인트가 되었고, 지금은 부모님께 너무나 감사하다. 그 후 중, 고등학교에 진학해 교내 방송반 활동을 했다. 이때부터 진로의 방향이 정해진 듯하다. 요즘 중, 고등학교 진로 체험, 대학생 면접 특강을 하러 가면 명확한 꿈과 진로가 정해져서 가고 싶은 학과가 있는 친구들도 있지만 그렇지 않아서 고민하는 친구들도 많다. 진로 고민, 진학, 취업은 모두의 고민일 수 있다. 나는 어떤 길을 가야 할까? 내가 선택한 길이 맞을까? 이 길을 잘 가고 있는 걸까? 선택하기 전부터 결정하고 나서도 고민이 될 수 있다. 하지만 먼저 길을 걸어온 선배

___ 자신감의 날개를 달아주는 나는 아나운서 출신, 스피치 강사다

로서 내가 자주 접했고 더 관심이 가고, 하고 싶은 일이 내가 진심으로 잘 할 수 있는 일이라 생각한다. 가장 먼저는 '좋아하는가'다. 돈 때문에 좋아하지도 않는 일을 했다가는 오래가진 못한다. 좋아하는 일은 처음엔 돈이 안 될지라도 그쪽 분야의 경험과 노하우가 쌓이면 자신감이 생기고, 나를 믿고 따라주는 사람들이 생긴다. 나는 진로와 꿈의 방향을 정할 때 내가 그동안 잘 한 것이 무엇이고 재밌게 했던 것이 무엇인지를 생각해보았다. 그것은 정보를 전달해주고 말을 하면서 소통해 나가는 것이었다. 대학생 때 아나운서의 꿈을 목표로 정했고, 그때부터 아카데미를 다니면서 아나운서가 되기 위한 준비를 시작했다.

방송인에게 가장 중요한 기본은 목소리와 말하는 화법이다. 우선 작고 힘없는 목소리를 바꾸기 위해 보이스트레이닝을 검색해서 책도 보고 아카데미를 찾아가 호흡과 발성법을 바꾸면서 매일 연습했다. 부단히 노력한 결과, 지금의 목소리로 다듬어지게 되었다. 그래서 보이스트레이닝은 운동과 비슷한 점이 많다. 먼저, 바꾸겠다는 강한 의지와 올바른 방법으로 어느 정도 궤도에 오를 때까지는 꾸준히 습관을 만드는 것이 중요하다. 이 과정은 나와의 싸움이기에 이겨내면 누구나 원하는 목소리로 바꿀 수 있고, 그동안 많은 사람들의 목소리를 바꿔주었다. 그래서 보이스 강의를 할 때 "목소리가 바뀌면 인생도 바뀐다"라는 제목을 실제 경험담이기에 자주 사용한다. 목소리는 쓰면 쓸수록 좋아지기 때문에 아나운서 시절 때 목소리보다 스피치 강사를 하고 있는 지금 목소리가 더 좋다.

　화법은 사람들과의 진심 어린 소통이다. 말을 잘하기 보다는 '잘 말하려면', '잘 들으려면 어떻게 해야 하는지'를 생각하고 배우면 잘 말할 수 있다. 나는 발표 불안과 말하기가 두려웠던 사람이다. 먼저 긍정적으로 마음을 연 뒤, 귀를 열었다. 다 열고 나니 상대의 말이 들리게 되고 진심으로 공감하니 질문들이 쏟아져 나오고 소통이 끊이지 않았다. 그리고 입꼬리를 올리면서 말을 해야 상대에게 기분 좋게 전달된다. 자연스러운 미소를 보이며 말하기 위해 거울을 보며 다양한 표정 연습을 많이 했다. 표정이 밝으면 소통도 더 잘 이뤄진다.

그리고 방송 생활을 하면서 다양한 연령대, 직업군의 사람들을 만났다. 남녀노소와 잘 소통하려면 다방면으로 지식과 정보를 알고 있어야 하니 만날 기회가 있다면 많이 만나서 얘기를 나눠보면 좋다. 이렇게 변화와 자기 계발, 경험으로 이뤄진 노하우로 어릴 적 장래 희망인 선생님의 꿈을 스피치 강사로 전향하면서 이루게 되었다.

　스피치 강사가 되어서는 나의 노하우를 그대로 알려주는 스킬과 교육이 주가 되었기 때문에 쉽고 유익하게 전달하기 위해 끊임없이 배우고 공부하는 자세가 필요했다. 나의 사명은 발표 불안이나 자신감이 없는 분들의 마음을 100% 공감하며, 그들이 자신감의 날개를 달고자 하면 얼마든지 달고 훨훨 날아오를 수 있다는 것을 알려주는 것이다. 그래서 매달 새로운 관련 도서를 읽고 원고 리딩을 하면서 청출어람을 위해 힘쓰고 있다.

아나운서에서 스피치 강사가 되기까지 가져야 할 경험과 마인드

우선 방송인, 아나운서를 꿈꾸는 이들은 확고한 꿈의 목표를 가졌으면 한다. 방송인은 전문직이고 말하는 기술을 가진 직업이다. 쉽지는 않다. 준비기간도 충분히 필요하고, 경쟁률은 높은 편이고, 채용인원이 적은 편이다. 일반 기업의 공채는 두 자리 수 단위의 인원을 뽑지만 방송사는 한 자리 수의 인원을 뽑는다. 그렇기 때문에 1~2명을 뽑는 곳에 합격하려면 내가 방송인이 정말 되고 싶은지, 준비과정에서 힘들어도 포기하지 않고 끝까지 할 자신이 있는지를 스스로에게 물어보길 바란다. 내가 아나운서를 준비할 때도 같이 준비하던 아카데미 동기들 중 나중에 아나운서가 된 친구들이 몇 명 없었다. 연락해보면 포기했거나 다른 직업을 준비하고 있었다.

그러나 방송인에 꿈을 갖고 이미지도 바꿔나가며 꾸준히 도전하는 친구들은 계속 승승장구하며 TV에 나오곤 했다. 그러니 '겉으로 보기에 화려하고 멋있어서 나도 해보고 싶다'라는 막연한 생각으로 끝까지 꿈을 이루기엔 무리가 있다. 지금도 아나운서 지망생들을 가르치고 있지만 열심히 하고자 하는 학생들은 조금씩 변화하는 모습이 보이고 '저 학생은 나중에 합격 소식을 전해주겠구나'라는 생각이 드는 친구들도 있다.

방송을 준비하는 과정 하나, 하나가 나중에 교육 강사로 전향을 하더라도 모든 시간들이 피와 살이 된다. 나도 아나운서를 준비하며 배웠던 보이스트레이닝, 화법 기술, 이미지메이킹과 아나운서가 되어 면접 합격 노하우, 카메라 보는 법, 영상 편집하는 법, 사람들과 소통하는 법, 원고 쓰고 외우는 법 등이 지금 스피치 강사를 하는데 모든 교육의 자산이 되었다.

스피치를 가르치는 강사들의 대부분은 이전에 방송을 했던 경험이 있다. 그 경험을 토대로 스피치를 잘 할 수 있는 본인들의 노하우를 알려주는 것이다. 그러나 꼭 방송인 출신이여야 스피치 강사를 할 수 있는 건 아니다. '스피치'라는 것이 목소리와 화법 기술의 총체적인 부분이 포함되어 있기 때문에 방송인 출신이 포괄적으로 교육할 수 있다고 보기 때문이다. 그래서 방송인 출신을 더 선호하는 것이다. 하지만 방송인 출신이 아니어도 강사로서 끊임없이 배우고 자기 계발을 좋아하거나, 교육학에 관심이 있어 가르침에 사명감이 있다면 충분히 스피치 강사가 될 수 있다.

아나운서 출신 스피치 강사의 매력과 단점

스피치 강사가 느끼는 직업의 매력

스피치를 잘 하려면 명확한 의미 전달로 청중들에게 자신감 있게 보여야 하는데, 이것을 전달해주는 목소리가 좋으면 훨씬 더 신뢰감과 설득력이 있다. 그래서 목소리가 좋으면 강사를 하는데 이점이 크다. "목소리가 좋고, 전달력이 좋다"라는 것을 내세울 수 있는 대표적인 직업군이 방송인 출신, 아나운서, 성우, 성악가 출신들이다. 이들이 스피치 강사로 전향하기 위해서 강사 양성 과정을 통해 교육적 스킬을 배우기도 한다.

나도 선천적으로 목소리가 좋았던 사람이 아니었기 때문에 0에서 시작해서 바꿔 가는 과정들을 하나씩 다 배웠고, 배웠던 과정들을 아나운서가 되어 활용했다. 배움에는 끝이 없기 때문에 교육 분야는 꾸준한 발전이 있다. 그래서 지금 전, 현직에 있는 방송인들도 어딘가에서 강의를 하고 있는 분들이 많다. 아나운서라는 타이틀을 바탕으로 누군가의 자신감을 키울 있게, 잘 말할 수 있게 도움을 준 것은 스피치 강사로서 지금까지 한길을 걸어오는데 큰 힘이 되었다. 그리고 수강생 분들이 각 교육 분야에서 변화하고 발전해서 목표를 이루는 모습을 보여주었을 때 가장 뿌듯함을 느낀다.

10여 년 간 방송, 강사 생활을 해오면서 수많은 분들을 만난다. 보이스 수강생 중 큰 트럭을 운전하는 50대 남성분을 만난다. 우선 나이는 숫자에 불과하듯 배우러 오시는 열정과 용기가 대단하셨다. 이 분은 ㄹ 발음이 안되서 회사 직원들이 말을 잘 못 알아듣고 선배의 말에 귀 기울이지 않고 무시하는 것 같다고 하시며 발음 교정을 위해 오셨다. 혀의 길이를 보니 선천적으로 혀가 짧으셨다. 혀가 짧거나 길어도 ㄹ 발음이 정확하게 안 될 수 있다. ㄹ 발음은 할 때는 혀가 유연하게 살짝 말려서 입천장 앞부분에서 닿았다가 펴면서 발음을 해야 하고, 혀의 위치를 정확한 조음점에 닿게 해야 한다. 그런데 혀가 짧으면 말지 못하니 발음이 잘 되지 않을 수 있다. 그래서 갓난아기 때부터 혀가 짧으면 설소대 수술을 하기도 한다. 지금 수술을 하기엔 무리가 있었지만, 나무젓가락을 물고 혀의 유연성을 길러주는 연습과 두 달의 수업 동안 출석과 숙제를 성실히 하시면서 마지막 날 낭독에서 '목소리'라는 발음을 꽤 정확하게 하셨다. "내 나이에 용기 내서 도전 안 했으면 일 하면서 더 무시 당했을 거라고 연신 감사하다"며 기뻐하셨다.

또 강사로서 가장 기쁠 때는 면접 코칭을 받고 합격 소식을 들었을 때이다. 면접 시즌에는 눈코 뜰 새 없을 정도로 개인지도를 한 적이 많다. 면접이 일주일 뒤인데 답변 한마디도 못 하던 친구가 면접 화법을 코칭해주면 처음에는 감을 못 잡다가도 연습을 해와서 지난 시간과 오늘의 변화가 확연히 다른 모습을 보인다. 처음에는 한마디도 못 하다가 왜 이렇게 답변을 술술 자신감 있게 잘하냐고 물어봤더니 "선생님이 잘 가르쳐 주셔도 면접은 내가 보는 거니 마음을 먹고 답변을 적어보고 외웠다"고 했다. 맞다. 면접은 꼭 합격 해야겠다는 의지가 필요하다. 그다음 한 번만 제대로 면접 화법을 배우고 감을 잡으면 면접의 유형은 비슷하기 때문에 다음 면접을 보더라도 합격률이 올라간다. 그래서 이 학생도 마음을 고쳐먹고 면접을 준비해서 원하는 기업에 두 군데나 합격해서 어디를 갈까 행복한 고민을 했었다.

특히 2020년 코로나19로 전 세계가 힘들어하고 있을 때, 취업시장 문도 더 좁아졌었다. 환경이 어떠하든 취업을 하고 돈도 벌어야 하는 상황에서 꾸준히 준비하던 취준생들은 지금 대부분 취업을 했다. 그러나 환경 탓을 하며 목표가 흐려지고 열심히 하지 않던 친구들은 계속 취업의 문턱에서 나오지 못하고 있다. 코로나가 한국에도 확산 되면서 2020년 2월쯤 만난 여학생이 있다. 취업이 힘들어 다시 편입을 할까 생각하던 차에 면접에서 계속 떨어지는 이유를 파악하고 자신감 있는 목소리와 면접화법 연습을 통해 가고 싶은 회사의 인턴으로 합격을 했다. 그리고 거기서 일하면서 정규직에 들어가기 위해 끊임없이 준비했고, 이력서를 보낸 회사로부터 면접 제의를 받았다고 연락이 왔다. 디자인을 전공한 학생인데 꼭 가고 싶은 외국계 회사인데 도와달라고 했다. 코로나로 비대면 면접을 본다고 해서 비대면 면접의 기술을 알려주었다. 그 뒤로 연락이 없어서 떨어진 줄 알았더니, 늦게 연락이 와서 정신이 없어서 깜박했다며 합격했다는 또 기쁜 소식을 전해주었다.

코로나로 힘든 시기에 누군가는 계속 힘들기만 하고, 누군가는 계속 승승장구하며 합격을 한다. 취업을 해야 한다면 환경과 핑계를 대지 말고 나만 바라보며 끈기 있게 계속 도전해야 한다. 하루 종일 말을 하며 힘들 때도 있지만 강의를 하고 있을 때 에너지가 솟고 수강생들의 변화, 성장, 성공해 가는 모습을 보면 스피치 강사를 잘하고 있구나를 느낀다.

스피치 강사로서 신경 써야 하는 부분

모든 것에는 일장일단이 있기 마련이다. 스피치 강사로 활동하면서 더 신경을 써야 하는 점을 꼽으라면 첫째, 시간관념이다. 전임 강사라면 한 회사에 출근해서 퇴근하기 까지 시간은 정해져 있고 업무시간 안에 있는 강의 스케줄을 소화 한다. 대부분 교육원은 오후에 출근해서 학생들이나 직장인들이 퇴근하고 학교가 끝나는 시간에 맞춰 저녁 9시까지 수업이 있다. 하지만 프리랜서 강사라면 시간당 강의료를 받기 때문에 강의를 하는 곳에 강의 시작 30분~1시간 전에는 도착해서 강의 준비를 해야 한다. 그리고 프리랜서 강사는 본인이 강의 스케줄을 잡아야 한다. 강의가 잡히지 않는 비수기 일 때도 있고 혹은 강의가 많이 잡혀도 스케줄이 겹치지 않게 꼼꼼하게 기록하고 일정 관리를 해야 한다. 그래서 강사는 시간을 다투며 강의를 하기 때문에 시간관념이 투철해야 한다.

둘째, 강사의 몸값을 높이기 위해 노력해야 한다. 교육자는 계속 끊임없이 배우고 자기 계발을 해야 한다. 그래야 새로운 정보를 알려줄 수 있다. 다양한 독서와 배움을 위해 꾸준히 노력해야 하고 교안이나, 교재가 있다면 계속해서 업그레이드하며 발전해야 하기 때문에 부지런해야 한다. 관련분야의 경쟁 상대들도 많기 때문에 도태되면 안 된다. 석,박사를 취득한다든지, 관련분야의 책도 출판하면 좋다. 그리고 다른 강의도 많이 들어보고, 강의 내용을 업그레이드 해야 한다. 그리고 강의를 한 곳에서 강의 평가가 좋다면 지속적으로 강의 의뢰를 받을 수 있고 강사 추천도 이뤄진다. 이렇게 한 단계씩 강의 경력을 쌓아가며 나를 알리기 위해 노력해야 강사의 몸값을 올릴 수 있다.

셋째, 목소리, 건강 관리를 잘해야 한다. 어떤 직업이든 건강이 제일 1순위다. 강사는 시간당 강의료를 받고 강의를 하기 때문에 식사 시간 대에 강의가 잡히거나 이동시간으로 식사 시간이 맞지 않으면 식사를 굶게 되거나 가볍게 먹게 된다. 특히 말을 하는 직업이라 에너지 소모가 많기 때문에 굶어가면서 강의를 많이 했을 때는 머리가 살짝 핑 돈 적이 있다. 그 후로는 웬만해선 식사를 챙겨 먹으려고 한다. 식사를 못했을 시 강의 중간 10분 휴식 시간에 빠르게 먹게 될 때가 있는데, 식도와 위장에 좋지 않다고 한다. 그래서 강의 스케줄을 보고 미리 먹거나 강의가 끝나고 꼭 먹으려고 한다. 출장 강의를 해야 하는 회사도 이동시간에 식사를 해결해야 할 때가 있어서 강사들 사이에서는 간단하게 끼니를 때울 수 있는 김밥이 만만한 식사이기도 하다.

건강 관리 뿐만 아니라 목소리 관리도 중요하다. 항상 최상의 목소리를 유지하고 있어야 좋은 목소리로 강의를 할 수 있다. 방송인이나 강사들은 목 관리에 더 신경을 써야 한다. 아나운서 시절 때 말을 많이 하고 목에 무리가 되어 일주일 정도 목소리가 안 나와 방송도 못하고 옆에 있는 사람과도 문자로 소통을 했던 적이 있었다.

그 이후로는 목소리 관리를 철저히 하면서 특히 환절기나 겨울에는 감기에 걸리지 않도록 신경 쓴다. 목소리도 쓰면 쓸수록 좋아지고 성대가 건강해지는 듯한다. 목이 약했을 때는 감기에 걸리면 목이 붓고 쉰 목소리가 나곤 했는데 복식호흡과 복식발성을 꾸준히 하다 보니 이제는 목의 근육이 많이 건강해졌는지 몸이 피곤해도 목은 전혀 아프지 않다. 하고 싶은 일을 하기 위해서는 감수해야 하는 부분도 있다. 때에 따라 유연하게 대처하면 된다.

스피치 강사의 비전과 전망

다양한 분야에서 강사로 활동하는 분은 많다. 어떤 분야든 내가 먼저 배우고 그것을 터득해서 깨우친 노하우와 경험이 있다면 가르칠 수 있다. 스피치 분야는 어떤 분야든 통용되고 두루 활용되어야 하는 전반적인 분야라서 수요가 많은 편이다. 목소리를 내며 말을 하고 살아가야 하기 때문에 이 부분에서 더 경쟁력을 높이기 위해 스피치를 배우고자 하는 대상은 남녀노소, 직업군도 다양하다. 10여 년간 강의를 하면서 다양한 연령대와 직업군의 사람들을 만나면서 나 또한 다양한 연령층과 소통하며 많이 배웠다. 특히 내가 강사이지만 다른 분야의 강사 분들, 학교 선생님, 말을 많이 해야 하는 직업군, 면접을 앞둔 학생들을 많이 지도 했다. 그만큼 목소리는 소통과 전달을 위한 기본적인 부분이기 때문에 목소리가 좋고 신뢰감이 갈수록 내가 하고 싶은 일이나, 내가 하고 있는 일에서 더 큰 시너지를 낼 수 있다. 또한 말 한마디로 천 냥 빚도 갚을 수 있듯이 잘 말할 수 있는 능력을 가지고 있다면 무엇을 해도 더 뛰어난 경쟁력이 될 수 있다. 그렇기 때문에 이 분야는 내 능력이 가능하다면 무한한 교육을 할 수 있다.

그동안 강의를 열심히 해왔었는데 코로나19로 대면을 할 수 없게 되고, 제약이 많이 생기면서 강의를 지속해나갈 수 있는 방안을 찾아야 했다. 선배 강사들이 온라인으로 강의를 하기 시작했고, 나도 줌(zoom) 온라인 화상 프로그램을 통해 교육에 참여하면서 온라인으로 스피치와 보이스트레이닝 강의를 해야겠다고 생각했다.

2020년 8월부터 온라인 강의를 하기 위해 5년간 닫아두었던 블로그를 다시 시작했다. 매일 1일 1포스팅을 하면서 그동안 교육한 스피치의 전반적인 분야의 정보를 올렸다. 0명이였던 방문자가 두 자리 수, 세 자리 수로 늘어나기 시작했다. 한자리 던 이웃도 지금은 세 자리수로 늘었다. 이렇게 블로그로 나를 알리기 시작했고, 9월 한 달 동안 온라인에서 1시간씩 재능기부로 개인 코칭을 했다.

'위기를 기회'라는 생각으로 한 분씩 정성 들여 코칭을 해드렸더니 스피치를 배우고 싶어도 학원을 가기 힘들거나, 언젠가는 배우고 싶었는데 기회라고 생각하는 분들이 정규반을 신청해 주셨다. 그렇게 2020년 10월 8일에 김옥진의 찐 보이스 만들기 수업이 좋은 분들과 인연이 되어 수소 정예로 진행이 되었다. 그 동안 쌓아온 강의 노하우를 장소만 바꿨을 뿐 온라인에서 그대로 코칭을 해드렸더니, 목소리의 애로사항을 갖고 계셨던 분들이 좋은 효과를 얻고 변화가 생기면서 주변 사람들을 소개해주셨다. 엄마가 먼저 수강하고 가족들이 다 함께 강의를 듣기도 하고, 친구, 회사 직원들, 초중고 학교 선생님 연수 교육 소개 등 전국 뿐만 아니라 미국, 호주, 일본에서도 블로그를 보시고 찾아주셔서 너무나 감사했다.

코로나로 보이스트레이닝이 더 인기 있고 중요해졌다. 마스크를 쓰고 말을 해야 하니 평소 보다 전달이 명확하지 않다. 특히 면접도 마스크를 쓰고 진행을 하니 더 또렷하게 전달을 하기 위해 보이스트레이닝과 면접 코칭을 받으려는 사람들이 많아졌다. 지금도 꾸준히 스피치와 보이스트레이닝 정규반이 진행되고 있다.

진짜 나의 찐 목소리를 찾아 변화하고 성장해나가는 많은 수강생들을 만나면서 제대로 변화시켜드려야겠다는 사명감이 깊어진다. 강의하고 있을 때 살아있음을 더 느낀다. 내가 하고자 하고 좋아한다면 어떻게든 변화, 성장해 나갈 수 있다. 배움에 끝이 없기 때문에 교육자의 길도 끝이 없다. 계속해서 시대 흐름에 맞는 교육 콘텐츠를 개발해 나간다면 스피치 강사로 롱런할 수 있을 것이다.

그에 따른 보수도 초보 강사 시절부터 베테랑 강사까지 강사료는 차등 지급된다. 나는 8년 전, 프리랜서 초보 강사 시절 1시간당 2만 5천 원의 강사료를 받았다. 그리고 경력이 쌓이면서 강사료는 협의했다. 공공기관은 외부 강사의 전문성과 직위에 따라 기관에서 정해진 강사료가 있다. 그에 따라 지급이 된다. 스피치 강사의 전 현직, 강사 경력, 석·박사 여부, 출판 여부에 따라 1시간 특강의 강의료도 5만 원 ~ 100만 원까지 협의 할 수 있다. 그래서 억대 연봉을 받는 강사도 있다. 교육원에 소속되어 있는 전임 강사도 연봉계약을 통해 급여를 받게 된다. 강사의 경력을 쌓아 교육원을 운영하는 대표가 되거나 1인 기업 강사가 된다면 수입은 벌기 나름일 것이다. 강사로서 많은 연봉과 강사료를 받기 위해서는 나의 몸값을 올리고 끊임없이 자기 계발을 해야 한다. 어디서든 머물러 있으면 도태되고 물도 썩는 것처럼 도전, 변화해야 강사로서 발전할 수 있다.

아나운서, 스피치 강사를 꿈꾸는 이들에게

이 시대의 젊은이들, 밀레니얼 세대를 살아가고 있는 이들은 아이디어와 창의력이 뛰어나다. 그 대신 선택과 포기가 빠르다. 나는 왜(Why) 살아가는가? 나는 무엇을(What) 하며 살아갈 것인가? 나는 어떻게(How) 살아갈 것인가? W로 시작하는 질문에 곰곰이 생각해 보길 바란다. 이 질문에 명확한 대답을 할 수 있는 무언가가 떠오르는데 그것이 방송을 하는 직업이나, 스피치 강사를 꿈꾼다면 지금까지 인생 선배가 먼저 걸어온 길로 용기를 갖고 도전해보길 바란다. 내가 정했다는 것은 이 일에 조금이라도 관심이 있고 하고 싶은 마음이 있는 것이다. 평생 내 목소리를 내며 말을 하고 살아가야 하는데 스피치 분야를 배우고 잘할 수 있다면 당신은 어딜 가도 성공할 수 있는 가능성이 열려 있다. 그러니 무엇이든 쉽게 포기하지 말고, 나의 한계를 뛰어넘는 자기 계발의 습관을 만들어 보면 좋겠다.

　나는 그동안 나의 변화와 성장을 위해 먼저 나를 믿어주었고, 그것을 바탕으로 끈기 있게 꿋꿋하게 한 길을 걸어오니 변화, 성장, 성공의 길로 가고 있다. 아나운서를 꿈꾸고 있거나, 스피치 분야의 강사가 되고 싶은 목표가 있는 이들에게 도움이 되길 바라며, 이 글을 읽고 더 궁금한 점이 있다면 언제든 연락해도 좋다. 그대의 삶도 변화하고 성장하여 성공의 길로 도약하길 진심으로 응원한다.

나는 책 놀이 프로젝트 전문가다

남궁기순

유아교육을 전공하고 보육현장에서 영유아 교사 생활 13년, 책이 좋아 시작한 동화구연가로서 20여 년, 프로젝트를 연구하는 연구소에서 10년 전문 강사로 영유아 교사, 원장을 위한 콘텐츠 개발과 저서를 공동 집필하였다. 2017년 나래 PBL 교육연구소를 계획하면서 "책과 프로젝트"의 융합적 가치 실현을 위한 사업을 시작하였다. 나래 PBL 교육연구소는 어린이를 위한 교육의 가치를 "책"에 두고 있다. "책 놀이와 프로젝트" 교육의 융합적 방법을 통해 아이들이 주도적이고 창의적인 삶을 살아가길 기대하며 교육전문가로서의 길을 걸어가고 있다.

자신의 전문적 역량을 키우기 위한 노력, 다른 사람의 가치를 높이고 역량을 키워주는 협력, 내가 걸어가고자 하는 길은 아이들이 자신의 꿈을 펼칠 수 있는 "나래" 같은 인생이다.

__ 남궁기순

- 나래 PBL 교육연구소 대표
- 시인 및 작가
- 사)색동어머니회 이사
- 글로벌멘토링 연구소 연구원 및 이사
- 한국열린유아교육학회 이사
- 현대, 여기사이버평생교육원 운영 교수
- N스토어(스마트스토어) 대표

ngrosa63@naver.com

blog: https://blog.naver.com/ngrosa63

youtube: https://www.youtube.com/channel/UClshSssn6NAG3okN-JZKeGg

smartstore: ttps://smartstore.naver.com/nstore2021

010-2369-7682

나는 책 놀이 프로젝트 전문가이다

나는 왜 책 놀이 프로젝트 전문가가 되었나?

"그대는 꿈이 있는가?"

나에게 꿈이 없었다면 어땠을까?

모시 적삼을 자주 입으시던 아버지는 굴곡 많은 세상을 사셨던 분이시다. 젊어서 장사를 하셨지만 어떤 자식에게도 장사하는 법을 알려 주지 못하셨다. 인정 많고 군자 같은 모습으로 사시다 돌아가셨다. 어린 시절 TV도 없어 옆집에서 옹기종기 만화 시청을 했던 기억이 난다. 집에는 내가 읽을 만한 책을 사주는 사람도 없었다. 공부를 잘해야 한다는 동기부여가 없어서인지 좋은 성적을 기대할 수가 없었다. 대학교에 가려는 꿈도 꾸지못한 청소년기를 보냈다. 여고를 졸업하고 직장에 취직해서 평범한 20대 초반을 보냈다. 어렸을 때부터 책을 좋아했고 중학 시절 도서관에서 많은 책을 읽었다. 고등학교 시절에는 문학소녀처럼 글 쓰는 것을 좋아했다. 내 나이 23살 되던 해 하고 싶은 대학공부를 시작했다. 5년 만에 방송대 유아교육학과를 졸업하고 유치원, 어린이집에서 교사 생활을 13년 했다. 나의 사상은 프뢰벨처럼 "어린이의 공감적 이해와 환경적 중요성"이다.

어린 시절 공감적 이해와 환경적 배경이 뒤 받침 되었더라면 어땠을까? 늦게라도 나의 적성에 맞는 직업을 만나 의미 있고 즐거운 교사 생활을 보냈다. 첫 번째 만난 원장 수녀님은 공평한 분이셔서 지금까지 나의 멘토이다. 때론 인생의 방향을 못잡고 헤매게 될 때 그분이면 어떻게 했을까 하고 마음의 키를 조절하기도 한다.

결혼하고 자녀 양육으로 교사 생활을 그만두었다. 아이들을 가르치는 교사의 열정은 동화구연이라는 새로운 직업을 만나게 했다. 아이들에게 동화구연을 할 때 눈이 초롱초롱 밝아지고 동화에 흠뻑 빠지는 모습을 보고 행복감을 느꼈다. 20여 년 동화구연과 책 놀이를 병행하며 아이들과 체험 활동을 했다.

나의 인생에서 3번째 만난 직업은 프로젝트 연구소에서 연구원으로서 영유아 교사와 원장님들과의 워크숍, 프로젝트의 실행 활동을 책으로 만드는 일이었다. 프로젝트의 학습체계와 활동은 아이들에게 전할 최고의 교육프로그램이라는 생각을 하게 되었다. 영아와 유아들이 주제를 선정하고 자신의 경험을 통해 사고를 확장해 나가는 모습과 주도적인 참여를 통해 그룹과 협력하는 모습을 보게 되었다. 상상력을 극대화할 수 있는 브레인스토밍은 프로젝트의 꽃이다. 프로젝트 학습을 통해 문제 해결 능력을 향상할 수 있다. 프로젝트 교실은 살아있는 놀이터다.

2017년 다니던 연구소와는 별개로 나래 PBL 교육연구소로 사업자 등록증을 냈다. 책을 통해 자신을 발견하거나 변화를 표현하던 아이들의 가능성과 프로젝트 교육을 접목하기 위해 연구소를 냈다. 동화구연을 하다 보면 자연스럽게 그림책과 만나게 된다. 어린이를 위한 동화책뿐만 아니라 다양한 독서를 통해 나를 단련하고 역량을 계발하려는 노력을 지속적으로 하게 된다. 인문학적 소양은 모든 교육의 밑거름이다.

그래서 지금은 문학박사가 되어 글을 쓰기도 하고 글을 통해 따뜻한 세상을 만들고 싶은 마음이 간절하다. 사람은 빵만으로는 살 수 없다. 끊임없는 독서를 통해 자신을 변화시켜 나갈 수 있다. 그래서 그림책을 통해 놀이를 확장하고, 프로젝트 기법을 활용한 교육을 하려고 한다. 그림책을 통한 프로젝트 수업이 활성화되어야 하는 중요한 시점이다. 2019년 새로운 교육과정의 개정은 아이들의 놀 권리를 보장하고 놀이를 통해 주도적인 삶을 살도록 도와주어야 한다. 책 놀이의 체험을 즐겁게 하면서 창의적인 프로젝트 수업을 아이들의 수준에서 이끌어 나갈 전문가를 키우는 것이 나의 인생 목표다.

나에게 코로나 19는 다시 책 읽는 인문학적 소양의 길로 이

　나는 책 놀이 프로젝트 전문가다

끌었고, 인터넷 SNS를 통해 수많은 사람을 만나게 하는 계기가 되었다. 각각 처한 상황이 다른 사람들은 지금의 어려운 시기를 극복하고 자신이 무엇을 해야 하는지를 분명히 찾아가면서 일을 하고 수많은 강의를 들으면서 위로를 받고 도전을 받는다.

특강이나 강의 의뢰가 오면 주저하지 않고 승낙하였다. 도서관, 어린이집, 유치원에서 의뢰한 독서교육이나 프로젝트 수업을 구분하지 않고 강의를 하였다. 그런데도 계속 드는 생각은 책 놀이를 통한 프로젝트 수업에 대한 내 생각과 가치가 흔들리지 않는 것이었다. 따로따로 했던 수업을 특강이 들어오면 책 놀이와 프로젝트를 접목하여 강의하였고, 나만의 콘텐츠를 찾게 되었다. 아이들이 좋아하는 생태와 다양한 상황을 경험할 수 있는 책의 만남, 그 안에서 프로젝트로 자신의 숨은 역량을 발휘하고 스스로 계발해 나갈 수 있는 어린이로 성장하게 도와주어야 한다는 것이다.

교육 사상가들에 따라 만들어진 다양한 프로그램들이 있다. 나는 자연주의 학자들의 사상이 모티브다. 자연 속에서 세상을 바라볼 줄 아는 아이들을 만나고 싶다. 어린이들이 융합적 사고를 하고 주체적인 삶을 살아가도록 협력하고 싶다. 그러기 위해서 책 놀이 프로젝트 전문가를 양성하고 전문적인 역량을 키워주는 것이 나의 교육적 사명이다.

책 놀이 프로젝트 전문가가 되기 위해 가져야 할 마인드와 자세

"나는 누구이며, 그대는 누구인가?" 학교 졸업을 하면 월급을 받는 직업을 선택하게 된다. 나도 그랬다. 안정적이고 고정적인 수입원이 있어야 생활을 할 수 있기 때문이다. 이러한 생각은 남자만큼이나 여자들에게 해당하는 말이다. 잘 다니던 직장도 결혼 후 아이를 양육하게 되면 맡길 때가 없는 나 같은 직장인은 다니는 직장을 그만두게 된다. 이러한 이야기를 하는 이유는 모두 처지가 비슷할 수 있기 때문이다.

그러나, 일에 대한 열정과 소신이 있으면 언제든지 기회는 온다는 것이다. 단, 중요한 것은 내가 누구이며, 무엇을 좋아하는지를 알아야 한다. 어떤 것을 해야 잘 할 수 있는지 먼저 찾아보는 것이 중요하다. 그래야 일에 대한 열정이 생긴다. 아이를 좋아하고 책을 좋아하다 보니 동화구연이나 책 놀이가 재미있었고 흥이 났다. 이 직업을 선택하기 전 내가 아이들을 좋아하고 놀이할 준비가 되어 있는지를 들여다봐야 한다. 내가 교육 현장에서 느끼는 것은 강의 준비를 하는 데 노력도 필요하고 준비도 철저히 해야 하지만 끝나고 나면 에너지를 받아 온다는 것이다. 철저히 준비한 수업일수록 아이들과의 소통과 활동이 융통성 있고 활기가 차다.

전문적 강사가 되기 위해서는 시간이 필요하다. 나의 직업에 대한 이론적 배경과 철학적 소신 있게 직업을 선택해야 한다. 이론이 탄탄할수록 기준이 분명해져서 힘든 일이와도 쓰러지지 않는다. 오래되고 튼튼한 고목은 절대 뿌리가 뽑히는 일이 생기지 않는다. 바람이 지나가도 자신의 내공을 튼튼하게 쌓는다. 내가 소속되어 있는 협회에서는 수십 명의 사람이 들어왔다가 2년도 채 안 되어 나간다. 어렵게 회원으로 들어왔지만 완전한 직업으로 만들지 못하고 빠져나가는 사례가 많다.

내가 직업을 선택했을 때 최선을 다할 준비를 해야 한다. 충분히 시간을 투자하고 노력하여 선택한 직업을 계발할 준비를 해야 한다. 그림책을 배워 도서관이나 학교 방과 후 수업, 각종 문화센터, 평생교육원에서 활동하는 전문가가 많다. 그들도 지속적인 워크숍과 교육을 통해 역량을 개발한다.

이 직업도 그림책을 즐겨 읽고 작가들과 책에 대한 정보를 가지고 시작해야 한다. 책 놀이 프로젝트 전문가로서 갖추어야 할 몇 가지 마인드와 자세를 소개한다.

첫째, 나의 강점과 단점을 알아라

둘째, 다양한 그림책을 읽어라

셋째, 시, 소설, 수필, 산문, 신문 사설까지 읽어라

넷째, 어린이들의 발달과정을 이해하라

다섯째, 국가 수준 교육과정을 이해하라

여섯째, PBL(ProjectBasedLearning) 기반 학습을 이해하라

일곱째, 다양한 작가를 파악하라

여덟째, "나는 책 놀이 프로젝트 전문가"라는 주문을 외워라

책 놀이 프로젝트 전문가가 되려면 다양한 검사 도구를 통해 나의 강점과 단점 등을 파악하고 보완하거나 활용할 줄 알아야 한다. 그래야 성공할 수 있고 자신의 역량을 충분히 발휘할 수 있다. 교육의 주체자는 아이들이다. 나는 협력자다. 나를 알아야 아이들의 강점을 발견해 줄 수 있다. MBTI와 에니어그램을 통해 '나를 발견하는 시간'을 가졌다.

다양한 그림책을 읽어야 하는 이유는 책 속에는 수많은 경험이 들어 있기 때문이다. 우울을 극복할 수 있고 진정한 친구를 만나는 방법이 나와 있으며, 살아가는 삶의 지혜를 주기 때문이다. 책 놀이 전문가로서 반드시 실천해야 하는 부분이다.

시, 소설, 수필, 산문 등을 읽어야 하는 줄 알면서도 시간이 없고 귀찮아서 읽지 않는다. 시를 통해 정서나 사상을 탄탄히 쌓을 수 있고, 소설을 통해 다양한 사람과 상황을 간접 경험할 수 있다. 수필이나 산문을 통해서도 글의 의미와 비유적인 적절한 방법을 이해할 수 있다. 무엇보다도 반드시 읽어야 할 부분이 신문 사설을 꾸준히 읽는 것이 중요하다. 프로젝트는 문제 해결 방법을 수행하도록 도와주는 교육방법이다. 강사 자신이 문제 해결 방법에 대한 논리적인 사고가 필요하다.

어린이의 발달과정을 이해하는 것은 어떤 말을 대신할 수

없다. 가장 기본이 되며 근본이 된다. 수많은 강사가 현재 하는 직업의 스킬과 테크닉을 중요하게 생각한다. 스킬과 테크닉도 갖춰야 할 전문적 소양이지만 가르치는 데도 기본이 필요하다. 어린이의 발달을 알고 만나게 되면 아이들을 이해할 수 있고 어떤 것을 도와주어야 하는지 방법을 생각하게 된다. 반드시 어린이의 발달과정을 숙지하고 교육 현장에 서 있어야 한다.

국가 수준의 교육과정을 이해해야 한다는 것은 무엇일까? 왜? 국가 수준의 교육과정까지 알고 가야 하는지 이해가 되는가?

유치원, 초등, 중등, 고등과정을 지나오면서 국가 수준의 교육과정을 배우면서 왔다. 형식적이고 체계적인 학습방법이 개선되어야 할 이유도 있지만, 우리가 기억하는 선생님 중에서 한 분을 떠올려 보자. 나에게 가장 영향력을 준 사람은 누구인지?

왜? 나는 영향력을 받게 된 건지 생각해 보면 안다. 학습적인 가르침보다는 나를 신뢰해준 선생님, 용기를 준 선생님이 생각날 것이다. 나에게도 기억에 남아 있는 선생님이 한 분 계시다. 니체의 「짜라투스라는 이렇게 말했다」를 읽고 있을 때 가까이 오셔서 "기순이는 훌륭한 책을 읽고 있네!"라는 말을 하셨다. 왠지 그날 이후 내가 훌륭한 사람이 된 것 같았다.

아이들에게 적절하게 자극을 주고 도움을 주기 위해서는 교육과정과 연계된 교육프로그램을 갖추게 되면 아이들도 이해가 더 쉽고 흥미를 느낄 수 있다. 그렇지만, 정말 흥미를 느낄 수 있는 소재와 활동이 전제해야 한다.

PBL(ProjectBasedLearning) 기반 학습을 이해하는 것은 전문적 스킬을 배우기 위해 인식해야 할 중요한 마인드다. 이 수업은 구성주의 이론을 바탕으로 스웨덴, 덴마크 등의 여러 나라에서 실제로 효과를 보고 있는 수업방식이다. 자유로운 토의와 교류를 통해 지식을 만들어 가는 과정이기 때문이다. 아이들 중심에서 끊임없이 지식을 구성해 주고 지원해 주어야 한다. 프로젝트 워크숍을 할 때면 지적인 열정과 열린 마인드로 성장하는 나를 자주 경험한다. 아이들, 교사, 원장만 성장하는 것이 아니라 가르치는 교사도 변화한다. 프로젝트 수업은 학습자가 스스로 문제를 찾아내고, 질문 목록을 통해 해결 방안을 찾아내며, 협력적인 다양한 활동 놀이를 통해 문제를 해결하고 결과를 공유하는 배움의 과정이다.

다양한 작가를 파악하는 것은 수업의 방향을 계획하고 조절할 수 있다. 어떤 작가가 어떤 의도로 선정할 책을 썼는지 알 수 있기 때문이다. 도서관이나 서점에 가면 수많은 책이 있다. 어떤 책을 선정할 것인가?

교사의 선호도에 따라 책이 선정될 수도 있지만, 다양한 책을 파악하여 활용하는 순간 아이들은 특별한 경험의 세계로 들어갈 수 있다. 처음에는 도서 상을 받은 작품으로 읽어 볼 수 있지만, 경험이 생기면 좋은 책을 선별하는 방법을 터득하게 된다. 지속해서 강사 워크숍을 통해 의견을 공유하고 끊임없이 공부하는 자세를 갖는 것이 좋다.

"나는 책 놀이 프로젝트 전문가"라는 주문을 외워라. 나에게 하는 주문일 수 있다. 내가 전문가라고 생각하는 순간, 생각하지 못한 무한한 힘이 솟아 나온다. 전문가가 되기 위해서는 시간과 노력이 필요하다. 지금 이 순간에도 자신의 미래를 위해 쉬지 않고 노력하는 사람이 있다. 그래서 그들은 먼저 앞서가는 역할을 하는 것이고 우리에게 수많은 자극을 주면서 당근과 채찍이 되어 준다.

우리도 하면 된다. 부족한 부분은 노력하면 다 해결된다. 단, 다른 사람을 비교하고 성장하는 것은 좋지만 부정적인 욕심은 갖지 않는 것이 좋다. 세상은 윈윈 시대다. 내가 다른 사람에게 베풀면 다른 사람도 나에게 복된 가르침을 준다. 모든 경험은 나를 성장시키는 원동력이 된다는 것을 알고 책 놀이 프로젝트 전문가의 긍정적인 마인드를 사랑하자.

책 놀이 프로젝트 전문가의 좋은 점과 어려운 점

나의 장점(강점)은 무엇인가? 나는 장점이라는 말보다는 강점이라는 말을 선호한다. 장점은 긍정적이거나 좋은 점을 찾아내는 것이라면, 강점은 스스로 목적과 꿈을 실현하기 위해 문제 해결을 발견하고 성장한다는 의미가 있어서다. "자기 주도적 역량 강화"를 할 수 있는 책 놀이 프로젝트 강사가 될 수 있다.

책 놀이 프로젝트 전문가가 되면 좋은 점은 무엇일까? 첫째, PBL(ProjectBasedLearning)을 기반으로 하는 프로젝트 교사는 열린 사고방식을 갖게 되어 융통성과 수용력으로 대인관계가 좋아진다. 둘째, 체계적인 지식 전문가가 될 수 있다. 학습 전달자로서가 아닌 성취 지향적인 마인드로 아이들을 만나야 하므로 자신도 긍정적인 사람이 된다. 셋째, 아이들을 위한 동기부여 강사가 될 수 있다. 학습의 원천은 스스로 동기부여를 찾는 일이다. 아이뿐 아니라 내가 하는 일에 자신감을 가질 수 있다. 넷째, 지식의 체계가 하나하나 가지를 뻗어 마인드맵이 형성되고 언어의 확장뿐 아니라 지식의 확장을 경험하게 된다. 도전하는 삶이 될 것이다.

창의적인 수업을 위해 주제를 정할 때도 다양한 발문을 사용해야 한다. 교육과정에 맞춘 주제 거나, 주인공의 인물 탐색, 주변의 모든 관심거리가 소재가 될 수 있다. 수업을 통해 깨달아가는 구체적이고 실제적인 경험 위주의 살아있는 교육이 가능한 것이 프로젝트 수업의 장점이다. 그만큼 책 놀이 프로젝트 강사는 철저한 준비가 필요하다. 주제에 대한 탐구를 통해 다양한 교육적 자극을 줄 수 있다. 책 놀이 프로젝트 강사는 지적 호기심이 많아야 하고 상황 대처 능력이 있어야 한다. 아이들의 주도성을 인정해 주고 함께 놀이에 참여하는 적극성이 있어야 한다.

책 놀이 프로젝트 전문가의 어려운 점은 무엇일까? 첫째, 주제에 대한 정보 능력을 갖추기 위해 시간 투자를 많이 해야 한다. 둘째, 책의 연구와 놀이 활동으로 융합적 사고 계발을 끊임없이 해야 하므로 지칠 수 있고, 현장 경력에 따라 수입의 차이가 크다. 셋째, 전문적인 교사로 인정받기까지 아이와 협력적인 수업방식을 끊임없이 개발해야 한다.

열린 마인드를 가진 강사만이 단점을 보완하고 장점을 살려 이 직업에 대한 자부심을 느끼고 앞으로 나아갈 수 있다. 내가 만나는 아이들의 성격이 까다롭거나 흥미를 쉽게 느끼지 못하는 아이들을 만난다면 수업을 진행할 때 교사가 쉽게 피곤해질 수 있다. 주도적이지 않은 그룹을 만나게 되면 과제 수행이 늦어지고 계획된 시간이 늦춰질 수 있다. 아이들을 사랑하고 연구하는 교사가 단점을 장점으로 만들어 갈 수 있다.

현장에서 아이들을 살아 움직이게 하는 힘은 무엇일까? 그것은 아이들이 만들어 가는 수업이라고 생각한다. 상호작용을 잘하는 그룹을 만든다는 것은 강사의 끊임없는 노력이 필요로 한다. 지치지 않도록 심신을 잘 다스려야 한다. 교육의 결실은 시간이 필요하다. 최소 6개월 이상의 시간이 지나야 교육의 결실이 나타날 수 있다. 아이들이 어릴수록 학부모가 선택하여 배우게 되기 때문에 빠른 교육의 결실을 원하는 학부모가 많다. 결실이 나타나기도 전에 아이들과 만나지 못하는 아쉬운 일도 생길 수 있다.

책 놀이 프로젝트는 그만큼 전문적인 교사의 역량이 필요로 한다. 1시간 안에 정한 주제가 끝나는 것이 아니라, 한 달 정도의 시간을 계획하여 아이들과 주제를 풀어나가고 활동을 구성해 나가야 한다. 준비물부터 전개되는 과정, 평가되는 과정까지 아이들이 적극적으로 참여해야 하는 것을 목적으로 두어야 한다. 그래서 책 놀이 프로젝트 강사는 전문적 역량을 갖춰야 한다. 하면 된다. 여러분이 하고자 한다면 최선에 방법을 찾게 될 것이다.

책 놀이 프로젝트 전문가의 미래 비전

책 놀이 프로젝트 전문가는 미래에 가치가 있는가? 대답은 부가가치와 가능성이 크다. 2000년대 프로젝트와 현재의 구성주의 교육이 만나 21세기 교수학습법으로 발전하고 있다. 지금 유아교육 현장에서는 놀이 중심 교육과정이 도입되면서 놀이 중심을 강조하고 있다. 책 놀이 프로젝트 전문가가 아이들을 만나는 장소는 개인 사무실이 될 수도 있고, 온라인이 될 수도 있고, 학교나 방과 후, 문화센터가 될 수 있다. 책 놀이 프로젝트 교육은 다양한 장소에서 가능하다.

유아 교사로서의 삶을 살고 있다면 월 고정적인 수입으로 안정적인 보수를 벌 수 있지만, 책 놀이 프로젝트 전문가로서의 성공적인 삶은 다양한 구조의 수입을 올릴 수 있고, 시간을 자유롭게 쓸 수 있다. 그림책과 관련된 콘텐츠로 영상을 찍어 200~400만 원의 수입이 들어왔고, 유치원, 어린이집, 문화센터에서 주제 중심 프로젝트로 강의를 하게 되면 6시간에 50만 원의 수입, 3시간의 4회 진행되는 수업에서는 100만 원을 받았다. 문화센터는 센터에 따라 수익률이 다르기 때문에 보통은 10만 원 전후로 책정되기도 한다. 박사를 취득하고 나면 강사에 대한 지급 체계가 달라져서 기관에 따라 시간당 10만~20만 원까지도 받을 수 있다. 워크숍 성격에 따라 30분~1시간 강의 준비로 20만 원을 받기도 했다. 일반 강사들이 처음 입문할 때는 대개 5만 원 전후로 시작하지만, 경력 사항에 따라 차이가 달라진다. 책 놀이 프로젝트 수업은 유아~중고등, 교사의 소그룹 교육이 가능한 콘텐츠다. 그룹별로 월 40~50만 원까지도 수입 가능한 구조가 된다. 미래의 계획은 책 놀이 프로젝트 콘텐츠를 계발해서 대학 평생교육원 수강 과목으로서 쓰임 받도록 하는 것이다.

　21세기 교육 역량은 창의력, 비판적 사고력, 의사소통 능력, 협업 능력이다. PBL(ProjectBasedLearning)은 프로젝트와 구성주의의 결합이다. 미래 가치를 갖고 핵심 역량을 계발해 줄 수 있는 것이 프로젝트 수업방식이며, 책 놀이를 통해 프로젝트와 구성주의를 실현할 수 있는 미래 가치가 뛰어난 교육이다. 유아교육에서 초등 연계를 위한 교육을 지향한다. 그래서 이 교육이 필요하다. 초등 1학년 과정에서 만나는 것이 프로젝트 수업과 연관이 깊다.

　미래 사회는 디지털화되고 자동화가 더 빠르게 우리 일상 속으로 들어온다. SNS를 하지 않는 사람이 한 사람도 없을 정도로 코로나 19로 인해 급속도로 빠르게 진행되고 있다. 그러나, 우리 아이들은 경험을 통해 배우고, 어떤 환경이 만들어지느냐에 따라 교육의 질이 달라질 것이다. SNS에서는 경험할 수 없는 서로 협력하며 문제를 해결해 나가는 협상을 배우는 것이 사회화를 준비하는 아이들에게 줄 수 있는 최상의 선물이 아닐까?

　경쟁교육이 아닌 협력하는 교육이 인문학을 통한 교육이며 프로젝트이다. 아이를 키우는 부모라면 아이의 미래를 걱정한다. 책 놀이와 프로젝트로 준비된 교육을 받아 본 아이들과 전혀 경험하지 못한 아이들의 차이는 어떨까? 책을 통해 자존감을 회복하고 인문학적 경험을 쌓아 긍정적인 삶의 태도를 보이고 배움을 실천하는 아이들이 되기를 기대한다. 책과 놀이를 접목한 활동을 아이들은 경험한다. 여기에 프로젝트로 사고하고 문제 해결을 하는 방법을 배우게 된다면 우리 부모들이 찾고 있는 교육의 대안이 될 수 있다. 21세기의 교육 패러다임인 세계의 PBL(ProjectBasedLearning)로 미래의 교육을 준비하자.

책 놀이 프로젝트 전문가를 꿈꾸는 그대에게

나의 꿈은 어린이 독서교육 전문가! 전문성을 갖춘 미래의 프로젝트 전문가! 책 놀이 프로젝트 전문가는 혁신적인 교육가 마인드 컨트롤이 되어야 한다. 어린이를 살리는 교육, 살맛 나는 세상을 꿈꾸기를 희망한다. 공자의 말을 통해 참교육이 무엇인지 생각해 보길 바란다.

> 만약, 너에게, 1년의 시간이 있으면 쌀을 키우고, 10년이 있으면 나무를 심고, 100년이 있으면 아이들을 길러라.

멋진 인생은 다양한 경험을 통해 성장하고 발전한다. 아이들에게는 멋진 선생님이 필요하다. 행운의 주인공은 누구일까요? 준비된 교사를 만나는 아이들은 무한한 꿈을 꾸며 자신을 성장시켜 나가게 될 것이다. 교사의 행복감은 스스로 낙관적 생각과 정서적 안정에서 온다고 한다. 교사의 행복감이 높을수록 어린이들은 권리 존중 실행이 높고, 상호작용도 활발하며, 사회적 기술도 높다. 요즘 심각한 아이들의 SNS에 몰입 중독성도 낮아진다고 하는 학술적 자료를 보면 우리는 먼저 행복한 교사가 되어야 한다. 책 놀이 프로젝트 전문 강사로서 미래 교육을 위해 도전해 보자! 새로운 직업에 도전하는 그대의 열정과 멋진 삶을 응원합니다!

나는 해외에 사는 N잡러로 영어와 리더십으로 잠재력 살려주는 임파워 코치다

윤피터

해외에 거주하는 N잡러로, 영어교사와 무역인을 놓고 대학진로를 고민했었다. 유학 후, 해외 선교 활동을 시작했다. 방글라데시의 낮은 자를 섬기며 '바나바'를 통해 사람을 세우는 임파워의 7단계를 발견했다. 그것은 한 개인이 성장해 가며 스스로 서서 다른 사람을 세우는 것이다. 또한 다른 사람을 세울 때 자신도 제대로 서게 된다는 것을 알았다. 이를 바탕으로 현지인들과 한국인에게 영어와 리더십을 가르치고 있다. 또한 방글라데시 KOICA 프로젝트 중 하나인 안보건 사업에 지역전문가로 활동한다. 그 임파워의 7단계 원리를 다룬 "7 Steps of Empowerers"와 방글라데시 낮은 자의 여정을 담은 "Journeys to New Life, Identity, and Community"라는 영어책들을 저술하였다.

__ 윤피터

- 경희대 경영학부 (B.B.A); 합동신학대학원 목회학 석사(M.Div.)
- 미국 Palmer Seminary 전인개발 석사(Masters: Holistic Ministry)
- 미국 Trinity International University 타문화 연구학 박사(Ph.D. Intercultural Studies)
- 미국 Midwest University 방문교수(Visiting Professor)
- 존맥스웰팀 공인 리더십 코치(John Maxwell Team Certified Coach/Trainer)
- 방글라데시 임파워 재단 및 영어 & 리더십 센터 창립자 및 대표
- 방글라데시 KOICA(한국국제협력단)와 하트하트재단 주관 안보건사업 지역전문가

yunpeter7@gmail.com
blog: https://blog.naver.com/yunpeter777
homepage: https://www.empowerers.net
Youtube channel: Pitor bhai, Empowerers English & Leadership Center

나는 해외에 사는 N잡러로
영어와 리더십으로 잠재력 살려주는
임파워 코치다

나는 해외에 사는 N잡러이다

내가 처음 'N잡러'에 라는 단어를 접한 것은 최근에서다. 'N잡러'는 2개 이상의 복수의 직업을 가진 사람을 뜻하는 말이다. 리크루트 타임즈에 의하면 현재 직장인 10명 중 3명이 N잡러이며 조사 참여자 대부분은 앞으로 더 늘어날 것이라 예상했다. 평생 직장의 시대가 가고 생계를 위해 부업을 시작하기도 하지만 자아실현을 위해 자신이 잘할 수 있으며 즐기면서 할 일을 찾기 때문이다. 본캐라고 말하기도 하는 본 캐릭터로서의 본업과 부업으로서 부캐를 구분하기도 하는데 요즘은 그 구분조차 불분명한 시대가 되는 것 같다. 나는 해외에서 '리더십' 개발을 주제로 선교 활동을 한다는 본캐의 화두를 가지고 다양한 면에서 다른 사람을 세워주려 하는 N잡러이다. '나는 이런 사람이다'를 한가지로 말하기보다 나의 이야기를 통해 내가 하는 여러 일들을 소개하고자 한다.

"리더십"이라는 단어를 알게 된 것은 대학교 때였을 것이다. 그러나 가만 생각해 보면 나는 어렸을 때부터 리더 역할을 해본 경험은 여러 번 있었다. 어렸을 때 외할머니는 설렁탕집을 하셨다. 지금은 돌아가신 나의 사랑 외할머니는 내가 사고 싶어하는 모든 장난감 총들을 다 사주셨다. 할머니의 전폭적인 사랑에 힘입어 그리고 수많은 총 때문에 나는 골목대장이 되었다. 남자애 여자애 동생들 모아 두고 내 맘대로 명령을 내리곤 했다. 누군가가 나를 전폭적으로 사랑해주고 지지해주었는가? 할머니는 하늘이 내게 혈연으로 맺어준 "귀인"이었다.

생각해 보면 나는 친구가 많았던 편은 아니었다. 오히려 내 맘대로 하고픈 생각이 많았다고나 할까? 그러나 초등학교 6년 동안 3곳에 학교를 다니며 나는 3번의 반장을 했다. 1년에 두 학기 중 반장은 한 번만 할 수 있으니 이사로 옮겨 다닐 때를 제외하곤 거의 반장을 한 셈이다. 그렇다고 내가 손들고 반장 시켜달라고 한 것도 아니었다. 내가 첫인상이 좋았을까? 학기 시작 초기에 시작하는 반장 선거에 내 이름은 항상 거론되었고 6학년 때 2표 차이로 떨어진 것을 제외하곤 거의 되었다. 지금 생각해 보면 여학생들이 좋게 생각해주었던 것 같다. 그 후 나는 남중, 남고를 거치면서 사실 좀 외로웠다. 차라리 여자애들이 같이 있는 교회가 편했다. 나의 독특성, 나의 이야기를 조금 더 들어주는 여성의 따뜻함이 나에게는 소중했고 편했던 것 같다. 누군가의 따뜻함의 도움을 받아 나는 성장했다.

어린 시절 생일 되면 나는 "위대한 탄생"이라는 말을 하곤 했다고 한다. 그렇다고 대통령이나 커다란 꿈을 가졌던 건 아니었다. 현실적으로 진로에 대한 고민은 고3 때 대학 입학 원서를 낼 때 구체적으로 하게 되었다. 영어교육과와 무역학과 이 두 가지를 놓고 고민했다. 영어를 가르치고 싶다는 생각, 세계를 다니며 뭔가 가치 있는 것을 팔고 싶다는 생각 이 두 가지가 나에게 다가왔다. 결국, 나는 "세계"에 대한 호기심으로 무역학과를 택했다. 대학에 들어가서 등록금 본전을 뽑겠다는 맘으로 도서관을 많이 이용했다. 그때 처음 골랐던 책들도 당시 유행하던 "황제의 꿈" 같은 무역소설이었다. 그러던 중 한 선배의 의도적 섬김과 안내를 통해 한 동아리에 들어가게 되었다.

어렸을 때부터 교회를 다녀왔었다. 편안한 가족 같이 느껴지는 공동체였다. 그러나 대학에 가면 대학가요제 시도해볼 생각도 해보며 자유롭게 놀고 싶었다. 그래서 기독교 동아리는 피하고 싶었다. 하지만 여름에 몽산포 해수욕장에서 수련회가 있다고 초대를 한다. 1만 명의 사람들이 텐트를 치며 "예수 그리스도"를 외쳤다. 그 경험이 나를 그곳에 있게 만들었다. 당시 총재셨던 김준곤 목사님은 꿈을 유난히 강조하셨다. 달밤에 별을 보며 꿈을 꾸라 하신다. 저 별은 어디서 왔을까? 나는 어디로 갈까? 삶의 궁극적 질문에 대한 답으로 예수를 나의 마음속에 받아들였다. 그리고 그분 안에서 마음껏 꿈을 꾸라 하신다. 무한한 가능성을 말씀하신다. 10만 명 이상의 청년이 세계 곳곳에 흩어져 예수의 사랑을 나누고 섬기는 그 환상을 말이다. 이미 경험해 본 것처럼 말씀하셨다. 그때 그 비전이 내 가슴 속으로 들어왔다.

대학교 3학년 1학기를 마치고 군대에 가게 되었다. 군에 가기 직전 그 1학기 때 나의 동아리 CCC에서 연합 학생 선교대회를 열었다. 간사님은 나보고 학교 홍보 준비위원장을 해보라셨다. 다른 동아리에 찾아가며 나는 선교의 중요성을 말하고 있었다. 내가 설득력이 좋아서였을까? 나는 나의 말에 내가 먼저 설득되고 있었다. 위에 계신 그분이 나를 설득하시나? "그러는 너는?"이라는 소리가 자꾸 들리는 듯했다. 그 후 가게 된 군대는 나의 부족함을 느끼게 했다. 참모님을 제대로 모시지 못하여 군단 군종병에서 하차했다. 결국 경비 중대에서 군 생활을 마무리했다. 지시만 해봤지 누군가를 섬기는 것이 나는 많이 부족했던 거 같다.

제대 후 복학 전 나는 6개월의 미국 자비량 선교 훈련이라는 선택을 하게 되었다. IMF를 거치는 1998년이었다. 모두가 힘들어하던 시기였지만 마음먹은 대로 발을 내디뎠다. 6개월 동안 한국에서 온 훈련생들과 기숙사 생활을 하면서 매일 영어학원에 가고, UCLA 캠퍼스에 가서 사람도 만나 영어 인터뷰도 했다. 주말마다 할리우드, 그리피스 파크, 다저스 스타디움, 디즈니랜드를 섭렵하며 미국에 빠져들었다. 6개월 훈련을 마친 후 나는 추가로 6개월을 더 머물렀다. LA 한인타운 등에서 아르바이트를 하고 밤에 영어학원에 다녔다. 1년이 마칠 무렵 남아있던 13명의 훈련생과 1달간 미국 일주를 계획했다. 마음 맞는 동료들과 광활한 땅에서 우리는 마음껏 돌아다녔다. 지금의 아내도 함께 누비고 다녔던 동반자였다. 내 호기심과 욕구가 많이 충족되어서일까? 세계를 향한 그분의 의지 때문이었을까? 나는 남들이 가고자 하지 않는 곳에 가고 싶다. 예수의 사랑과 복음을 나누고 싶다는 마음을 먹게 되었다. 그리고 미국 일주를 하며 방문했던 시카고에 Trinity라는 학교에 다시 오고 싶다고 생각했다. 그때가 1999년 1월이었는데 딱 10년 후인 2009년 1월 나는 그 학교로 박사과정을 하기 위해 다시 오게 되었다.

영어와 만나다

1년간의 미국 생활을 마치고 두 가지 맘을 품고 한국으로 돌아왔다. '미국에 다시 가서 공부하고 싶다'와 '해외에 선교 활동을 나가고 싶다'는 생각이었다. 나는 대학을 먼저 졸업해야 했다. 과거 좋지 않았던 학점을 되돌리려 애썼다. 철이 좀 더 든 걸까? 대학을 졸업하고 선택을 해야 했다. 대학원으로 바로 미국을 갈 것인가 아니면 한국에서 신학대학원을 먼저 할 것인가? (그때만 해도 해외 선교 활동하러 가려면 신학대학원을 가서 목사안수를 받고 가길 권했는데, 지금의 나는 그렇게 권하지 않는다. 그냥 바로 가는 거다). 당시 나는 미국서 대학원을 마치고 해외에 선교 활동하러 가고 싶은 생각이었었다. 그러나 가까운 몇몇 분들의 조언을 따라 한국에서 대학원을 가게 되었다. 그리고 작고 귀여운 아가씨와 결혼도 하게 되었다.

또 다른 고민이 찾아왔다. 이제 어디로 갈 것인가였다. 한국에서 신학대학원을 마칠 무렵이었다. 당시 W라는 MBC 시사 교양 프로그램이 있었는데 지구촌 곳곳의 현장을 소개하고 있었다. 방글라데시 사이클론으로 휩쓸려서 고통받는 사람이 눈에 가득 들어왔다. 한편으로 찾아보니 이 나라는 육체적인 가난뿐만 아니라 예수의 사랑 소식도 많이 접해보지 못한 나라였다. 이 나라다! 도전 의식이었을까? 가보지도 않고 정했다. 그러면 언제 갈까?

뭔가 인생의 전환점이 될 결정에는 질문이 꼬리에 꼬리를 무는 법이다. 이미 시간도 꽤 지났는데 선교지를 먼저 갈 것인가? 아니면 미국에 가서 준비를 더 하고 갈 것인가? 두 분의 선배에게 물었다. 한 분은 선교지에 가서 먼저 경험해 보길 권하셨다. 그 후 공부를 할 사람은 하게 되더라는 것이다. 다른 한 선배의 말을 아직도 기억한다. "유학 갔다 와. 거기 (너 아니어도 일할) 사람 많아." 확증편향이라는 말이 있다. 사람이 자기가 듣고 싶은 얘기만 듣는다고 했던가? 위에 계신 그분의 뜻이었을까?

나는 유학을 선택했다. 특히 방글라데시 사람들의 자립과 성장을 돕기 위한 준비로 좋은 선생님(Dr. Ronald Sider)와 좋은 과정(전인 개발 (Holistic Ministry) 석사)'을 찾았다. 그리고 몇 달간 토플을 준비해 점수를 얻었는데 쉽지 않았다. 매일 하루에 몇 시간을 공부했는지 모른다. 결국 전세금을 빼서 필라델피아 행 비행기 표, 미국의 학교 기숙사 아파트 비용, 그리고 돌아다닐 차를 장만했다. 그때가 2008년 1월이었다.

어떤 분은 내가 대학교 때부터 영어를 잘했다고 생각하실지 모르겠다. 한가지 일화를 소개한다. 미국 LA에 처음 어학연수 겸 선교 훈련을 받으러 간 25살 때의 일이다. 점심시간이었다. 우리 팀이 20명이었는데 나와 선배 한 사람이 대표로 버거킹에 갔다. 버거킹의 대표 메뉴인 와퍼(Whopper)가 하나에 $1로 세일을 한다. 그래서 와퍼 20개를 주문했다. 그런데 뭐라고 계속 얘기를 한다. 어니언스(Onions)… 양파를 뭐 어떻게 하냐고 물어보는 것 같았다. 그래서 양파고 뭐고 다 넣어달라 에브리띵 인사이드 (Everything inside…) 뭐 이렇게 얘기하며 손짓, 발짓하면서 주문을 마쳤다. 와퍼를 들고 와 우리 팀과 함께 먹으려고 뜯어본 순간 우리 모두 맙소사~! 달랑 햄버거 패티와 양파 몇 가닥만 들어있는 것이었다. 나는 양파고 뭐고 다 넣어달라고 했는데 그 사람은 양파만 넣고 다 빼달라는 것으로 알아들었나 보다.

확실히 영어는 커뮤니케이션이다. 처음부터 잘하는 사람이 얼마나 있을까? 이런 과정을 거쳐 나의 영어 실력이 늘었고, 좋은 영어프로그램도 알게 되었다. 방글라데시인들에게 도움 주기 위해 영어클라스를 열었다. 이제는 한국인, 캄보디아인도 참여하는 아시아 온라인 영어배움과 연습 커뮤니티를 만들었다. 여기엔 나의 예전 어학연수와 유학의 경험이 한몫하였다. 나의 미국 친구들이 일주일에 두 번 영어코치로 참여한다. 1:1로 아시아인 파트너와 영어를 연습하는 환경을 만든 것이다. 1년간 함께 성장해가는 걸 목표로 한다. 1년 후엔 TED Talk 같은 15분 강의를 할 수 있고 원어민과 1시간 프리토킹할 만한 향상을 추구한다.

다시 미국 유학 이야기로 돌아오자. 나는 1년 만에 석사(한국의 석사 학점 인정으로), 박사과정 2년 반 동안 논문 프로포절까지 마쳤다. 박사 후보자(Ph.D. Candidate)가 된 것이다. 몇몇 분들은 이렇게 빨리한 비결이 뭐냐고 물어보기도 했다. 나는 빨리 방글라데시에 가고 싶어서 열심히 했다고 말했다. 미국에 더 있을 필요가 없었다. 논문은 방글라데시에 가서 그 나라와 문화를 연구해서 쓸 것이기 때문이었다. 먼저 한국으로 돌아갔다. 가족이 해외 선교 활동을 나가려면 그곳에 일할 곳이 있든지 아니면 일단 먼저 후원을 받아서 간다. 나의 봉사 활동과 현지인 리더십 개발 계획을 지지해줄 교회 혹은 개인들을 찾았다. 매달 200만 원가량의 후원금이 작정 되었다. 이 정도면 살만하다 생각되었다. 2011년 9월 한국 도착 딱 5개월 후인 2012년 2월 우리 가족은 방글라데시 땅을 밟았다.

리더십으로 그들에게 희망을 주다

방글라데시는 재미있는 나라다. '무엇을 상상하든지 그 이상을 볼 수 있을 것이다.' 내가 방글라데시를 소개할 때 인용하는 말이다. 수많은 사람(1억 8천만 명 추정)이 한반도의 2/3 면적밖에 안 되는 나라에 서로를 의지하며 살고 있다. 신기한 것은 도시만 사람이 많은 것이 아니라 시골도, 어디를 가던 사람이 많다는 것이다. 그러니 길을 가다가 앞 사람을 피하다가 옆 사람과 어깨가 부딪히기도 한다. 이들의 주된 식사는 밥과 카레이다. 알랑미에 카레를 섞어 손으로 비벼가며 먹는다. 나도 이들과 밥을 먹을 때는 손으로 밥을 먹는데 손맛이 있다. 아시아와 세계의 최빈국으로 평가되었던 나라가 요즘 꾸준히 성장하고 있다. 이유는 해외에 나가서 외화를 벌어들이는 사람이 많은 것이다. 세계의 인력 창고에 크게 이바지하고 있다.

　방글라데시는 덥고 습하고 교통체증이 심하다. 나가면 좀 피곤하기도 하다. 그래서 집에 있는 시간이 많은 편이다. 요즘은 코리안 마트만이 아니라 여러 곳에서 한국의 다양한 물품을 수입해온다. 방글라데시 사람과 자주 만나지 않아도 살 수도 있다. 그러나 나는 이들과 만나기 위해 왔고 문화를 연구하고 무슨 필요를 채워줄지에 대한 궁금증이 있었다. 자전거를 타고 언어학원에 갔다. 덥고 습해서 땀이 죽 흐른다. 그래도 차를 타고 가는 것보다 사람들을 더 만나고 말을 섞어볼 수 있다. 그렇게 무작정 대학교에 가서 아내의 언어교사도 "헌팅"했다. '방글라'라고 하는 이 나라 언어는 어순이 한국어와 같다. 곧 친구를 사귀기 시작했다. 한 번은 버스를 타고 시골에 갔다. 옆에 앉은 사람과 대화가 시작된다. 대뜸 자기가 고민이 있다는 것이다. 아내가 자기말은 안 듣고 자기 아버지 말만 듣는다는 것이다. 무슬림이 90%나 되고, 여성보다는 남성의 권위가 우선시 되는 문화다. 아이는 좋은데 아내는 자신의 말은 안들어서 고민이란다. 이혼하면 사회에서 평판이 안 좋아진다고 했다. 처음 만난 현지인에게서 그들의 고민을 듣는다. 나는 사람들의 고민은 어디나 다 비슷하다는 생각을 했다.

1년간 학원서 어학연수가 끝났다. 나는 국립 다카대학교 (한국의 서울대학교)에 무작정 찾아가 보았다. 나의 타 문화 연구(Intercultural Studies) 과정과 가장 유사하다고 생각하는 문화인류학과(Anthropology)를 찾아가서 문을 두드렸다. Saifur 이름의 학장님이 앉아있었다. 호주 유학파로 한국인이 불쑥 찾아온 것에 대해 호기심과 환대로 맞아주었다. 나는 미국에 문화연구과정 Ph. D. Candidate로 여기서 더 배우고 싶고 논문도 쓰고 싶다고 말했다. 비자가 가능하면 비자도 받을 수 있으면 좋겠다고 말했다. 어떻게 됐을까? 결국, 나는 3년간 교환 연구원(Affiliated Researcher)으로서 비자도 받고, 작은 연구실도 얻게 되었다. 그리고 방글라 대학원생을 내 조력자로 두고 방글라도 더 배웠다. 그들의 기숙사에 가서 놀기도 했다. 이렇게 한두 사람 알게 된 이들에게 무슨 도움이 될 수 있을까 생각해 보았다. 이들이 좋은 리더십 모델이 없어서 방황하는 것이 눈에 띄었다.

나는 과거 스티븐 코비의 7가지 습관을 가르쳐본 적이 있었다. 그는 나의 리더십 배움 여정에 첫 멘토라 말 할 수 있다. 그는 관점이라고도 번역되는 하나의 패러다임을 가르친다. 그것은 한 사람이 의존성에서 독립성으로, 독립성에서 상호 의존성 성장하는 패러다임이다. 사람이 어떻게 효과적이고 주도적으로 자신의 삶을 영위해 나갈 수 있을까? 그것을 7가지 습관을 통해 알려 준다. 그렇게 해서 시작한 것이 Global Youth Leadership Club(GYLC)이었다. 처음에는 내 연구실에서 모이기 시작하다가 후에는 매월 우리 집에서 모였다. 내가 리더십에 대해 나누기도 하고 대학생들의 발표도 듣고 준비한 밥과 카레를 같이 먹었다. 지금은 다 졸업하고 취업하고 흩어졌지만, 나의 방글라데시 리더십 개발에 첫 시작이었다. 학생들은 나를 좋아했다. 외국인이 친절하게 친구가 되어 주고 들어보지 못했던 리더십까지 가르쳐주니 말이다. 내가 이들의 "귀인"이 될 수는 없을까? 한편 과거 나의 한국에서의 리더십 실패의 경험도 떠올랐다. 말을 함부로 해서 나중에 한 소리 들었던 경험, 나로서는 열심히 한다고 했는데 부담을 주어 그때 나를 통해 "상처받았다"는 이야기를 듣기도 했었다. 이런 실패의 과정에 내가 성숙해서일까? 아니면 내가 그들의 필요에 딱 맞는 사람이어서일까? 이들에게 도움 주고 나도 성장했다. 서로에게 도움이 되는 그런 원원의 관계가 되었다.

나는 연구원으로 비자를 받으며 뭔가의 결과물을 내야 했다. 나는 나의 신앙과도 맞으며 가장 도움이 필요한 사람이 누군가를 생각했다. 그것은 무슬림에서 예수를 믿게 되어서 쫓겨나거나 고립된 사람들이었다. 그들의 무슬림 가족들은 이들을 가족과 공동체의 배신자라고 여기고, 기존의 크리스천들은 그들을 의심의 눈초리로 바라본다. 그건 마치 성경에 유대인으로서 예수를 믿는 사람을 핍박하다가 극적인 회심을 한 사도 바울과도 같다. 이들을 연구 대상으로 정하고 논문 계획서도 수정했다. 나는 전국에 흩어져있는 이들을 만나기 시작했다. 이들을 인터뷰하며 이들의 상황, 아픔, 고민들을 듣고, 누군가 이들을 임파워해 줘야 할 필요성 들에 대해 느끼기 시작했다. 나는 논문을 쓰면서 한 명을 떠올렸다. 바나바였다. 그는 성경에 바울에게 자신의 신임장을 팔아서라도 바울을 도와주고자 했었다. 결국 리더십을 넘겨주기까지 했다. 나도 논문의 결론으로 이렇게 말했다. 우리 모두에게, 특히 약한 이들에게, 바나바와 같은 귀인, "임파워러"가 필요하다고 말이다. 이런 과정 가운데 스스로 서서 다른 사람을 세우는 임파워의 7단계 리더십 모델을 발견했다. 그것은 E. M. P. O. W. E. R.의 약자로 표현되고 바나바가 모델이다.

잠재력 살려주는 임파워의 7단계

바나바는 바울에게 "귀인"이었다. 우리는 오늘도 귀인을 만나길 기대하나 내가 그 귀인이 될 상상은 별로 하지 않는다. 그런 면에서 임파워러가 되는 것은 내가 누군가의 귀인이 되는 것이다. 그 역할 모델로 바나바를 발견한 것은 내게 큰 기쁨이었다. 세계적인 성경적 멘토링의 권위자 로버트 클린턴은 바나바를 가리켜 그의 영향력이 "가장 저평가된 인물"이라고 말했다. 나는 그를 따라 하기 시작했다. 먼저는 한 사람이 자신의 삶의 방향을 발견하고(1단계) 자유인이 되어가는 것(2단계)이다. 그리고 다른 사람을 향해 긍정적 영향을 줄 결단을 한다(3단계). 그다음은 바울을 초청해서(4단계) 안디옥에서 1년간 격려하며(5단계) 함께 일하면서 리더십의 역할을 위임한다(6단계). 그 과정을 통해 함께 아름다운 공동체를 세운 것이다(7단계). 당시 바울은 지식과 잠재력은 있으나 의심하고 피하려 했던 사람이었다. 바나바가 격려한 또 한 사람인 마가는 선교팀에서 이탈한 나약하고 함께 일하기 꺼려진 사람이었다. 그러나 결국, 그들은 어떻게 되었는가?

바울은 신약성경의 반가량을 저술하였고, 마가는 최초의 복음서라고 하는 마가복음을 저술하였다. 지금까지도 세계적인 베스트셀러인 성경을 통해 이들의 영향력이 이어오고 있다. 나는 여기서 바나바의 임파워러(세워주는 자)로서의 영향력을 본 것이다. 내가 바나바를 통해 발견한 스스로 서서 다른 사람을 세우는 임파워 E. M. P. O. W. E. R. 7단계 모델은 다음과 같다.

Explore	삶을 헌신할 가치와 비전을 발견하라.
Move	자유인이 되어가라
Pick	임파워러의 삶을 결단하라
Oar	세워줄 사람을 찾아가 초대하라
Widen	격려로 그들의 가능성과 잠재력을 넓혀주라
Empower	잠재력을 사용토록 임파워하라
Rebuild	함께 공동체를 세우라.

이것을 나는 영어로 써서 방글라데시에서 책으로 출간하였다. 내가 키우고 세우는 현지인 리더 중에 한 사람은 자기가 본 "최고의 리더십 책"이라고 말했다. 오해는 마시라. 모두가 각자의 판단기준이 있으니 말이다. 그는 자랑스럽게 자신의 후배들에게 이 리더십 모델을 직접 가르치고 있다. 여러분에게 권한다. 자신이 서서 다른 이를 세워 함께 서는 공동체를 만드는 최고의 모델로서 말이다. 나를 통해 누군가 인생이 변화되고 잠재력이 발휘된다면 그것도 가치 있는 인생이 아닌가? 짐작할만한 비밀은 누군가를 격려하고 세워주는 과정 가운데 나도 더욱 성장하게 된다는 것이다. 곧 한국어로 써서 출간할 예정이다.

한편 나는 나의 이 모델과 비슷하게 살면서 리더십의 원리를 가르치는 한 사람을 발견하였다. 그는 세계적인 베스트셀러

작가이며 리더십 강연자인 존 맥스웰이다. 그는 목사로서 자신의 교회 교인들에게 리더십을 가르치기 시작했다가 책을 썼다. 그리고 많은 사람이 그의 책과 강연을 좋아하기 시작했다. 2012년에는 존 맥스웰 팀이라는 그의 리더십 책과 원리를 기반으로 한 코칭회사를 설립하였다. 나는 2019년 미국 올란도에 가서 훈련에 참가하며 존 맥스웰 팀 공인 코치 자격을 받게 되었다. 그는 자신이 배우고 성장한 경험을 바탕으로 스스로 서게 하는 셀프 리더십(Self-Leadership)과 다른 사람을 세우는 임파워 리더십을 가르친다. 존 맥스웰이 처음에 코칭회사를 설립 제안을 받았을 때 그는 거부했다. 그러나 결국 수락한 이유는 많은 이들에게 가치를 더해주고, 코치들에게 힘을 실어주기 위해서였다. 나는 그에게서 바나바를 보았다. 재미있는 사실이 있다. 존 맥스웰 팀의 회장을 맡았던 폴 마르티넬리와 존 맥스웰 컴퍼니 CEO 마크 콜이 있는데 이들의 이름이 영어성경의 바울(Paul)과 마가(Mark)와 일치한다. 오른팔 왼팔이 바울과 마가이니 그는 진정 바나바가 맞지 않나?

이제 나는 존 맥스웰의 리더십 책들에 기초한 6과목 이상의 마스터클라스를 진행한다. 그 주제는 성장, 소통, 영향력, 꿈, 셀프 리더십, 실패에서 배움 등 다양하다. 이런 리더십 과목과 더불어 나의 임파워 과정은 시너지를 이루어 낸다. 나의 임파워 리더십 훈련만으로는 아직 대중적 지지가 부족하고, 존 맥스웰의 과목만으로는 나의 과정과 철학이 다 들어가지 않았다. 그래서 나는 이 두 가지 과정을 결합하여 1년간 멘토링과 임파워링의 과정을 통해 사람을 세우는 전문가 "임파워 코치" 과정을 시작하였다. 바나바의 안디옥에서 바울과 1년이 모델이다. 현재 임파워 코치 1기 훈련생 8명이 훈련 과정 가운데 있다. 이들과 1년을 같이 가며 서로 성장하며 세우는 훈련 공동체를 이뤄간다. 훈련에는 훈련비용이 들기 마련이다. 대가를 치루며 훈련생은 현재와 미래의 자립과 성장을 향해 나아가고, 그로 인해 훈련자도 자립한다. 2년째에는 각자가 2명을 선택해서 리더십 개발 과정에 함께하며 같이 자립과 성장해 나간다. 3년째에는 모든 자료와 훈련이 전수되고, 독립하여 혹은 동반 임파워 리더십 코칭 사업을 한다. 이런 장기적인 멘토링의 비전은 예수의 제자들과의 3년간 임파워링에서도 영감을 받았다.

나는 임파워 코치다

내가 이렇게 나의 과정(process)을 자세히 말한 이유는 무엇인가? N잡러로 살기 위해선 자신의 과정이 중요하기 때문이다. 인생은 성장하면서 자신만의 독특한 사명을 이뤄가는 과정이다. 지금 나는 무슨 과정 가운데 있을까 무엇을 할 수 있을 까? 궁금하면 지나온 길(path)를 되돌아보라. '나는 누구에게 무슨 가치를 더해줄 수 있을까?'라는 질문을 하면서 말이다. 그러면서 나는 미래에 어떤 일을 수행(performance)할지를 생각해 보는 것이다.

내가 제일 발휘할 수 있는 일에 자신을 투자하여 성장하고 다른 이에게 가치를 더해준다. 이것이 요즘 말하는 1인기업 혹은 자기 계발 영역에 핵심이라고 생각한다. 이런 사람들을 넓게는 코치라고도 말할 수 있는 데, 코치는 대체로 자신의 고객이 성장 (GROW) 하도록 돕는 사람이다. 성과 코치로 알려진 존 휘트모어는 G. R. O. W. 모델을 소개한 바 있다. 목표(Goal)를 설정할 수 있도록 돕고, 현실(Reality)을 직시케 하며, 대안(Options)을 찾아보고, 의지(Will)를 발휘하여 실행할 수 있도록 돕는 것이다. 대체로 라이프 코치, 비즈니스 코치, 그리고 스포츠 코치가 이런 일을 많이 한다. 그러나 사실 삶의 모든 영역에서 뭔가를 더 잘 이루려면 코치는 꼭 필요하다. 그는 우리의 현재 상태를 보게 해주며 목표를 향해 나아가도록 돕는다.

세계적인 성과 코치 토니 로빈스는 통계를 통해 자기 계발 (Self-education) 영역이 "전 세계인이 하루에 10억 달러를 소비하는 비즈니스 영역"이 될 것이라고 말했다. 이 영역에 나는 어떤 과정을 거쳐왔으며, 어떤 가치를 다른 사람들에게 더해줄 수 있을까 생각해 보았다. 앞서 말한 바와 같이 나는 선교적 부름으로 세상에 가장 소외된 이들을 찾아 돕고자 했다. 영어개발의 과정을 거쳐 온라인 영어 배움 공동체를 만들어 영어를 가르치고 있다. 또한, 존 맥스웰 리더십 과정과 임파워 리더십 과정을 통해 온라인으로 가치를 더해준다. 공간의 제약 없이 누구도 만날 수 있는 시대가 된 것이다. 나의 잠재적 고객들은 바울과 마가와 같은 사람들이다. 우리 곁에 잠재력은 있으나 발휘 못 하고 사회적 압력에 털썩 주저앉아 있는 바울이 있다. 힘들어서 포기해서 인정받지 못했던 마가는 마음과 행동 사이의 간격을 극복 못 하고 삶의 불균형으로 괴로워하는 사람이다. 한편 이들은 손 내미는 이가 없어서 외로워하기도 한다. 나는 이들을 향해 오늘도 의도적으로 나아갈 준비를 한다.

마지막으로 해외 N잡러로서 코치를 꿈꾸는 이들을 위한 조언을 몇 가지 하고자 한다. 먼저는 앞서 말한바 자신의 현재를 충실히 하는 과정을 밟으며 과거의 길을 돌아보길 바란다. 그리고 미래에 이바지할 분야를 찾는 것이다. "좋은 기업에서 위대한 기업으로"에서 짐 콜린스는 위대한 기업의 특징에 대해 고슴도치 컨셉이라는 용어로 설명한다. "여우는 많은 것을 알지만, 고슴도치는 한 가지 큰 것을 안다"라는 것이다. 그 한 가지 큰 것은 당신이 세계에서 가장 잘할 수 있고(재능), 가장 하고 싶으며(열정), 그것이 경제적으로 전환할 수 있는 영역(시장가치)의 공통분모였다. 이것은 나는 개인에게 적용해도 큰 시사점이 있다고 생각한다. 개인이 운영하는 1인기업도 기업이지 않은가.

둘째로 좋은 책들을 많이 읽고 실천했으면 좋겠다. 자신의 고슴도치 컨셉에 일치하는 책은 물론이고 이를 성취하기 위해 자신의 효과성을 높이는 책들 말이다. 추천할 책들은 앞서 소개한 나의 두 분의 성장 멘토의 책들인데, 스티븐 코비의 "성공하는 사람들의 7가지 습관"이나 존 맥스웰의 "사람은 무엇으로 성장하는가"와 "리더십의 법칙 2.0"는 성장과 자기 계발에 매우 큰 도움을 줄 것이다. 읽는 데서 그치지 않고 실천해보라. 혼자서는 실천이 잘 안 되기도 한다. 그러면 주저 없이 나의 존 맥스웰 마스터 클래스를 추천한다. 깊이 있는 배움과 실제적 적용과 더불어 함께 성장해 갈 동역자들도 만날 수 있다.

셋째로 한국만 바라보지 않으면 좋겠다. 전 세계적으로 우리는 충분히 뭔가를 할 수 있다. 일단 영어도 소통 중심으로 바꾸어보자. 내가 가진 것을 마음껏 영어로 소개할 수 있다면 세계인들에게 나만의 가치를 더해 줄 수 있지 않을까? 그러는 가운데 나 또한 경제적인 자유를 누릴 가능성은 무궁무진하다. 과거 나의 재정수입원은 해외 선교 활동을 위한 모금 만이 전부였다. 하지만 지금은 온라인 영어 & 리더십 과정이 있다. 최근부터 나는 대한민국 KOICA 정부 사업의 일부인 안(eye) 보건 프로젝트에 지역전문가로의 활동을 시작한다. 비자도 얻고 일한 만큼 수익도 얻는다. 수익을 다각화한 것이다. 액수는 일 한 것에 따라 매달 조금씩 다르다. 해외 선교 활동가이자 N잡러 1인기업가로서 자립과 임파워의 하나의 모델을 만들고 싶다. 해외 활동을 위해 언어적 역량을 높이고 전문성을 만들어 세계를 바라본다면 정부 프로젝트, NGO, 비즈니스 등 온·오프라인에 길은 얼마든지 있다. 지금 바로 KOICA 웹사이트에 들어가 보라. 국제개발협력 인턴에서부터 전문가 모집에 이르기까지 다양한 해외사업에 참여할 기회가 있다. 급여도 다양하다. 이와 같이 하나의 본캐에서 시작하여, 온라인으로 한국인과 세계인들에게 자신이 가치를 더해줄 기회는 다양하게 있다.

마지막으로 작게 시작하길 권하고 싶다. 그들의 코치로서 자기가 할 수 있는 영역 안에서 한 사람, 한 사람에게 긍정적인 가치와 영향을 주는 것이다. 더한 가치를 제공해주며 그들이 주는 대가를 기꺼이 감사함으로 받는 것이다. 그리고 더 베풀어 주는 것이다.

나의 멘토 김준기 선생님의 말씀을 소개하고 마치려 한다. "존재가 되면 어디서 무엇을 하든 아무 상관이 없다." 남들의 시선을 넘어 자신만의 길을 찾고 열어가려는 여러분들에게 응원을 보낸다. 그리고 도움이 필요하면 언제든 연락해주시라. 임파워 피터가 함께합니다.

놀이가 밥이다!
나는 전통놀이지도사다

공혜경

전라남도 구례군청에서 지방행정 공무원으로 18년간 재직하다 무늬만 엄마가
되기 싫어서 둘째 늦둥이를 낳고 출산휴가와 육아휴직을 마치자마자 신의 직
장에 과감히 사직서를 던졌던 용기 있는 나는 '놀이가 밥이다!'라는 주제로 전
통놀이지도사 자격 과정, 체험 부스 행사 진행, 자유학년제, 학부모 및 교원 역
량 강화 연수, 시니어클럽 전통 놀이 등 유아부터 어르신들까지 들썩들썩 우리
놀이 한마당을 펼치며 매일 잘 놀고 있다.

'재미없는 놀이는 일, 재미있는 일은 놀이'라고 했던가? 흥미와 재미가 있는 놀
이, 여러 사람이 모여서 즐겁게 노는 신명 나는 일에 뒹굴면서 푹 빠져서 살고
싶다. 나는 놀이하는 인간, 호모 루덴스다!

공혜경

- 현)소통공감행복연구소 소장
- 한국전통놀이지도사
- 전통놀이지도사 1급 자격 과정 운영
- 전통민속놀이 체험 부스 행사 진행
- 창의놀이코칭지도사/창의인성소통교육전문지도사
- 전통(전래)놀이 컨설팅 장학
- 세계전래놀이전문지도사
- 전)구례군청 지방행정공무원

ghg4739@naver.com
blog: https://blog.naver.com/ghg4739
youtube: http://asq.kr/YC3YD
facebook: https://facebook.com/gong1409
instagram: https://url.kr/njwcou
010-5625-4739

놀이가 밥이다!
나는 전통놀이지도사다

경력단절 여성에서 전통놀이지도사로 변신한 나는 무죄

'넌 잘 놀 줄 알았어.'

'어머나! 공무원 그만둔다고 했을 때 놀랐는데 또 놀라게 하네?'

'그때보다 지금이 더 좋아? 많이 벌어?'

'생활 한복이 참 잘 어울려요. 예뻐요.'

내가 공무원에서 전통놀이지도사 즉, 전통놀이강사라는 직업으로 전향한 후 자주 듣는 반응이다. 어릴 적 친구들과 모이기만 하면 고무줄놀이, 공기놀이, 땅따먹기는 기본이고 동네방네 뛰어다니며 술래잡기, 깡통 차기, 쥐불놀이, 안경놀이, 동전치기, 구슬치기를 했던 소녀는 오십 중반이 넘어서 전국 방방곡곡을 돌아다니며 놀이로 돈을 버는 직업을 갖게 되었다. 만약에 돌아가신 할아버지와 할머니께 손녀가 놀면서 돈을 번다고 말씀드리면 뭐라고 하실까 사뭇 궁금하다.

　나는 지리산과 화엄사로 유명한 전남 구례군의 OO초등학교에 인접한 시골 마을에서 1남 5녀의 둘째로 태어나 할아버지, 할머니와 함께 10명의 대가족이 사는 어린 시절을 보냈다. 손녀들의 어리광을 모두 받아주시고 함께 놀아주신 조부모님 덕분에 우리 형제자매들은 언제나 깔깔거리며 함께 뛰어노는 시간이 많았다.

　초등학교(당시에는 국민학교) 시절엔 우리 동네뿐만 아니라 이웃 마을 친구들의 놀이터였던 우리 집 앞마당에서는 널뛰기, 그네타기, 고무줄놀이, 긴 줄넘기를 수시로 할 수 있었으며, 할아버지는 손녀와 친구들이 아무 때나 마당에서 놀고 갈 수 있도록 놀잇감을 창고 앞에 진열하셨고 널뛰기를 하다가 다칠까 봐 구덩이를 자주 고르시고 가마니를 푹신하게 놓아 주셨다. 이렇게 손녀와 친구들을 위한 할아버지의 배려심은 내가 많이 닮은 듯하다.

　반면에 부모님은 '놀기만 하냐? 노는 게 그렇게도 재밌냐? 제발 그만 놀고 숙제하고 가방도 챙겨놓고 예습, 복습하라'는 말씀을 귀가 아프도록 하셨다. 그도 그럴 것이 엄마는 어렸을 때부터 여자 직업으로 선생님이 제일 안정적이고 아이들을 가르치니 좋아 보인다며 우리 딸들은 교대를 보내고 싶다는 말씀을 자주 하셨다. 그런데 유독 둘째인 제가 공부보다 놀기를 더 잘하니 그럴 수밖에. 하지만 나는 할아버지의 백을 믿고 부모님의 말씀을 뒷전으로 하는 날이 더 많았다. 물 마시러 집에 잠깐 들렀을 뿐이고… 다시 만나 놀기로 약속한 장소에 늦지 않게 달려갔을 뿐이고… 놀 때는 집중하여 신나게 놀았을 뿐이고… 그렇다고 학교 공부를 안 하거나 못하는 것은 아니었다. 줄곧 반장과 부회장을 번갈아 가며 도맡았으니까. 아무튼 잘 먹고 잘 놀고 잘 잔 어린 시절 덕분에 나는 잔병치레를 하지 않고 여태껏 건강한 모습으로 활동하고 있지 않을까 생각한다.

전통놀이지도사, 즉 전통놀이강사가 된 것은 참으로 우연한 기회였다. 아니, 공무원을 그만두고 경력단절 여성에서 강사의 길로 들어선 계기라고 표현해야 정확할 것 같다. 엄마의 희망대로 3명의 딸은 가르치는 직업을 갖게 되었지만 나는 엄청난 경쟁률을 뚫고서 지방행정 9급 공무원이 되었다. 다행히 첫 발령지는 집에서 가까운 곳이었고 승진한 후엔 다른 곳으로 이동하여 다양한 업무 경험과 고속 승진의 기쁨까지 맛보았다. 그런데 결혼 후 임신, 출산, 육아, 몇 번의 이사 등으로 많이 지치고 힘들었을 때, 장거리 출퇴근을 해야 하는 상황에서 아이들을 맡아서 돌봐주시던 친정엄마의 연이은 대수술은 처음으로 사직을 고민하게 했다. 정신적으로 많이 힘들었다. 우리 아이들을 보시느라 늙어버리고 아프신 것 같아 죄책감 때문에 잠을 이룰 수가 없었다. 가끔은 둘째를 사무실에 데리고 가기도 했고 다른 아이를 키우고 있는 고모 집 언니한테 부탁도 했다.

그때 당시 희망 사항은 돈을 조금만 벌어도 좋으니 반나절

__ 놀이가 밥이다! 나는 전통놀이지도사다

만 일하고 육아를 할 수 있다면 직업을 바꾸고 싶다는 말을 동료한테 한 적이 있다. 그런데 그런 직장을 당장 어디서 구하겠는가?

결심했다. 사직서를 제출했다. 인사 담당자는 '공혜경 주사님만 애기 낳아 기릅니까? 아이는 금방 커요. 다시 생각해 보세요. 사직서는 찢어 버립니다.'라며 어렵게 찾아간 나를 돌려보냈다. 그날 나는 '아니, 그만두는 것이 더 힘드네? 이것도 내 마음대로 못 한다고?' 정말 서럽게 목 놓아 울었다. 다시 마음을 가다듬고 진지하게 일하고 있을 때 다시 찾아온 위기, 산후 불어난 몸무게가 줄지 않아 무릎이 조금씩 아팠다. 둘째를 임신했을 때 불어난 몸무게가 무려 26kg이었는데 출산하고 나니 고작 5kg 정도만 줄었으며 출산 휴가를 마치고 기쁜 마음으로 예전의 원피스를 꺼냈으나 다시 임신복을 입고 허리를 약간 조여 메고 출근했던 것. 그 후 관리를 제대로 못 한 탓에 몸에 이상이 생긴 것이다.

또다시 사직서를 쓰기엔 용기가 많이 부족하여 육아휴직을 신청하고 내 몸을 챙기기로 했다. 일체의 다이어트 식품을 먹지 않았는데도 임신 전의 몸무게로 돌아올 수 있었던 것은 육아를 하느라 잠시도 앉아 있을 틈이 없었고 저녁 6시 이후엔 아무 것도 먹지 않았으며 식사량을 조금씩 줄여 나갔다. 당연히 몸은 점점 좋아졌다. 그러면서 다시 발동한 것은 '배워서 남 주자! 무엇이든 배우자!' 지금도 이것만은 아무도 못 말린다. 오징어는 말려도 짱구는 못 말려! 공혜경 강사도 못 말려!

시간은 잘도 흘렀지만 가만히 있는 성격이 아니라서 아이를 잠깐씩 맡기고 그동안 배우고 싶은 것을 문화센터에서 수강하였다. 내 운명은 여기서부터 시작되었다. 다른 직업을 가져도 괜찮겠다는 생각을 처음으로 했다. 일 년 후 복직을 하면서 나는 결심했다. 정말 친정엄마가 노후를 편하게 보내시도록 도와드리고 나는 무늬만 엄마가 되지 않겠다고. 더 늦기 전에 둘째 늦둥이를 엄마인 내가 키우겠다며 두 번째 사직서를 제출했다. 그리고 다음날 중국으로 여행을 갔다. 모든 전화는 친정엄마가 받는 수고로움까지 떠넘기고 말이다. 그 후 용기 낸 자신에게 아낌없는 박수를 보내며 나왔건만 왜 자꾸 눈물이 나는지… 육아가 힘들었을까? 그만둔 것이 후회됐을까? 고백하건대 전자였다. 지금은 아들에게 할 말이 많다. 아들아~ 모두가 네 덕분이다. 고마워.

나의 운명을 바꿔 놓은 바로 그 일, 문화센터에서 다양한 프로그램을 접한 탓에 남들보다 조금 빠른 시기에 전통놀이를 배운 것이다. 어린 시절 많이 놀았던 전통(전래)놀이 시간, 추억을 소환하니 재미와 흥미를 느끼는 것은 어쩌면 당연한 것이었다. 그 후 서울과 대전, 대구를 몇 차례 오가며 일곱 분의 선생님들께 배운 전통(전래)놀이와 창의인성소통놀이, 가족인성놀이, 세계전래놀이로 유아부터 어르신들이 계신 곳이라면 어디든지 달려가서 우리 놀이로 들썩들썩 한마당을 펼치고 온다. 이제는 줌화상강의로 전통놀이지도사 자격 과정을 열고 최근에는 외국인 유학생 체험 행사까지 진행했다.

__ 놀이가 밥이다! 나는 전통놀이지도사다

우스갯소리로 서울 한복판에서 돌을 던지면 강사가 맞는 다고 한다. 그만큼 강사라는 직업을 갖고 활동하는 사람이 많다 는 얘기다. 신의 직장 공무원 생활을 그만두고 경력단절 여성에 서 제2의 직업인 전통놀이강사, 한국전통놀이지도사로서 꽃길 을 걷고 있는 나는 월천강 행운아다. 요리를 배우기 위해 상담하 러 갔을 때 OO여성새로일하기센터의 직업상담사 선생님의 칭 찬 한마디와 선견지명이 있는 선배 강사의 '놀이는 대세일 것이 다.'라는 조언, 블로그를 통해 나의 일을 홍보하고 정보를 공유 하면서 강의를 의뢰하는 시대, 시골에서 놀고 자란 어린 시절 덕 분이다. 그야말로 딱! 딱! 딱! 맞아떨어졌기 때문에 감히 행운 아라고 말하는 것이다. 예기치 못한 코로나19 상황으로 모두가 힘들어하고 있는 시기에도 여느 때와 다름없이 온·오프라인에 서 바쁘게 활동하고 늦은 나이에 도전했음에도 불구하고 여기 저기에서 강의 의뢰를 하니 신나는 나의 일을 사랑하면서 즐길 수밖에 없다.

특히 우면산 별밤 축제 국립국악원 연희마당 전통민속놀 이 체험, 광주 전통문화관 흥겨워라 전통놀이 체험 행사, 광주동 구청 코 닿는 학교, 신중년 학습단 멘토, 전남국제교육원, 학부 모 및 교원역량 강화 연수, 컨설팅 장학, 자유학년제 수업, 초등 방학 특강, 도서관 축제 체험 행사, 시니어클럽 수업, 서울·수원 시·용인시·대구·부산·고창·목포·해남·고흥에서의 자격 과정, 줌으로 만난 교육생 등 잊지 못할 경험이 나의 재산이 되었고 때론 월천강(월 천만 원 버는 강사)로 불린다.

경력단절 여성에서 전통놀이지도사로 변신한 나는 무죄!

전통놀이란?

놀이란 무엇일까? 여러 사람이 모여서 즐겁게 노는 일. 그런 활동. 흥미와 재미(FUN)가 있다. 왜 재미있을까? 음식이 맛있거나 놀이가 재미있다고 느끼는 것은 인간의 생존과 진화에 도움이 되기 때문이다(진화 심리학). 전통놀이란 무엇일까? 전통놀이를 알아보기 전에 전통이란 무엇인지 살펴보자. 전통이란 지난 세대에 이미 이루어져 그 후로 계통을 이루어 전하여지는 모든 것을 포함하여 말한다. 즉, 내림이라든가 계통이란 뜻을 나타내고 있다. 이를테면, 전통의 내용은 한 시대에 살던 한 집단의 구성원들이 서로 나누어 갖고 있었던 생활의 모습들이라고 보인다.(김인회, 1985)

각 사회는 그 사회 특유의 생활양식을 아동에게 가르치듯이, 그 사회의 문화적 특수성이 낳은, 또는 그 사회의 문화적 특수성이 반영된 각종 놀이를 아동에게 가르치며 키우게 된다. 한국 사회에서도 한국 문화의 특수성이 낳은, 구체적이고 다양한 아동 놀이가 발견되고 있다. 이들 아동 놀이는 한국의 육아 방법과 양육 태도의 일부라 할 수 있으며, 한국 고유의 육아법과 양육방식에 포괄된 고유의 아동 놀이가 된다.

우리 조상들은 부족국가 시대부터 이미 멋있고 흥겹게 놀 줄 알았다. 우리의 멋과 가락은 오랜 세월 끊이지 않고 이어져 내려오는 동안 자연적, 역사적, 사회적 환경에 대처하고 적응하면서 일어진 신앙과 형태로 정착되어 오늘날 우리가 즐기게 된 것이다.(김광언, 1990 김성배, 1983) 이러한 의미에서 전통놀이란 고대로부터 일반적으로 행해지면서 민간에 의하여 전승되어 오는 여러 가지 놀이로써 전통성, 역사성, 고유성, 지속성을 지닌 놀이를 말한다.(이은화, 1989)

전통놀이는 유아들이 자연스러운 상황에서 즐길 수 있으며 문화적 가치뿐만 아니라 정신문화의 소중한 유산이며, 유아의 성장 발달에 조화롭고 원만한 인격을 형성하는 데 중요한 역할을 한다. 또한 유아들은 다른 친구들과 어울려 즐겁게 놀이하는 동안 사회성이 발달할 수 있고, 밝고 명랑한 성격을 형성할 수 있기 때문에 스트레스를 해소하는데 도움이 될 수 있다.(채종옥 외, 2005)

전통놀이는 보통 3세대 이상, 100년 이상 고대로부터 행해지면서 민간에 의하여 전승되어 오는 여러 가지 놀이로써 문헌적 근거를 찾을 수 있는 놀이로 승경도, 하회별신굿탈놀이, 봉산탈춤, 투호, 쌍륙 등이 있다. 전통 놀이의 교육적 가치로는 건강증진, 자신감 형성, 정서적 긴장 해소, 친구와 협동적인 관계, 경쟁적 관계 경험 등을 들 수 있다.

전통놀이지도사와 관련한 자격 정보

강사 양성 또는 프로그램을 맡아서 수업을 할 때는 반드시 그와 관련한 자격증을 소지한 자만이 가능하다. 놀이와 관련한 정보를 검색하다 보면 비슷한 문구로 인해 오해를 하거나 요구하는 자격 명칭 때문에 다시 취득했다고 하는 교육생을 가끔 본다. 내가 취득하고자 하는 자격 정보를 미리 알고 도전한다면 이러한 문제점은 생기지 않을 것이다.

아래는 한국직업능력연구원에 등록된 자격발급기관의 자격 정보 또는 직무 내용으로 자격발급기관마다 사범, 1급, 2급, 3급, 단일등급으로 구분되며 교육비, 자격증비, 검정비가 있으므로 궁금한 사항은 해당 기관에 문의하여 상세 내용을 확인하는 것이 중요하다.

전통놀이강사
전통놀이강사의 유사 명칭은 전통놀이지도사이며 고용(표준) 직업분류로는 예능 강사이다. 어린이집, 유치원, 초등학교 등을 방문하여 어린이들에게 비석치기, 구슬치기, 풀잎 배 만들기, 종이배 만들기, 강강술래 등의 전통놀이를 시연하고 체험활동을 진행한다. 전통놀이 외에도 가을 송편 빚기나 전래동화 읽기, 식물채집 등 다양한 전통문화 활동을 교육하기도 한다. 교구재 제작을 위해 구입이 어려운 자연 재료는 직접 산과 들로 다니며 재료를 구해서 만들기도 한다. [네이버 지식백과] 전통놀이강사 (한국직업사전, 2016.)

전통놀이지도사
전통놀이를 통해 조상들의 놀이 문화를 이해하고 전통문화 체험 및 전통놀이 교육을 체계적으로 지도하여 어린이, 청소년 성인을 대상으로 학교, 사회교육기관 등에서 전통놀이 지도, 상담, 관리의 역할을 수행한다. 판놀이·몸놀이·계승 전통돌이의 종류, 방법 등을 익히고 연구하여 사람들에게 다양한 전통놀이를 통해 전통문화에 대한 중요성, 시대성, 계승성을 자각시키고 놀이를 통한 세대 간의 소통과 대화의 장을 만들어 공동체 의식을 함양시킨다.

이 밖에도 호령지기전통놀이강사, 다문화전통놀이지도사, 전통놀이영어지도사, 노인전통놀이지도사, 전통놀이강강술래지도사, 전래놀이지도사, 창의융합전통전래놀이전문가, 제주전통놀이문화지도자, 1~3세대가 함께 하는 전통놀이교구창의력지도사 등 다양하다.

전통놀이지도사의 활동 영역 및 준비사항

전통놀이지도사의 활동 영역은 참으로 다양하다. 자격 과정에 도전할 때 가장 많이 질문한 것 중 하나는 '자격증을 취득하면 어느 곳에서 활동할 수 있나요?'이다.

어린이집, 유치원, 초등학교 방과 후 학교 수업, 초등 돌봄교실, 전통문화의 날 행사, 지역아동센터, 중학교 자유학년제, 동아리 활동, 컨설팅 장학, 교육지원청, 학부모 및 교원역량 강화 연수, 건강가정다문화가족지원센터, 여성새로일하기센터, 마을공동체 사업, 문화센터, 복지관, 주간보호센터, 요양원, 실버놀이교실, 노인 일자리 사업, 치매안심센터, 경로당, 창의인성마당 체험 활동, 지역 축제 또는 전통문화관 체험 부스 행사, 자격 과정 등 그야말로 놀이 분야가 들어가지 않는 곳이 없을 정도로 다양한 곳에서 프로그램을 진행할 수 있다.

또한 놀이 관련 사업은 그 수요가 많으므로 기획력이 있다면 공모사업에 참여하는 것도 추천한다. 지난 2020년 보건복지부는 아동권리보장원과 함께 지역 내 초등학교 연령 아동들에게 놀이 관련 서비스를 제공하는 시범 사업인 '놀이 혁신 선도 지역'을 공모하여 전국 10개 기초지방자치단체를 선정하여 지역 여건에 맞게 다양한 놀이 관련 지역사회 서비스 사업 모형을 개발하여 1개소당 1억 원을 지원하였다. 지역별로 조금씩 달랐지만 지방비를 추가하여 대대적으로 전통놀이를 포함한 놀이 관련 서비스를 시행한 바 있다.

그리고 「2019개정 누리과정」을 살펴보면 어린이집과 유치원에 다니는 3~5세에게 공통으로 제공되는 교육과정 즉, 누리과정이 '유아중심·놀이중심'으로 개정되어 2020년 3월부터 시행됨으로써 교육 현장에서는 전통놀이, 전래놀이, 비구조화된 놀이와 관련한 문의 및 교원 연수 강의 의뢰가 늘어나고 있다.

놀이는 손뼉 놀이, 말놀이 노래, 몸놀이, 놀잇감 놀이 등이 있는데 대상과 장소에 따라 준비물은 많이 다르다. 어린이집을 방문하면 아직 기저귀를 차고 우유병을 물고 있는 아이들도 있다. 우리 전통 또는 전래놀이를 맞춤형으로 응용해야 가능하다. 유치원은 만3세~5세이므로 오감을 자극하는 프로그램으로 전래 노래와 함께 할 수 있도록 구성하고 초등학교와 지역아동센터는 체육, 음악 교과서에 나오는 내용을 잘 살펴서 노래 놀이, 활동적인 것을 준비하여 아이들이 방방 뛰면서 놀 수 있는 것이 좋으며, 중학교 자유학년제 수업은 온·오프라인에 대비해서 놀이 키트와 화상으로 진행이 가능토록 사전 준비 작업이 필요하다. 체험 부스 행사는 많은 사람들이 다양하게 체험할 수 있도록 안전하고 유익하면서 활동적인 놀잇감을 준비하면 좋다.

전통놀이지도사는 놀이와 관련한 기사, 기관의 공지, 고시 내용 등을 수시로 확인하여 정보를 수집하는데 노력을 기울여야 한다. 지금까지 자격 과정을 진행하면서 블로그와 밴드를 통해 놀이 활동을 지속적으로 관리하고 정확한 정보를 알리는데 주력

하고 있다. 나를 알리는 홍보 수단으로 SNS 도구를 활용하고 있으며 강사 그룹 스터디에 참여하여 업데이트하고 강사 카드, 강의계획서(일일, 회차별, 연도별, 자격 과정별), 견적서를 작성하여 수시로 수정 작업도 한다. 시간을 내어 생활용품과 자연물을 활용한 놀잇감을 만들고 시연을 해보는 등 연구도 게을리하지 않는다. 天下莫無料(천하막무료), 세상에 공짜는 없다.

놀이 활동가에게 추천하고 싶은 책

전통놀이를 지도한다고 하면 대부분은 놀이 방법을 알고 놀잇감을 가지고 논다고만 생각하기 쉬우나 그렇지 않다. 놀이에 대한 유래, 기본자세, 동작, 실·내외놀이에 따른 적정 인원, 놀잇감, 유의사항 등 이론과 실기를 겸해야 교육 현장에서 흥미와 재미를 만끽하며 안전하게 잘 놀 수 있다. 나도 책을 통해 많은 자료를 수집하고 응용 놀이를 준비한다.

놀이 활동가라면 꼭 읽어보길 바란다. 호모 루덴스(요한 하위징아), 놀이하는 인간의 철학(정낙림), 놀이하는 인간(노르베르트 볼츠), 놀이와 인간(로제 카이와), 놀이의 반란(EBS 놀이의 반란 제작팀), 플레이, 즐거움의 발견(스튜어트 브라운, 크리스토퍼 본), 놀이도감(오쿠나리 다쓰), 조선의 향토오락(촌산지순), 조선의 민속놀이(서득창), 오래된 미래 전통 육아의 비밀(김광호PD, 조미진 방송작가), 아이들은 놀이가 밥이다(편해문), 몸놀이가 아이 두뇌를 만든다(질 코넬, 셰릴 맥카시 외 1명), 놀자 선생의 놀이 인문학(진용근), 세시풍속과 전통놀이(최정원), 학교와 마을이 하나 되는 전통놀이(전인구), 실뜨기 대백과(노구치 히로시) 등이 있다.

　각자에게 도움 되는 책들이 많겠지만 특히 조선의 향토오락(촌산지순)은 1936년 각 도지사에게 조회하여 전국 각지에서 행해지고 있는 향토오락(민간 신앙, 민속예술, 세시풍속, 구비전승)을 조사, 정리한 자료로써 지방에 따라 다른 놀이 방법, 놀이 시기(음력) 등을 표기하여 나에게 많은 도움이 된 책이다. 놀이 활동가는 다양한 책을 참고하여 배우고 익힌 내용을 지도함에 있어서 왜곡되지 않도록 꾸준한 노력을 해야 한다.

전통놀이지도사의 전망과 전통놀이 발전 계승

전통놀이지도사는 1회 특강부터 몇 회기·연간 프로그램 수업, 체험 부스 행사, 자격 과정 진행을 할 수 있는데 수입은 천차만별이다. 강사 등급, 주관 부서의 예산 범위, 교통비, 원고료 지급 유무에 따라서도 많이 달라지기 때문이다. 시간당 4만 원부터

1건당 수백만 원의 행사 진행까지 있다. 경력을 쌓고 자격 과정까지 한다면 월 천만 원 이상의 수익을 얻을 수 있는 놀면서 돈 버는 매력적인 직업이다. 더 좋은 점은 어린이집부터 어르신들이 계신 곳에서 전통(전래)놀이로 소통하고 협동하면서 배려와 존중하는 마음을 나눌 수 있다는 것이다.

우리 선조들이 반만년의 긴 역사 속에서 창조한 전통 놀이는 일반 서민들에 의해 유지, 발전되고 전승되어 왔으며, 민족의 행동 양식 내지 생활양식, 그리고 우리 사회가 추구하는 가치와 신념이 고스란히 담겨 있다.

초등학교 교과서 여가 활동 '잊혀져 가는 놀이를 찾아서'에서는 전통놀이 체험 계획을 세우고 명절에 즐겼던 놀이, 돌이나 도구를 이용했던 놀이, 협동하여 겨루는 놀이 등으로 아이들에게 현재 생활 속에서 전통문화를 찾고 경험하게 하며, 선조가 추구해온 이상적 삶이 무엇인지를 알게 하고 자긍심을 갖게 하며, 전통문화를 계승 · 발전시켜나갈 수 있도록 가르치고 있다.

또한, 전통문화의 계승 방안을 모색하기 위해서는 전통놀이의 특성과 가치를 분석하고, 이를 기초로 현대에 맞게 전통 놀이를 재창출할 수 있는 활성화 방안을 모색하여야 할 것이며, 앞으로도 계속 우리의 전통 놀이를 발굴하고, 현대에 맞게 재창출하여 활성화시키고, 궁극적으로, 우리 민족의 전통문화를 후대에 계승할 수 있도록 끊임없이 노력하는 것이 전통놀이지도사의 몫이기도 하다.

__ 놀이가 밥이다! 나는 전통놀이지도사다

'어린이 놀이헌장'을 들어본 적이 있는가? 어린이에게는 놀 권리가 있다. 어린이는 차별 없이 지원을 받아야 한다. 어린이는 놀 터와 놀 시간을 누려야 한다. 어린이는 다양한 놀이를 경험해야 한다. 가정, 학교, 지역사회는 놀이에 대한 가치를 존중해야 한다. 지난 2015년 5월 어린이날을 하루 앞두고 전국 17개 시도 교육감들이 모여서 어린이 놀이헌장을 선포하였다. 아이들의 놀이를 실질적으로 지원할 수 있는 10대 공동정책과 함께 충분한 놀이 시간을 보장하고, 학교 내외에 안전한 놀이 공간을 확보하며, 교사들의 놀이 연수를 강화하는 내용 등도 담겼다.

어릴 적 동네 아이들이 모이면 자연스럽게 편을 갈라 놀았던 것처럼, 누리과정이 추구하는 인간상처럼 우리 아이들이 건강한 사람, 자주적인 사람, 창의적인 사람, 감성이 풍부한 사람, 더불어 사는 사람으로 자랄 수 있도록 우리 조상들의 멋과 지혜가 담겨져 있는 전통놀이를 계승 발전시켜 나가야 한다.

21세기가 바라는 것은 호모 루덴스(놀이하는 인간)이다.

앞으로 전통놀이지도사와 함께 하는 곳마다 'OO 놀이할 사람 여기 여기 붙어라!' 하는 소리로 웃고 떠들면서 깔깔거리는 모습을 자주 볼 수 있길 희망한다.

나는 바른 자세로 축복과
희망을 전달하는 바른 자세 &
바른 회사 프로그래머입니다

최하늬

20대에 창업하여 시대에 맞게 사업을 트랜스포메이션하며 변화에 강해지고 본질에 접근한 사업 방법을 알게 되었다. 성장을 위해 가장 필요한 것은 무엇일까? 바로 생각하는 힘이다. 나는 이것을 '귀인'에 답이 있다고 생각한다. 훌륭한 멘토를 찾아 그 멘토와 대화하는 것만으로도 나의 방향과 생각들을 정리하고 더 바르고 빠른 방법으로 세상에 나를 포지셔닝할 수 있기 때문이다.

요즘 젊은 친구들은 좋은 직장에 취업하기를 바란다. 좋은 직장에서 원하는 자격조건을 갖추느라 오랜 시간 공부하고 준비하고 있다. 그 직장에서 추구할 목표와 목적이 있다면 당연히 그렇게 하는 게 좋겠지만 그저 안정적이고 복지 좋고 일은 편하고 월급 많이 주는 회사를 찾아서 칼을 가는 것이라면 미안하지만 칼 가는 방향이 좀 잘못되었다고 말해주고 싶다. 그 시간에 나에게 진짜 돈을 줄 고객, 즉 세상 사람들이 필요한 것, 불편한 것을 찾아 그들을 만족시키는 방법을 찾는 게 훨씬 경쟁이 덜 할 것이다. 그렇게 우리도 원하는 것을 만들고 이루고 즐겁게 살 수 있다는 것을 알려주고 싶다. 그리고 '앞으론 더 1인기업의 시대가 온다, 스펙이 아닌 능력과 경험의 시대가 온다'라고 말해주고 싶다.

＿ 최하늬

- 현)바른 회사 로고스 대표
- 현)로고스 바른 자세 컨설팅 대표
- 현)㈜ 더 바른 회사 컨설팅 강의
- 전)올가 휴 뷰티 센터 원장
- 명지대학교 자연학부 식품영양학 졸업

sarastar@naver.com
https://blog.naver.com/sarastar
010-3089-2310

나는 바른 자세로 축복과 희망을 전달하는 바른 자세 & 바른 회사 프로그래머입니다

저는 "바른 자세 프로그램"을 만드는 사람입니다

바른 자세 프로그램? 좀 생소한 단어일 것이다. 하지만 현대인에게 요즘 가장 필요한 건강 키워드가 무엇인가 생각해본다면 누구나 바른 자세가 필요하다고 말할 것이다. 교정이 필요한 사람도, 근육이 약해져 체력적으로 고생을 하는 사람에게도, 운동을 많이 하지만 여기저기 관절이 아픈 분들에게도 바로 바른 자세가 필요하다. 이유는 바로 바른 체형으로 살기 어려운 시대이기 때문이다.

고객님마다 나를 찾는 이유는 다양하다. 위에 말한 것처럼 각자 몸의 문제 때문에 바른 자세에 해답이 있지 않을까 하는 생각에 찾아오시는 것 같다. 자신의 몸의 문제를 알도록 도와드리고 필요한 교정 도구와 운동 도구 그리고 일상생활 환경에 바른 자세 환경을 만들어 행동을 바꿔, 뇌 인지 신호체계까지 변화시키는 프로그램이다.

단순히 병원, 한의원, 마사지 숍 등에서 누워서 뼈와 근육을 맞추는 게 아니라 24시간 일상 활동 중에 중력을 이용해 몸을 교정하는 원리로 만들어진 프로그램으로 겪어보는 사람마다 '그게 가능해?'로 시작해서 '찐이다'를 외치며 지인에게 새로운 건강관리 방법으로 소개가 이어진다. 그리고 지금은 바른 자세 프로그램을 전문으로 하는 전문가분들께 이 과정을 안내해드리고 교육해드리며, 이 전문 직종으로 창업을 해서 수익까지 이어지게 하는 창업과 교육프로그램을 함께 운영하고 있다.

20대 직장인에서 나만의 사업에 도전하다

직업을 꼭 전공과목과 선택해야 할까? 나는 80년대 이후 많은 젊은이들이 단지 공부의 연결 선상에서 대학을 간다는 사실을 알았다. 그리고 나 또한 그들 중 하나였다. 20년 식당 경력이 있었던 엄마의 영향으로 성적에 맞춰 대학을 갔고 과를 선택할 때 만만했던 '식품영양학과'를 선택했다. 하지만 실제 대학을 갔을 땐 학교생활이 재미없어서 연애와 아르바이트만 여기저기 하면서 시간을 보냈던 것 같다. 그러다 3학년이 지나자 그래도 졸업장을 잘 따고 싶어서 고등학생 때처럼 열심히 다녔고 영양사 자격증과 졸업장을 취득했다. 하지만 그 이후엔 나의 길을 찾고 싶었다. 진짜 내가 좋아하는 건 무엇일까? 내가 잘하는 것은 무엇일까?

다양한 경험을 하고 싶어서 어학연수도 다녀오고, 워킹홀리데이로 외국에서도 일을 해보며 생활을 해봤다. 그 인연으로 첫 직장은 영어 어학원에서 일하게 되었다. 상담업무도 하고 1:1 레슨도 하면서 내가 무엇을 잘하는지 알게 되었다. 사람들을 만나고 대화를 나누고 그들이 도전하는 것을 함께 도와주고 하는 일이 참 즐거웠다. 그리고 내가 영어를 배웠던 노하우를 전수해주면서 왕초보 어른들도 재밌게 한 문장 한 문장 씩 하는 것이 재밌었다. 그리고 그 업무 중에 참 재밌었던 것은 한 달 한 달 인센티브 제도였다.

상담을 하면 자연스럽게 내부 2차 영업을 통해 장기 고객을 확보하는 일이었다. 이렇게 얘기하면 정말 이익을 위해서만 하는 일 같지만 사실 영어라는 것도 말하는 습관이라 6개월 이상하지 않으면 늘지 않는다. 그리고 쉽게 포기하는 자신을 위해 환경설정을 하도록 돕고 가이드와 코칭을 돕는 조력자로서 학원에 적응을 잘하게 도와드리면 되니 모두에게 좋은 상담이 되었던 것이다. 즐겁고 재밌게 일했지만 이때 학원 운영자의 도덕적인 이유로 퇴사를 결심하고 또 다른 일들을 도전하게 되었다.

이번엔 작은 신문사에 인턴 기자로 취업을 했는데, 이때 참 재미난 경험을 했던 것 같다. 매달 30명이 넘는 모임을 주최해보

__ 나는 바른 자세로 축복과 희망을 전달하는 바른 자세 &
바른 회사 프로그래머입니다

고 300명이 넘는 멘토와 멘티를 연결시키는 일, 다른 전문가들을 찾아가 인터뷰를 하고 그들에게 살아온 이야기를 듣고 그것을 글로 남기는 일은 나에게 참 중요한 시기였다. 이 시기는 급여는 잘 벌진 못했는데, 어느 대기업을 가서도 얻지 못할 소중한 추억과 도전정신을 얻었다. 컨퍼런스 세미나 등도 기자 신분으로 참석도 많이 하고 매달 새로운 모임을 하니 다양한 분야의 젊은 친구들과도 만날 수 있었다. 그중에는 젊고 유능하고 사업을 시작한 친구들도 많았다.

그 친구들 중 몇몇은 지금도 자신의 인생에 자신의 이름을 남기며 자신의 라이프스타일 속에서 멋지게 일하고 수익화하는 사업모델을 가진 친구들로 연락하며 지낸다. 이때의 경험들이 '하늬야 너도 할 수 있어, 저 사람들도 해냈잖아!' 하고 내게 말해주는 것만 같았다. 멘토와 멘티를 이어주는 일에선 멘티를 구한다고 국회의사당에 들어가 모든 사무실에 노크하고 홍보를 하고 나온 일도 지금 생각하면 정말 젊은이의 패기로 가능한 일이었던 것 같다. 하지만 그때의 기억이 지금도 교회에서 노방전도를 하거나 내 샵 홍보를 위해 전단지를 돌릴 때 두려움 없이 할 수 있는 일이 되어버렸다. 어떤 경험이든 필요 없는 경험은 없었던 거 같다.

이후 수입을 내기까지는 너무 어려웠던 신문사라, 신문사에 나와 다시 직업에 대해 고민했다. 잠시 은행직을 준비했지만 나는 그 일과는 캐릭터가 맞지 않는지 서류에서 모두 떨어져서 감사하게 시험도 못 봤다. 지금 세상 돌아가는 일을 알고 보니 나 같아도 자유분방한 나를 채용하기 어려웠을 것이라는 생각이 들었다. 어쨌든 낙방했고 좌절했다.

이후 어떤 일이라도 하고 싶었다. 세상에 쓸모없는 사람이 되는 거 같아 점점 시간이 지날수록 우울해지고 있었다. 그렇게 집 가까운 여기저기 면접서를 넣던 중에 콜센터에 취업을 하게 되었다. 인터뷰에 이 정도면 고 스펙인데 여기서 일해도 괜찮겠냐고 물었다. 나는 상관없었다. 무슨 일이든 하고 싶었다.

그렇게 콜센터는 나의 마지막 직장이 되었는데, 지금은 많이 좋아졌지만 그때 당시엔 자리를 비우는 움직임조차 허락을 맡고 이동해야 하는 터라 '비인격적인 근무환경'이란 생각이 들었다. 무엇이든 좋지 않으면 개선하고 싶었던 젊은 의지의 소녀는 상사에게 부탁했고 열심히 거절을 당했다. 신입사원 나부랭이가 바꿀 수 있는 것은 별로 없었다. 그리고 대기업의 시스템 제일 말단이자 고객과 가까운 최전방인 고객센터는 고객의 불만을 들어도 개선을 위해서 할 수 있는 것들이 별로 없었다. 그 점이 너무 답답했다. '내가 사장이라면 안 이럴텐데…' 나는 내가 결정하는 것들이 좋았다. 그리고 책임을 지면 덜 억울할 거 같았다. 그리고 내 고객에게 직접 개선책들을 제안하는 것이 좋았다. 그래야 그들이 행복하고 내 상품을 더 즐겁게 이용해줄 테니까.

이후 결혼을 했고 미래를 생각하고 준비하면서 퇴사를 결심했다. 이유는 아무리 생각해도 이 직장에서 신랑과 둘이 벌어서

___ 나는 바른 자세로 축복과 희망을 전달하는 바른 자세 & 바른 회사 프로그래머입니다

는 미래를 준비할 돈을 모으긴 어려울 것이라는 생각이었다. 어떻게 되겠지가 아닌 10년, 20년을 그려보니 이곳 이 직장에서는 내가 꿈꾸는 미래를 준비하기에는 너무 적은 월급이었다. 그렇게 신랑의 응원으로 사업을 결심하게 되었다. 혼자였다면 솔직히 좀 더 망설였을 것이다. 하지만 결혼을 했으니 더 미래를 계획하게 되었고 신랑에게 "당신은 꾸준히 버세요, 저는 많이 벌게요"라고 외치며 사업을 구상했다.

직장을 그만둬야 생각을 할 수 있을 거 같았다. 그렇게 휴식을 취하던 어느 날, 반영구화장을 받으러 갔다가 기술을 가르쳐준다는 말에 마음이 움직였다. "그래! 바로 이거다!"라는 생각이 들었다. 눈썹과 아이라인을 하면 25만 원 한 달에 10명을 하면 250만 원, 지금 내 월급보다 많이 벌 수 있겠다! 사실 이렇게 단순하게 생각하고 시작했다. 기술을 가진 서비스라 숍을 내서 하면 나중에 하루에 더 많은 시술을 할 수 있을 시간을 벌 수 있다고 생각해서 숍도 얻고 인테리어도 했다. 무식이 용감이지 정말 용감했다.

나는 결혼할 때도 돈 한 푼 없이 결혼했고, 사업을 할 때도 자금 없이 사업을 시작했다. 물론 주변의 도움이 있었기 때문에 가능했다. 하지만 주변이 도와줄 여력이 있다고 나를 그냥 도와줬다고 생각하면 안 된다.

건물을 무상으로 얻어내기 위해서 사업기획서와 Q&A를 준비해서 건물주를 찾아갔다. 그리고 면담을 통해 원래 계획은 1

층이었지만 차선책으로 2층에 샵을 가지게 된 것이다. 인테리어 비용도 만만치 않았다. 배우자의 신뢰가 없었다면 불가능했을 것이다. 이 글을 읽고 있는 여러분도 무엇을 하고자 마음먹었다면 들어갈 비용을 계산해보고 도움을 구할 자에게 가서 설득하고 프레젠테이션 할 준비를 하고 '자금'을 준비해야한다. 이것 또한 능력이라 생각한다.

사업의 트랜스포메이션, 변화에 능한 사장이 되어라

그렇게 사업을 시작했지만 모든 것이 처음 해보는 터라 너무 막막했다. 이럴 줄 알았으면 다른 샵에서 무급이라도 일 좀 하다가 시작할 걸 조금 후회했다. 그래도 감사하게 벤치마킹으로 배워서 하나씩 정돈을 해 나가다 보니 그럴듯한 샵이 되었고 고객님들도 내 서비스와 케어에 만족을 하셨다. 하지만 문제는 위치였다. 무상을 얻은 샵이라 사실 상권이 매우 좋지 못했다. 여자분들이 길거리를 다닐만한 곳이 아니었다. 그 뒤부터 온라인 마케팅을 배우며 블로그를 하나씩 써보았다. 하지만 생각보다 고객님은 별로 없었다.

사실 서비스 품목이 대중적으로 하는 서비스가 아닌 것 같아 대중적인 서비스를 늘렸다. 속눈썹 연장을 하고 온라인에 쿠

폰으로 홍보하니 손님이 무척 늘었다. 하지만 이제 단가가 문제였다. 어쨌든 고립된 상권에서는 한 분 한 분이 원스톱으로 이곳에서 많은 케어를 받아야 가게 운영이 가능했다. 마치 하나의 문제는 나에게 하나의 시험문제처럼 풀 방법을 생각해내는데 집중하게 했다.

결국 피부관리숍까지 함께 운영하며 화장품을 론칭에 함께 판매하게 되었다. 화장품도 판매할 수 있고 대중적인 관리라 손님 수도 같이 늘어나니 여러모로 가게 운영에 도움이 많이 되었다. 이후 직원도 고용하고 샵의 매출도 점점 올라갔다.

그러던 어느 날 다시 고비가 찾아왔다. 바로 둘째 임신이었다. 첫째 때는 그래도 건강한 몸 덕분에 씩씩하게 일을 했는데, 그게 몸을 더 무너지게 했는지 둘째 때는 더 힘들었다. 예민한 몸 탓에 임신과 함께 너무 무기력해진 몸은 일을 하기 어려웠다. 심한 입덧으로 다시 앓아누우며 샵을 운영하기 어려워졌다. 직원에게 몇 달간 기존 고객님만 케어를 부탁하며 끈만 이어가고 있었다.

여자들은 임신과 출산 그리고 육아로 인해 경력이 단절된다고 했다. 하지만 난 직장인이 아닌 터라 별걱정 없었는데, 변해버린 체형과 너무 약해진 체력으로 일을 하면 할수록 몸은 더 안 좋아지고 힘들어지는 게 온몸으로 느껴졌다. 그리고 둘째까지 출산한 이후에는 더더욱 힘들어 진짜 하나님께 울부짖으며 기도드렸다. 저에게 능력을 주세요! 어떻게 해야 하나요!

그리고 다시 한번 기회가 찾아왔다. 피부숍을 운영하며 거래했던 화장품회사에서 만났던 다른 사장님이 나에게 새로운 사업의 기회를 소개해 주셨다. 체형교정 시장은 앞으로 더 커질 것이고 사업을 하다 보면 배울 만한 멘토가 있으면 좋다는 이야기였다. 깊이 공감했다. 진짜 혼자 사업을 하다 보니 우물 안 개구리였고, 정직하고 능력 있는 따뜻한 리더가 있다면 당장이고 따라가고 싶었다. 기도를 들으셨는지 내게 그런 만남의 축복이 허락되었다.

이후 길거리 모든 광고가 교정을 빼놓은 건강 사업이 없구나 하는 생각이 들었다. 운명적이었다. 그리고 약해질 대로 약해진 내 몸은 바로 바른 자세 프로그램을 온몸으로 환영해 줬다. 정말 허리가 쫙 펴지고 어깨가 쫙 펴지고 온몸에 힘이 생겼다. 그리고 몇 주 뒤, 나는 내가 하는 마사지보다 이 프로그램이 고객님에게 결국 더 필요한 프로그램임이라는 확신이 들었고 이 사업을 하기로 결심했다.

그렇게 바른 자세 프로그램을 가지고 사업영역을 확장했다. 『부의 추월차선』이라는 책을 읽으니 부자가 되는 길은 나이 들어가는 게 아니라 젊어서 갈 수 있고, 그 길은 내가 운전대를 잡고 선택하면서 갈 수 있는 길이어야 하며, 영향력과 규모의 법칙에 의해 확대가 가능한 일어야 나에게 부를 가져다준다는 내용이었다. 무릎을 쳤다. 바로 지금 내가 가는 길이 잘 가는 길이구나!라는 확신이 들었다.

__ 나는 바른 자세로 축복과 희망을 전달하는 바른 자세 &
바른 회사 프로그래머입니다

그리고 4년 뒤 이 분야의 전문가로 인정을 받고 있고 나와 같은 사람들은 양성하기 위해 강의도 하며 배운 것이 수익으로 이어지도록 창업 프로그램까지 함께 만들어 나가며 어떻게 세상에서 나의 능력을 가치화하고 세상과 소통하며 대가로 수익을 창출하는지 배우게 되었다. 그리고 억대 연봉 사업자 또한 배출하며 사업도 현재 진행 중이다.

나의 성장과 지속과 관련된 위기는 체력의 한계, 시간의 한계였다. 내가 건강하게 일할 수 있는 시간은 무한하지 않다. 한계가 있을 것이다. 그리고 하루에 내가 받을 수 있는 손님의 수도 한계가 있다. 그래서 결국에 내가 잘 때도 수익이 생기는 시스템을 만들지 않으면 죽을 때까지 일해야 한다는 워렌버핏 할아버지 말씀을 듣고, 시스템을 만들 수 있는 사업을 택한 것이다.

나를 알고 적을 알아야 백전불태

이 사업이 참 괜찮은 사업이라는 것을 알려주고 싶었다. 하지만 모두에게 좋은 사업이라고 모두가 할 수 있는 사업은 아닐 것이다. 나 또한 나의 강점과 성향이 이 사업과 잘 맞아 더 빛을 발하고 있다고 생각한다. 그런 의미에서 자신의 업을 찾고 있는 사람이라면 먼저 자신을 잘 알라고 조언하고 싶다.

책 앞의 스토리에서 느꼈겠지만 나는 나에게 관심이 많았다. 어떤 일을 할 때 즐겁고, 어떤 사람을 만나야 일이 잘되고, 어떤 일을 할 때 시너지가 나고 결과가 좋은지 너무 관심이 많았다. 그저 감정적인 게 아니라 분석적으로 데이터를 가지고 생각하는 게 내 성향이었고 지금은 더 발전하여 강점으로 잘 활용하고 있다. 연애를 할 때도 마찬가지였다. 어떤 사람을 만날 때 내가 좋은 영향을 받는지, 기쁜지 행복한지 불편한지 계속 나를 관찰했다. 다른 상황, 다른 사람에 따라 다른 내 모습이 나오기 때문이다. 그럼 더 좋은 사람이 되기 위해서 내가 좋아하는 상황과 좋아하는 성향의 사람을 자주 만나면 어떨까? 그렇게 나를 알아가면서 나에게 좋은 영향을 주는 사람과 결혼을 했고 매우 행복하게 살고 있다. 그리고 그렇게 일을 선택했고 매우 행복하게 일하고 있다.

결국 내가 원하는 것이 무엇인지 알고 그것들을 이룰 때 우리는 행복한 시간을 더 많이 보낼 수 있을 것이다. 지금 나에 대해 관찰하고 탐구하던 것이 남에게 비추어 다른 사람이 자신을 찾을 수 있게 도와주고 있다. 나를 알고 적을 알아야 백전불태! 원문은 지피지기면 백전불태라고 적을 알고 나를 알면 100번 싸워도 위태롭지 않다는 손자의 말씀이다. 하지만 업의 세계에서 나는 '나를 먼저 아는 것이' 참 중요하다고 생각해서 위치를 바꿔보았다.

나를 성장시키는 힘, 메타인지와 피드백

나를 객관적으로 알 수 있으면 얼마나 좋을까? 하지만 누구나 나 자신을 너무 사랑하기 때문에 지극히 주관적으로 자신을 볼 수

밖에 없다. 그리고 상황마다 다른 자신의 모습이 나오기 때문에 단지 상상력만으로는 자신을 제대로 알기가 어렵다. 그래서 경험의 중요성을 계속 말하는 것이다. 작은 일이라도 내가 내 손으로 내 발로 움직이고 그 현장에서 내가 겪은 경험과 감정이 나에게 말해 줄 것이다. "오늘 한 일은 정말 즐거웠어." 그리고 결과가 또 말해 줄 것이다. "너는 이 일에 재능이 있어"

하지만 한 두 번의 시도에서 통계를 내기란 좀 위험하니 다양한 경험을 해보고 실패와 성공을 통해 좀 더 정확도가 높은 결과값을 찾아보길 바란다. 이렇게 자신을 객관적으로 성장시킬 힘을 갖는 것이 바로 메타인지이다. 하지만 아무리 높아도 60% 밖에 안되기 때문에 우리는 또 다른 성장 도구가 필요하다.

바로 다른 사람의 피드백이다. 내가 아닌 다른 사람은 나를 객관적으로 보기 쉽다. 하지만 이 "다른 사람"을 잘 선택하는 건 여러분의 몫이다. 이유는 남의 말을 너무 귀담아듣고 이 말 저 말 다 주워 담아 생각한다면 사실 정신병에 걸리기 딱 좋기 때문이다.

그럼 누구의 말을 귀담아들어야 할까? 특히 성장과 관련해서는 첫째, '나의 발전을 진심으로 기뻐하는 자'의 말을 귀담아들어야 한다. '이 다른 사람은 엄마, 아빠가 아닐 수도 있다.'는 말이다. 보통 부모님은 내가 발전을 하려고 도전을 할 때 나보다 더 두려워서 도전을 방해하시는 경우가 많기 때문이다. 그리고 둘째는, '내가 성장하려는 분야에 이미 어느 정도 결과를 내신 분이어야 한다.' 그 외에 도전도 해보지 않았고, 나를 잘 알지 못하고, 내 도전이 성공이 되었을 때 질투할 것 같은 사람들의 피드백 그리고 다른 사람의 비난 섞인 피드백은 가려서 듣길 바란다.

이러한 기준으로 자신에 대한 피드백을 점검한다면 훨씬 더 건강한 성장을 할 수 있고, 내 삶을 더 풍요롭게 해줄 일도 기획해 나갈 수 있으며, 더 자신감 넘치고 재밌게 삶을 살 수 있을 것이다.

가끔 엄마가 나에게 물어보신다. '너 돈은 벌고 다니냐?' 여러 의미가 있겠지만 내가 일하는 스타일에 의구심이 들어서라고 생각한다. 9시부터 6시, 월요일부터 토요일 등 그동안의 근무 형태에 익숙한 세대에게는 나의 일하는 방식이 낯설 것이다. 나는 나의 시간과 공간의 제한을 맘대로 큐브처럼 옮기며 "결과"를 내는 일에 집중을 하는 삶을 살고 있다. 이미 2년 전에 순이익 1억 이상 하는 1인 회사로 키웠으며, 지금은 가맹점의 형태로 계약을 맺은 사장님들의 사업을 도우며 매월 1억 매출을 도전하고 있다.

__ 나는 바른 자세로 축복과 희망을 전달하는 바른 자세 &
바른 회사 프로그래머입니다

나는 드림 멘토를 꿈꾸는 치과위생사다

유은미

임상 치과위생사로서 20년, 치위생과 겸임교수 및 강사로서 17년, 병원컨설팅 및 교육 사업가로서 6년, 대한치과위생사협회 서울특별시회 임원 활동 7년, 진로코치단 및 치과위생사 직업을 소개하는 진로 강사로 7년.

치과위생사로서 할 수 있는 다양한 직업 경험을 바탕으로 미래와 진로를 고민하는 치과위생사들과 함께 성장하고 꿈을 키워가는 디엠플러스(Dream Mate Plus)라는 1인 기업을 운영하는 치과위생사이다.

__ 유은미

- 디엠플러스(Dream Mate Plus) 대표
- 한양여자대학 치위생과 겸임교수
- 대한치과위생사협회 서울특별시회 회장
- HN 진로코치단 및 진로 강사협의회 강사
- 신구대학교 치위생과 졸업
- 연세대학교 보건 관리학 석사
- 연세대학교 치과대학 치의학 박사
- 2019년 보건복지부 장관상 수상

dmplus0310@naver.com
https://blog.naver.com/dmplus0310
010-2907-4544

나는 드림 멘토를 꿈꾸는 치과위생사다

내가 치과위생사 드림 멘토를 꿈꾸게 된 이유

> "인간은 누구나 열등감을 가지고 살고 있으며, 그 열등감은 온
> 갖 인간적 노력의 바탕으로서 인간의 행위에 지대한 영향을 미
> 친다." - 아들러(A. Adler)

"넌 도대체 뭐가 되려고 이러니?"
"뭐 하나 제대로 할 줄 아는 게 있니?"
"언니의 반이라도 따라가면 좋으련만."

어렸을 적 내가 가장 많이 들었던 말이다. 이런 말을 듣고
자란 나는 어느 순간 스스로 다른 사람과 나를 비교하기 시작했

고 열등감이 심하고 자존감 낮은 아이로 학창 시절을 보냈다. 나의 꿈은 선생님이 되는 것이었지만 나는 그 꿈을 위해 단 한 번도 노력해 본 적이 없다. 남들과 비교해 잘난 것도 없고 사람들 앞에 잘나서지도 못하는 내가 누군가를 가르친다는 건 상상도 할 수 없었기 때문이다.

대학교를 지원할 때도 그저 취업이 잘 된다는 이유로 성적에 맞춰서 치위생과에 들어갔다. 정확하게 무슨 일을 하는 지도 모르는 치위생과에 들어가서 처음에는 방황도 많이 했다. 그런데 치위생과에서 나보다 나이 많은 동기 언니를 만나고부터 나의 인생은 달라졌다. 그 언니는 나의 작은 행동 하나에도 대단하다고 칭찬해 주며 나를 가치 있는 존재라고 느끼게 해주었고 나에게 할 수 있다는 자신감을 심어주었다.

노력하면 무엇이든 할 수 있다고 말해주며 나를 믿어주는 언니를 실망하게 하고 싶지 않아서 나는 처음으로 밤을 새워서 공부했고 그 결과 과 수석이라는 놀라운 결과를 얻었다. 나도 열심히 하면 이룰 수 있는 게 있다는 것을 알게 해 준 소중한 경험이었다. 물론 대학에서 수석을 해봤다고 해서 모든 일이 수월했던 것은 아니었다. 내성적이고 소심한 성격은 쉽게 바뀌지 않았고 치과 임상에서의 업무가 나에게 맞지 않아 포기하고 싶어질 때도 많았다. 하지만 노력해서 얻은 작은 성공의 경험은 내가 성장하는 과정에서 나의 발판이 되어 넘어지더라도 언제든 다시 밟고 일어설 수 있도록 도와주었다.

열등감의 문제는 조건이 아니라 관점이지만, 내가 그랬듯 많은 사람이 조건에서 그 이유를 찾곤 한다. 가난해서, 공부를 못해서, 주변에서 도와주지 않아서 나는 아무것도 할 수 없다는 부정적인 관점을 바꾸지 않으면 절대로 열등감에서 벗어날 수 없다. 어렸을 때 내가 남들보다 나은 게 없었어도 나 자신을 가치 있는 존재라고 생각했으면 내 인생은 어땠을까? '남들과 비교하며 열등감으로 사로잡혀 있을 시간에 더 열심히 꿈을 향해 달려갔더라면 이렇게 많이 돌아오지는 않았을 텐데' 하는 생각에 나는 내가 그래왔던 것처럼 열등감에 사로잡혀 도전을 두려워하는 후배들에게 꿈과 자신감을 심어주는 드림 멘토가 되기로 했다.

치과위생사라는 직업, 어디까지 알고 있니?

흔히 사람들은 치과위생사를 치과에서 일하는 간호사라고 생각한다. 필자도 치과에 근무하면서 간호사 선생님이라고 불린 적도 여러 번 있으며 치과위생사라는 직업 자체를 모르거나 치과기공사와[1] 구별을 어려워하는 경우도 많이 있다. 이것이 내가 이 책의 집필에 참여하게 된 가장 큰 이유이다.

---

1   치과 의사의 진료에 필요한 보철물을 제작·수리하거나 그 밖의 치과 기공 업무를 하는 의료 기사

일반 사람들은 치과위생사를 위생사 또는 치위생사라고 말하기도 하는데 의료기사 등에 관한 법률에 나와 있는 정확한 명칭은 '치과위생사'이다. 치과위생사는 지역주민과 치과 질환을 가진 사람을 대상으로 구강 보건교육, 예방 치과 처치, 치과 진료 협조 및 경영관리를 지원하여 국민의 구강 건강증진의 일익을 담당하는 전문 직업인이다.[2]

치과위생사가 되기 위해서는 3년제 전문대학이나 4년제 대학교에서 치위생(학)과를 졸업하고 전문학사 또는 학사 학위를 취득해야 한다. 우리나라 치과위생사 교육은 1965년 연세대학교 의학기술학과에서 시작되어 현재는 전국 82개 대학(교)에서 매년 5,000여 명의 학사 및 보건학사가 배출되고 있다. 치과위생사로 활동하기 위해서는 한국보건의료인국가시험원에서 매년 시행하는 국가 면허시험에 응시하여 반드시 치과위생사 면허를 취득하여야 하며, 치과위생사 국가시험의 응시 자격은 치위생(학)과를 졸업하여 학위를 취득한 자에게만 주어진다.

치과위생사 국가시험은 전문적인 내용이 많고 국가고시로 치러지는 만큼 어려운 편이지만 대부분의 대학에서 국가고시를 대비해서 체계적으로 가르치기 때문에 수업에 열심히 참여하면 합격할 가능성은 높다. 국가시험 유형은 필기와 실기로 진행되는 데 필기는 전 과목 총점의 60% 이상, 매 과목 40% 이상 득점해야 하고, 실기는 60점 이상이어야 합격이 가능하다. 2020

---

2   「의료기사 등에 관한 법률」 제2조, 동법 시행령 제2조 및 [별표 1]

년 기준 치과위생사 국가시험의 합격률은 74% 이고 시험과목
은 다음과 같다.[3]

	시험과목	배점	문제형식
필기	의료관계법규, 기초치위생, 치위생관리, 임상치위생	200	객관식 5지선다형
실기	치석제거 및 탐지	100	치석제거 및 탐지능력 측정

　　치과위생사 면허를 취득하고 나면 치과 병·의원, 종합병원
을 비롯하여 지역사회 보건(지)소, 국공립의료기관, 산업체 의무
실, 학교 구강보건실, 구강 보건연구기관 및 유관단체 등에서 교
육적, 임상적, 치료적 서비스를 제공하여 구강 건강을 증진시키
고, 최적의 전신 건강을 유지하도록 돕는 일에 종사할 수 있다.
여러분의 이해를 돕기 위해 각 분야에서 일하고 있는 치과위생
사의 역할을 정리해[4] 보았다.

구강 건강증진 및 교육연구가

국민의 구강 건강증진을 위해 학교 사업장 및 영유아, 노인, 장
애인, 임산부 등을 대상으로 한 공중 구강 보건사업에 있어 중추
적 임무를 수행하며, 수돗물 불소화 사업, 불소 용액 양치사업,
구강 보건교육 자료 개발 등을 담당한다.

3　　한국보건의료인국가시험원, https://www.kuksiwon.or.kr
4　　대한치과위생사협회 홈페이지, https://www.kdha.or.kr

예방치과처치자

잇몸병 및 충치 예방을 위해 치석 제거(Scaling)와 치태 조절, 치아 홈 메우기, 불소도포, 구강 관리 용품 사용법 및 칫솔질 교습, 식이조절 등을 수행하여 환자가 최적의 구강 건강을 유지하도록 하는 역할을 담당한다.

치과 진료 협조자

치과의사의 지도에 따라 환자의 구강 내외 치과 방사선 촬영, 환자의 치료계획수립과 치료 전 교육, 진료 과정 협조 및 치료 후 유의사항과 계속 관리 교육 등을 실시하며 효율적인 치과 진료가 이루어지도록 진료실의 전반적인 유지관리를 담당한다.

병원 관리자

진료에 관계되는 물적 및 인적 자원 관리를 담당하는 것으로 효율적 환자 진료 시간 배정, 진료 절차 관리, 환자 요양 급여 및 의무기록 관리, 요양 급여비용 청구 및 심사관리, 재료 및 약재 관리, 계속 관리제도 운영 등 전반적인 병원 관리자로서의 임무를 수행한다.

임상 치과위생사로서 1인 기업가가 되기까지

*"희망은 어둠 속에서 시작된다. 일어나 옳은 일을 하려 할 때,
고집스러운 희망이 시작된다.*

새벽은 올 것이다. 기다리고 보고 일하라. 포기하지 말라."

— 앤 라모트

나는 치위생과를 졸업 후 규모가 작은 치과 의원에 근무했다. 처음에는 내성적인 성격 탓에 센스 있게 진료 협조를 하지 못했고 상냥하게 환자를 대하지도 못했기에 임상에서 쉽게 적응하지 못했다. 그때마다 치과위생사를 포기해야 하나 수없이 고민하다가 그래도 내가 할 수 있는 최선의 일을 해보자는 생각에 매일 집에 가서 거울을 보며 웃으며 인사하는 연습을 했다. 그리고 진료를 익히기 위해 원장님의 동의를 얻어 치과의 재료를 정리하기 시작했다. 미소와 인사는 내가 생각한 것보다 효과가 좋았다. 밝게 웃으며 인사하는 모습에 환자들은 나를 친절하다고 생각하게 되었고, 정리하며 재료의 위치를 잘 알게 되니 센스 있는 진료 준비가 가능해졌다. 할 수 있는 게 많아지다 보니 치과위생사라는 직업도 점점 좋아지기 시작했다.

7년 차쯤 되었을 때는 좀 더 큰 병원에서 경력을 쌓고 싶어져서 40여 명의 직원이 있는 치과병원으로 직장을 옮겼다. 작은 치과에서 상담을 주로 하던 나에게 치과병원에서 사용하는 기구

　　　　　　　　 __ 나는 드림 멘토를 꿈꾸는 치과위생사다

와 재료는 생소한 게 너무나 많았다. 심지어 원장님은 나에게 임플란트 센터의 실장을 맡기셨는데 나는 임플란트라는 재료도 처음 보았으니 여간 당황스러운 게 아니었다. 예전의 나였다면 당연히 못 한다고 하고 다른 일자리를 알아보았겠지만 지금 포기하면 어느 치과를 가도 적응하기 힘들 것이란 생각에 열심히 공부를 시작했다. 자존심이 상하긴 했지만 1년 차인 후배에게 배우기를 주저하지 않았고, 주말마다 세미나를 다니고, 매일 저녁 남아서 공부하며 부족한 실력을 채워나갔다.

그때 4살이었던 나의 딸이 "엄마! 하늘 파랄 때 집에 오면 안 되나요?"라고 했던 말이 오랫동안 미안함으로 가슴에 남기도 했지만 이러한 노력이 쌓이면서 나는 임플란트 센터를 잘 운영할 수 있게 되었고 자연스럽게 실습생과 신입직원을 가르치는 일도 나의 업무가 되었다. 열심히 직원들을 가르치는 나의 모습을 보며 원장님은 가르치는 일에 소질이 있는 것 같다고 말씀하셨다. 원장님의 그 말을 듣는 순간 나는 어렸을 적 꿈이 선생님이었다는 것이 생각났다. 꿈을 이루기엔 너무 늦은 나이가 아닐지 살짝 고민도 했지만, 더 늦기 전에 도전해보기로 하고 서른 살이 넘은 나이에 나는 다시 대학원을 들어갔다.

늦은 나이에 공부한다는 것은 결코 쉬운 일이 아니었다. 보건학 석사과정을 졸업하고 치열했던 영어 공부와 치의학 박사과정까지 10년 동안 나는 공부를 하면서도 임상에서 예방프로그램 운영과 강의를 병행하였다. 그 결과 나는 꿈을 이루어 대학에서 치위생과 학생을 가르치는 '선생님'이 되었고 17년이 넘는 지금까지 대학과 임상에서 강사로서 활동하고 있다.

처음에 치과위생사가 무슨 일을 하는 직업인 지도 몰랐기에 막상 그 일을 경험하고 나서는 적성에 맞지 않아 포기하고 싶었고 새로운 직업을 찾고 싶어 방황한 적도 있었지만 그래도 나는 30여 년 동안 한 번도 치과위생사라는 직업을 떠나지 않고 임상 치과위생사로서, 예방 치과 컨설턴트로서, 치위생과 교수로서 나의 역할과 책임을 충실히 해왔던 것 같다. 그리고 이러한 경험은 나에게 병원 교육과 예방 치과 컨설팅 사업을 하게 된 중요한 계기가 되었다.

> 나는 20살이 넘어서 나 자신의 가치를 알게 되었고,
>
> 30살이 넘어서 내 오래된 꿈인 선생님을 하게 되었으며,
>
> 40살이 넘어서 치과위생사를 위한 교육 사업을 하게 되었고,
>
> 50살이 된 지금은 그동안의 경험을 살려 나의 새로운 꿈인
>
> 치과위생사들의 드림 멘토가 되기 위한 1인 기업가로 성장하
>
> 는 중이다.

치과위생사를 하고 싶다면 꼭 알아야 하는 5가지

치위생과 학생들을 가르칠 때마다 첫 수업 시간에 치위생과에 들어온 동기를 물어보는 데 타 학교를 졸업하고 치위생과로 재입학한 어느 학생의 입학 동기가 지금도 기억에 남는다. 그 학생은 대학을 졸업할 때까지 엄마가 가정주부로 있다가 50살이 넘어서 치과에 취업하는 것을 보고 치과위생사가 되기로 했다고 한다. 이유를 알고 보니 그 학생의 엄마는 치과위생사였는데 20년이 넘는 시간을 경력단절 여성으로 있었는데도 쉽게 재취업이 되는 게 너무 멋있어 보였다고 한다. 치과위생사라는 직업은 취업이 잘 될 뿐만 아니라 육아나 개인적인 사유로 휴직하더라도 재취업이 가능하다는 장점이 있다.

치위생과 강의를 하다 보면 다른 과에서 편입하거나 타 학교를 졸업하고 다시 치위생과에 지원한 경우를 흔히 볼 수 있다. 고등학교 때만 해도 성적만 생각하고 대학에 갔다가 막상 취업이 잘 안 되어서 치위생과로 전향하는 경우가 대부분이다. 그만큼 치위생과는 취업이 잘 된다는 것이 장점이다. 학과 홍보문구에 취업률 100%라고 적혀있는 것을 자주 보았을 텐데 사실 치과위생사는 본인이 원하기만 한다면 언제든 취업을 할 수 있으므로 취업률 200%이라고 해도 과언이 아니다. 치과의원에서는 치과위생사 구인난에 늘 어려움을 호소하고 대한치과의사협회장으로 나서는 후보들은 치과의 인력난 해소를 1순위 공약으로 내 걷기도 한다.

하지만 취업이 쉽다는 것은 그만큼 이직이 쉽다는 뜻이기도 하다. 많은 치과위생사들이 개인 치과 병·의원에 취업하게 되는데, 병원마다 근무 조건이나 환경이 매우 다르다. 어떤 병원은 서비스를 지나치게 강조하기 때문에 감정노동 스트레스가 높기도 하고, 환자가 너무 많은 치과의 진료실에서 근무하게 된다면 급여는 많겠지만 그만큼 업무강도가 높아서 육체적으로 힘들 수도 있다. 어떤 병원은 치과위생사들의 업무가 독립적이고 전문적으로 정착되지 않아서 치과위생사로서의 정체성을 고민하게 되기도 한다. 따라서 자신이 중요하게 생각하는 조건이나 가치를 신중하게 생각하여 분야를 결정하는 것이 중요하다.

다음은 직업정보 사이트[5]에서 치과위생사의 직업에 대한 정보 중 꼭 알아야 한다고 생각하는 정보를 정리한 내용이다.

치과위생사 고용 현황

치과위생사의 종사자 수는 48,000명이며, 향후 10년간 고용은 연평균 1.9% 증가할 것으로 전망된다.[6] 건강보험 제도 혜택의 범위가 구강 건강까지 확대되고 있고, 평균수명이 늘어나면서 고령화로 인한 노년층의 보철 및 임플란트 수요의 증가, 구강 건강 및 예방 차원의 치료나 스케일링, 심미적 차원에서 치열교정 하

5   워크넷 직업정보 2019년 7월 기준
6   2016~2026 중장기 인력수급 전망

는 사람 등 치과 의료 서비스를 받고자 하는 사람들이 점차 증가하고 있다. 따라서 치과위생사의 인력 수요는 다소 증가할 것으로 보인다.

치과위생사 평균 연봉

치과 병·의원의 경우 치과위생사 연봉은 지역이나 개인의 능력에 따라 천차만별이기 때문에 얼마라고 단정 지어 말하기는 어렵지만 2019년 워크넷 직업정보 자료에 의하면 치과위생사의 평균연봉은 3065만 원으로 나와 있다. 치과위생사 연봉은 근무기관에 따라서도 많은 차이가 있는데 대학병원이나 보건소의 경우 연봉도 높고 복지가 좋아서 취업 경쟁이 매우 치열하다고 할 수 있다. 치과 병·의원의 연봉이 다소 낮다고 느낄 수는 있으나 경력이 많은 치과위생사는 능력에 따라 1억 이상의 고액 연봉을 받는 경우도 있고 정규고용과 고용유지의 수준 그리고 복리후생은 높은 편이다.

치과위생사 취업 현황

치과위생사는 졸업 후 치과병원, 종합병원, 지역사회 보건소, 국공립의료기관 등의 치과 진료실에 대부분 진출하며 학교 구강보건실, 구강 보건연구기관 및 유관단체 등에서 일하기도 한다. 또한, 보건소 치과, 구강 검진센터에서 근무하기도 하고 치과 장비 및 재료 취급회사, 구강 위생용품 제조회사, 구강 보건교육

홍보자료 개발팀에 근무할 수 있다. 이 외에도 민간 구강 보건단체, 구강 보건연구기관 등 의료 기술직 공무원(치과위생사) 등 보건직 공무원에 응시할 수 있는데 이 경우에는 가산점이 부여 (7급 3%, 9급 5%)된다.

치과위생사 직업 전망

치과위생사는 일자리 창출과 일자리 성장이 활발하게 일어나고 있으며, 자기 계발 가능성이 평균에 비해 높으며 능력에 따른 승진 및 직장 이동의 가능성이 매우 높은 것으로 알려져 있다. 근무시간이 매우 규칙적이고 근무환경이 쾌적하며 정신적 스트레스가 평균에 비해 적은 것으로 알려져 있다. 일정 수준의 전문지식이 필요하나 업무의 자율성과 권한은 제한적인 것으로 나타났다. 사회적인 평판은 긍정적이며 사회에의 기여도나 소명에 대한 의식은 평균에 비해 높았다. 양성평등과 고령자 친화성의 수준은 평균에 비해 높아 비교적 고용 평등이 이루어지는 것으로 나타났다.

치과위생사에 요구되는 자질

치과위생사가 되려면 치위생학에 관한 기초지식이 필요하며 병원뿐만 아니라 여러 기관에서 구강 보건교육을 실시하기도 하므로 언어전달 능력이 요구된다. 치과 임상에서 일하는 경우에는 섬세한 손놀림과 꼼꼼한 성격이 유리하며, 스케일링 및 일부 치료를 할 때 치과 의료기기의 원활한 작동능력이 요구된다. 또한 환자를 대하는 직업이다 보니 남에 대한 배려, 협조심, 스트레스 통제력 등의 성격을 가진 사람들에게 유리하고 무엇보다 치과위 생사로서 윤리의식과 사명감을 가질 필요가 있다.

아직 꿈을 찾지 못한 그대에게 들려주고 싶은 이야기

> 좋은 일을 생각하면 좋은 일이 생긴다. 나쁜 일을 생각하면
> 나쁜 일이 생긴다.
> 당신은 그대가 온종일 생각하고 있는 바로 그것의 조합이다.
>
> - 조셉 머피

우리는 모두 똑같은 출발점에서 인생을 시작하는 것은 아니다. 때론 남들보다 좋은 조건에서 시작하기도 하고 또 어떤 경우에는 불행한 환경에서 시작하기도 한다. 세상을 살아가다 보면 때로는 좌절감을 느낄 때도 있고, 회의에 빠져 괴로울 때가 있다. 어쩌면 좋은 날보다는 힘들고 고통스러운 순간들이 더 많이 우리를 기다리고 있을지도 모른다. 하지만 현재 상황에서 부정적인 면을 보고 좌절할 것인지 긍정적인 면을 볼 것인지는 내가 선택하기에 달려있다. 내가 잘하는 것이 없더라도 항상 좋은 면

만을 찾고 긍정적인 자세로 나간다면 나 자신도 모르는 나의 가치와 재능을 발견할 것이고 인생은 더 희망적으로 변할 것이다.

우리는 변화의 시대에 살고 있기에 변화에 발 빠르게 대처하고 창의성을 발휘해야 한다. 가장 최신의 지식이라고 생각했던 것들이 얼마 지나지 않아 다른 지식으로 대체되므로 이제는 모든 지식을 맹목적으로 수용할 수 없게 되었고 수많은 지식 중에서 더 나에게 유용한 지식을 선별하여 받아들이는 안목을 가지는 것도 필요하다. 사회가 변화함에 따라 기존의 가치관들이 새로운 가치와 충돌하는 갈등 상황에서, 남들의 가치관이 아닌 자신이 우선하는 가치를 판단하고 선택할 수 있어야 한다. 그러기 위해서는 나 자신에 대한 믿음을 가지는 것이 중요하다.

나는 60살이 넘어서도 일을 하는 치과위생사가 많아졌으면 좋겠다. 그러려면 임상 치과위생사의 업무범위가 좀 더 전문적으로 바뀌어야 하고 임상 외에도 다양한 분야에서 활동하는 치과위생사들이 많아져야 한다고 생각한다. 물론 어느 분야에 근무하든 임상경험이 기본이 되어야 한다는 것에는 나도 동의한다.

앞서 말했듯이 치과위생사는 많은 장점이 있는 직업임에도 불구하고 많은 치과위생사들이 평생직장이라고 생각하지 못하는 것이 안타깝다. 나는 30여 년 동안 내가 치과위생사로서 경험한 것들을 바탕으로 다양한 진로와 경력개발에 대한 정보를 나누고 싶다. 그래서 진로와 미래에 대해서 고민하고 힘들어하는 후배들에게 조금이나마 도움이 되었으면 하는 바람으로 7년 전부터 진로 코치단 및 진로 강사로도 활동하고 있다.

나의 어릴 적 꿈이었던 선생님이 치위생과 교수로 이어진 것처럼, 남들 앞에 나서기도 어려웠던 아이가 교육 사업을 5년 넘게 하고 있는 것처럼, 치과위생사라는 직업의 미래가 보이지 않거나 적성에 맞지 않는다고 느껴질 때, 치과위생사 후배들이 무조건 포기하고 다른 일을 하기보다는 치과위생사라는 직업 안에서 다양하게 꿈을 펼쳐나가고 자신의 업무영역을 확장해 나갔으면 좋겠다. 이렇게 치과위생사들의 꿈을 키워주면서, 함께 성장하는 것이 현재 나의 꿈이자 목표이다.

오랫동안 꿈을 그리는 사람은 그 꿈을 닮아간다고 한다. 치과위생사를 꿈꾸는, 그리고 아직도 꿈을 찾지 못한 그대가 이 글을 통해 자신의 소중한 가치를 발견하고, 자기만의 꿈을 그리고, 그 꿈을 닮아가기를 간절히 소망하며 이 글을 마친다.

나는 여성의 건강과 마음을 어루만지는 피트니스센터 운영자다

이선영

30대 후반에 접한 커브스 운동을 3년여 넘게 운동을 하며 이 운동을 통해 건강을 되찾게 된 것이 인연이 되어 40대에 운영을 시작하게 되어 8년째가 되어가고 있다. 현재 코로나로 인해 면역력의 중요성이 어느 때 보다 대두된 상태이기에 운동의 중요성이 점차 커질 것이라고 예상한다.

커브스를 운영하면서 현장에서 오롯이 10시간 넘게 현장에 머물면서 느꼈던 여러 가지 에피소드, 잔잔한 감동 경험으로 쌓아 올린 노하우, 그리고 회원들을 대함에 있어 어떻게 소통하고 이해해야 하는지를 좌충우돌하면서 배웠던 경험 들을 느낀 대로 편안하게 글을 써 내려가고 싶었다. 글재주가 많이 부족하지만, 아이에게 조곤조곤 읊조리듯이 글을 써 내려가기로 했으니 부족함이 느껴지더라도 아무쪼록 이글이 도움이 되었으면 하는 바람이다.

그리고 앞으로 운동지도자가 어떤 마인드로 임하면 좋겠다는 제 개인적인 경험을 토대를 가지고 소소하게나마 이야기를 풀어내고 싶었다.

__ 이선영

- 여성전용 30분 순환 운동 "커브스" 대표
- 글로벌사이버대학교 전공:뇌 교육 융합학 /부전공:뇌 기반 감정코칭학
- 직업상담사 자격보유
- 잠재력 코칭 연구소
- 소도구 메디컬 트레이닝 자격보유
- 체형교정 전문가 과정 자격보유
- 퍼스널 트레이닝 과정 자격보유
- 사전 재활 전문가 과정 자격보유

iove0317@naver.com
https://blog.naver.com/iove0317
010-4084-2072

나는 여성의 건강과 마음을 어루만지는 피트니스 센터 운영자다

나는 왜 커브스라는 피트니스 센터 운영자가 되었나

피트니스 운영자가 되기까지의 과정을 생각하며 어떻게 써야 할지 고민하다 보니 어릴 적 운동과 예체능을 좋아하던 초등학교 시절로 더듬어 올라가야 할 것 같다. 공부보다는 마냥 뛰어놀기를 좋아하던 그 시절 예 체능에 관심이 많았고 늘 방방 뛰어다니는 것을 좋아했던 나는 초등학교 시절 반 대항 체육대회 나 운동회에 항상 계주로 뽑혀 뛰곤 했던 기억이 아직도 생생하다. 지금도 생각나는 건 6학년이 되던 해 반 대항 계주를 할 때 1등을 잘 달리고도 바통을 다른 반 아이에게 잘못 건네주어 나 하나로 인해 꼴찌가 되어버린 상황이 되어버려 민망하기 짝이 없어서 쥐

구멍에 숨고 싶었던 일화가 기억이 난다. 어릴 적 특별한 놀이가 없었던 그 시절 고무줄놀이, 자전거 타기, 철봉 등 직접 몸으로 부딪쳐 가며 놀이를 하는 것이 전부였던 그때는 특별히 누군가에게 배웠던 기억이 없이 순수하게 몸으로 부딪치며 넘어지면서 무릎이 깨지며 나 스스로 운동 감각으로 깨우치며 배웠던 것 같은데 지금 돌이켜보면 이론보다는 내가 직접 몸으로 부딪치며 얻어진 감각들로 얻어진 것들이 좀 더 빠르게 체득할 수 있다는 것을 몸의 움직임을 통해서 경험을 얻을 수 있겠다는 것을 무의식으로 알고 있었던 모양이다.

사실 어릴 때 로망은 그 시절 풍금이라고 불리던 것을 배우고 싶었고 늘 풍금 치는 아이들 옆에 다가가 눈으로 익히며 여유롭게 보이는 친구들을 보면서 왜 이렇게 부럽게 느껴지던지 그렇게 운동을 좋아하고 밖에서 뛰어노는 걸 좋아하던 소녀가 그렇게 시간이 흘러 청소년이 되면서 약간 내성적인 성향의 나로 변해서 그렇게 성인이 되어 결혼하며 두 아이를 키우고 현실과 타협 하며 살아가는 내가 되어가고 있었다. 30대 후반 결혼하며 연년생 두 아이를 키우며 내 몸을 돌보지 않은 채 생활하다 보니 어느새 내 몸은 점점 약해져 가고 있었고 스트레스로 인한 소화불량이 늘 일상생활이 되어 버려서 이제는 정말 안 되겠다. 내 몸, 내 건강을 살펴야겠다는 생각으로 운동 등록을 한 곳이 지금의 인연이 되어버린 여성 전용 30분 순환 운동 커브스라는 운동센터이다.

커브스는 유압식 운동기구로 근력운동과 유산소 운동을 30초씩 순환하며 운동하는 기구로 서킷 중앙에 트레이너 선생님이 운동 지도를 해주는 프로그램이다. 회원님의 운동 동기 부여 및 재미를 더하기 위해 서킷펀 이라는 커브스의 독창적인 프로그램과 함께 근력이 약해 평상시 에너지가 부족한 나에게 활력과 건강을 스스로 챙기는 동기부여를 준 운동이었고 지루한 삶에서 탈피하게 되며 서서히 커브스 마니아가 되어 가고 있었다.

커브스 운동을 한 지 3년여 되든 해 이 운동과 함께 라면 내 건강도 지키면서 즐겁게 운영 할 수 있겠다는 생각에 커브스 대표이자 운영자이며 지금의 절친이 되어버린 대표님에게 자문하고 남편과 상의한 끝에 커브스를 한번 운영해 보자고 마음을 먹기 시작했다. 그리고 본사와 프랜차이즈 계약 후 서울에서 2주간 합숙하며 오픈 준비를 위한 강행군의 교육과 테스트 기간을 거치며 서서히 마인드 셋을 하고 있었다.

그러나 누가 알았으랴! 매뉴얼 어디에도 없는 현장에서 부딪히는 여러 난제가 산더미가 쌓여 있을 줄 꿈에도 모르고 가슴 부푼 오픈 준비만을 꿈꾸고 있던 나에게 현실에 놓여 있는 해결해야 하는 여러 문제에 대한 괴리감은 운영한 지 1년여 조금 넘는 순간부터 찾아오기 시작했다.

"운동의 효과는 참 좋은데 2%가 부족해"

1년여 넘은 시점부터 늘 이 같은 의문이 꼬리를 물기 시작했는데 2014년부터 2017년까지 커브스는 최고의 전성기를 누리고 있었을 때임에도 불구하고 항상 무엇인가 꽉 채워지지 않는 매뉴얼에 대한 부족함을 느끼기 시작하며 경험이 많은 다른 대표님과 함께 공부하며 하나씩 접목을 하는 과정에서 주위에 있던 다른 운동센터의 견제와 원망을 듣기도 했다.

"왜 매뉴얼에도 없는 프로그램을 하느냐"

"꼭 그렇게까지 운영해야 하느냐"

이렇게 원망을 듣는 과정에서 채워지지 않는 내면의 욕구를 채우기 위해 공부를 하며 접목하는 과정이 사실 순탄치 않았고 "꼭 이렇게까지 해야 하나"라는 말을 내뱉지 못하고 속으로 되뇌며 수많은 갈등을 겪은 적도 있었지만 그래도 손, 발이 고생해준 덕분에 실행 착오를 겪으며 조금씩 나만의 색깔을 갖는 운동센터가 되어 가고 있었다.

사실 그 당시 대부분 전성기를 누리고 있었을 때였기에 안일하게 대처한 운동센터들이 많았던 것으로 기억하는데 분명 전성기 다음에는 내리막이라는 수순을 밟아나간다는 것을 느낌으로 알고 있었기에 스스로 경쟁력을 갖춰나가는 길이 나를 성장하고 발전하게 한다는 것을 뚜렷하고 선명하게 보이지 않았지만 나 스스로 육감적으로 느끼고 있었던 것 같다.

내가 생각하는 커브스 및 피트니스 운영자가 가져야 할 마인드

"지식을 지혜로 얻는 그 날까지"

내가 평상시 좋아하는 글귀이다. 늘 지식을 습득해야 하는 환경에 놓여 있기에 공부는 기본으로 해야 했었지만 어떤 공부부터 해야 할까요? 묻는다면 명쾌한 답을 드리기 쉽지 않다. 이유는 갖춰진 환경들이 운영하시는 분마다 다르기에 내 센터에 맞게 어떤 부분을 적용할 수 있을지 생각하는 것이 좋을 듯하다. 현실적으로 적용할 수 있을 것 같다고 느껴지는 공부가 있다면 천천히 공부하면서 회원들에게 응용과 적용을 해보고 다시 재구성해 보면서 시행착오를 겪다 보면 경험했었던 감각들이 반복적으로 쌓이게 되면서 내 것으로 만들 수 있는 응용력이 생기기 때문인데 중요한 건 역시 머리가 아닌 손과 발로 움직이며 현장에서 몸으로 체득해야 빠르게 익혀갈 수 있고 나에게 맞는 방법들을 찾아 나갈 수 있기 때문이다.

나의 운동센터에 맞는 방법들을 찾아 나아가려면 손과 발이 고생해야 하고 내가 움직여야 하고 똑같이 학습한 것을 그대로 사용하는 것이 아닌 응용하는 방법들을 고민해보는 것이 나를 한 발 더 성장하게 하는 밑거름이 된다는 생각으로 하나씩 만들어 가면서 수정하고 개선해 가면서 찾아 나가다 보면 어떨까 하는 생각을 하는데 또 한편으로는 현재 운영을 잘하고 계시는 분을 찾아가 조언을 구하는 것도 현명한 방법의 하나 라고 생각한다.

그리고 또 하나 중요한 점이라고 생각하는 것은 회원들에게 어떤 말이 전달될 때는 전문용어보다는 이해하기 쉬운 언어로 그들에게 메시지를 전달해야만 받아들이는 분도 쉽게 이해하며 교감을 할 수 있기 때문인데 저의 운동 센터의 회원분들의 예를 든다면 연령대는 평균 40대에서 70대가 70% 이상을 차지하고 나이가 많으신 분들이 주축으로 이루어져 있기에 어떤 설명에 있어서 현재 상황과 그 회원님에게 맞는 눈높이 언어로 이해 할 수 있게 이야기해드려야 집중도도 높아지기 때문이며 그로 인해 친근함은 덤으로 얻어가고 서로를 좀 더 알아 갈 기회가 되기 때문에 에너지가 많이 소모되더라도 일대일로 상담하는 시간을 나 스스로 즐기는 것 같다.

사실 이 같은 것들도 경험에서 비롯되었는데 서울로 몸을 주제로 공부하러 다닐 때 교육하시는 분들이 수강생들의 눈높이를 맞추지 못하고 어려운 전문용어를 사용하는 강의를 들을 때면 머리에서 쥐가 나고 엉키기 시작하면서 꼭 어려운 용어를 써가며 설명해야 하나라는 의구심두 많이 품었기 때문이다. 항상 눈높이에 맞는 설명 잊지 말자. 그리고 하나의 깨달음 "회원들에게 말을 전달할 때는 쉬운 말로 전달해야 하는구나"

이처럼 내가 생각하는 운영자가 갖춰야 할 마인드 첫 번째는 회원을 섬기는 마음이다. 좀 어렵게 느껴질 수 있는 말일 수도 있지만, 임금님이 백성을 우러러 섬기듯이, 대통령이 국민을 섬기듯이 회원들 관점에서 눈높이를 맞추다 보면 그들의 상황에서 무엇을 필요로 하는지 무엇이 필요한지가 좀 더 선명하게 그려지며 어떤 문제를 해결해 줘야 하는지를 포착하여 해결해드릴 수 있는 일의 실마리를 찾아 나갈 수 있기 때문이다.

특히나 3년여 넘게 회원으로서 운동해본 경험이 있었기에 가능하다고 생각하는데 현재 내가 운동센터 회원이라면 어떤 것이 이분들에게 어떤 부분들이 필요한 것인지 전제를 중심으로 놓고 늘 의문을 품다 보면 새로운 아이디어가 떠오르기도 하면서 프로그램을 응용해보며 시도해볼 기회가 만들어지는 계기가 되기도 한다.

두 번째, 회원들과 소통하는 자세이다. 첫 장에서 살짝 언급하며 이야기했지만, 코로나 이전에는 12시간씩 온종일 아침부터 저녁 마감 시간까지 상주하며 회원들과 함께했다. 사소한 이야기부터 시작해서 진지한 고민을 여러 회원과 귀 기울이며 듣고 공감하며 그들과 함께 호흡하면서 이들이 운동센터의 중심이 되어 분위기를 이끌고 있다. 사실 어떻게 생각하면 운동센터 분위기는 대표나 선생님들이 만드는 것이라 생각 할 수도 있지만 내가 하는 일들이 큰 테두리 안에서 그들의 마음 안에 있는 심지를 읽고 그에 맞는 합당한 말을 해드리거나 쉽게 이야기를 꺼내지 못하는 것들에 대해 편하게 내뱉을 수 있게 마음을 읽어 주는 것이 굉장히 중요하다고 생각한다. 꾸준한 회원들과의 소통이 중요한 것이 바로 이런 이유 때문이다.

그들 스스로 경계를 풀고 편하게 이야기하면서 함께 운동을 함께 하시는 분들과 자연스럽게 섞이며 친목도 쌓고 서로 자주 뵙는 회원들과 농담도 주고받으며 여기에 오면 힐링이 되는 것 같아요. 라는 말을 듣는 분위기 좋은 운동센터로 만들어 갈 수 있기 때문이다. 소통이 중요한 이유는 그 운동센터의 분위기를 좌지우지 할 수 있는 중요한 요건이 될 수 있기 때문에 꼭 염두에 둬 주셨으면 하는 바람이다.

세 번째, 일에 있어서 중심이 되어라. 누구든 본인이 처음으로 하고 싶었던 일에 대해 개업을 하거나 오픈을 하게 되면 설레기도 하면서 동기 부여를 가지기 때문에 무슨 일이든 적극적으로 임하며 직원들이나 선생님을 시키기보다 스스로 나서서 일하게 된다. 하지만 시간이 갈수록 성과가 제대로 나오지 않거나 열정이 식은 상태에서 초심을 잃게 되면 일을 미루거나 선생님에게 맡기는 경우도 많다. 당연히 모든 일은 서로가 지치지 않도록 효율적으로 배분하여 그 일에 대한 적합도와 적성에 맞게 일을 주는 것이 중요하지만 운동에 대해 상담하려는 분이나 회원의 첫 운동만큼은 될 수 있으면 모든 일을 제치고라도 운영자가 직접 나서서 운동 지도해 주는 것이 제일 바람직한 것 같다는 게 내 개인적 소견이다. 그 회원과 손으로 몸을 터치하면서 자세를 잡아주고 보이지는 않지만 함께한다는 서로의 감정과 에너지를 공유하면서 운동 자세를 설명하다 보면 좀 더 자연스럽게 그리고 좀 더 편하게 그 회원과 가까워질 수 있는 절호의 기회기 때문이다.

또한 상담할 때 꺼리고 말하지 않았던 질환이나 심리적인 문제에서 오는 불편함도 자연스럽게 터놓고 이야기하는 부분이 많으니 보이지 않는 벽을 허물며 친밀함을 쌓을 수 있고 또한 알게 모르게 그 회원님에 대한 정보는 덤으로 얻어 갈 수 있기 때문이다.

내가 생각하는 피트니스센터 운영의 장단점

운동센터는 무수히 많지만 내가 운영하면서 느낀 커브스에 대한 장단점 만을 놓고 이야기하는 것이 좋을 것 같다. 올해 들어 커브스를 운영한 지 8년째가 되는 해인데 특히 작년, 올해 들어서 반환점을 돌고 있다는 느낌을 많이 받게 되는 해라고 느껴지기도 하면서 재정립이 필요하다는 여러 가지 많은 생각이 들기도 하는데 일단 이야기의 본론으로 들어가겠다.

우선 내가 느끼는 주관적으로 느끼는 이일에 있어서 장점은 나를 행복하게 하고 숨을쉬게 하는 힘의 원천인 에너지가 이 공간 안에서 벌어지고 있다는 것이다. 무슨 일을 하던 모든 분들이 본인이 하는 일에서 만큼은 사명감을 가지고 열정을 가지고 운영을 한다고 생각한다.

　나 또한 크게 다르지 않은데 좌충우돌 움직이면서 운동센터 현장에서 부딪히는 사소한 것부터 큰 것까지 해결 해나가야할 문제도 많았지만 "이 맛에 내가 이 일을 하는구나"라고 느껴지는 순간은 역시 회원님이 커브스 운동을 통해 건강이 개선되어서 운동의 중요성을 인지하시고 항상 우리가 늘 먹는 밥처럼 매일 오셔서 운동해 주실 때 처음 운동 오실 때에는 억지로 끌려나오다시피 하시다가 운동을 통해 초기 치매와 우울증이 개선되면서 아이처럼 좋아하시며 동기부여가 생기면서 스스로 운동센터로 발걸음을 떼며 찾아오실 때, 때마다 간식이나 음식을 만들어서 슬며시 놓고 가시는 회원님 등 어찌 보면 사소한 것처럼 보이는 것들이 소소한 행복과 긍정의 에너지를 만들고 큰 틀에서는 내가 어쩌면 회원님의 삶을 변화시키는 일을 하는 것이 아닌지 다시금 생각하게 되며 좀 더 사명감을 가지게 되면서 책임감이 무거워짐을 느낀다.

　결론은 장점은 사실 정해져 있지 않다고 생각한다. 요즘 많은 생각을 하게 되는 건 운동을 통해 건강이 개선됨을 보면서 뿌듯함과 기쁨이 따르기도 하지만 각자 회원님들과 대화를 나누면서 그분이 가진 장점을 보며 배우며 학습하고 있는 나를 발견하기도 하고 그 부분들이 동기부여가 되면서 또다시 부족한 부분들을 채워나가려는 욕구가 선순환되고 있다는 생각이 들기 때문이다.

저마다 생각하는 기준과 어떻게 바라보느냐의 시각에 따라 관점이 달라질 수 있는 부분이기에 차이점이 생길 수밖에 없고 이로 인해 운영 방법에 대한 큰 틀도 달라질 수 있기 때문이다.

단점도 운영하는 사람의 시각과 마인드에 따라 다르기 마련이지만 내가 생각하는 커브스 운동 시스템 자체가 써 킷 안에서 운동 지도를 지속해서 해야 하고 회원들과 꾸준한 상담과 피드백을 필요로 하는 일들이 많으며 달마다 프로모션을 기획해야 하는 창의력과 응용력을 요구하는 일들이 많을 수 있다고 생각할 수 있어서 필요 이상 에너지를 소모해야 하는 일들이 늘 생길 수 있으니 긍정적인 에너지를 가진 마음가짐이 첫째로 필요한 것 같고 꾸준한 운동을 통한 체력을 길러 스스로 지치지 않게 컨트롤해 가는 것이 필요한 것 같다.

미리 앞서 경험 한자로서의 한 말씀은 더 드린다면 외부 홍보보다는 내부관리에 중점을 두고 문제 해결을 하나씩 해결해나가다 보면 신뢰가 쌓이면서 장기적으로 봤을 때 회원님들의 입소문이나 추천으로 이어져 매출과 연관되어 진다는 것을 잊지 않으셨으면 한다.

매출의 높낮이도 운영의 규모 회원 수나 회원권, 연장 등록 등 계절마다 약간의 차이가 있지만 대략 평균 사백에서 오백만 원 최대의 상승곡선을 그린다면 천만 원 이상의 매출도 가능하리라 본다. 다만, 직원과의 커뮤니케이션과 서로 간의 이해는 필수이며 갑자기 퇴사하는 경우가 다반사로 발생할 수 있기 때문에 능동적으로 운동 현장에서는 이끌어 가시기를 추천해 드린다. 이런 일은 행여나 발생하지 말아야겠지만, 선생님들의 퇴사로 급박한 상황이 생길 수도 있으니 항상 운영자 스스로 사소한 것부터 큰 것까지 모든 일을 알고 있어야 순간적인 재치로 신속하게 대처를 할 수 있어서 늘 이 부분만 염두에 두시면 주시면 될 것 같다.

커브스를 운영하며 그리는 앞으로의 방향, 그리고 목표

30분 순환 운동 커브스는 운동을 통해 여성만의 건강한 삶을 응원하기 위해 만들어진 운동센터로 프랜차이즈로 운영되며 유압식 운동기구로써 본인의 근력에 맞게 운동 할 수 있으며 앞, 뒤 양방향을 모든 근육을 적절히 사용 가능한 운동으로 나이와 상관없이 효율적으로 운동할 수 있는 시스템이므로 근력운동과 유산소, 스트레칭까지 짧게는 30분 안에 모든 운동을 마칠 수 있는 운동프로그램으로 지난 8년여간 37평 남짓한 나의 운동센터에 에너지를 쏟으며 지내오다가 이제 좀 쉬는 법도 배우라고 하는 하늘의 뜻이었는지 느닷없이 닥친 코로나의 영향으로 한 템포 멈추고 다시 한번 뒤를 되돌아보면서 개선해야 할 방법들을 생각해 보기도 하고 앞으로 나의 삶의 방향을 다시 재설정하고 수정해보면서 쉬어 갈 줄 아는 방법들도 배워 나가기도 하면서 좀 더 가족과 있는 시간을 늘리며 지내고 있다.

마음의 여유를 되찾으니 주변이 보이기 시작하면서 너무 앞만 보고 달려왔구나! 이제는 좀 쉴 때도 되었다는 마음의 성찰도 깨닫게 되는 순간이 오는 것 같았다. 그러면서 또 하나의 생각의 관점을 다르게 바라볼 수 있게 되는 여러 가지 방향성이 생기게 된 계기가 되면서 터닝포인트의 시점이기도 하다.

항상 나의 기질이 일과 관련된 면에서 볼 때 안정적으로 안주하는 것을 싫어하는 성향인데 특히 배우고 학습하면서 성장하는 자체를 상당히 즐기고 있는 나를 재발견하게 되면서 언제부터인지 내가 아는 지식과 지혜, 경험 등 그리고 새롭게 공부하고 있는 뇌와 감정 오행에 관한 공부들을 융합해서 나의 경험과 지혜가 필요로 하는 이들에게 본인의 강점을 찾아갈 수 있도록 코칭 분야나 컨설팅 분야에 집중하면서 영역을 좀 더 확장하고픈 목표가 생기게 된 것이다.

지금 하는 일도 사명감과 회원들에 대한 애정으로 운영하고 있지만 나를 알고 재발견하기까지 8년의 세월이 지났음에도 아직도 넘어야 할 산들이 많은 것 같이 느껴지고 새로이 학습해야 할 부분이 많이 늘어난 부분들도 물론 있지만 배우고 성장해가는 과정이 마치 길가의 오솔길의 풍경을 구경하며 음미하면서 천천히 걸어가는 모습처럼 느껴지고 있기에 꽤 재미나게 여정을 가고 있다는 생각이 든다.

생각보다 많이 내성적이고 소극적 성향이기 때문에 두려움이 앞서기도 하고 선한 영향력을 끼치는 많은 분을 보고 배우면서 과연 해낼 수 있겠냐는 의구심이 들기도 하지만 파이팅을 외쳐주며 응원해 주는 가족과 지인들 덕분에 조금씩 조금씩 한 발짝 내디디며 전진하고 있지 않나 싶은 생각이 든다.

운동센터를 꿈꾸는 이들에게 전하고픈 말

2014년 1월 20일 내가 처음 커브스를 오픈을 앞두고 두근두근 설레며 오픈하는 날만 기다리던 지난날의 기억들이 이 글을 쓰며 문득 떠오른다. 오로지 기쁨과 환희 설렘으로 가득 찼었고 매섭고도 상당히 추웠던 1월에 외부로 나가서 오픈 홍보를 하면서 얼어붙은 손을 호호 부어가며 추운 것도 잊어버릴 정도로 열정 하나만을 무기로 열심이었던 그때의 내 모습.

모든 것은 제치고서라도 운동센터를 운영하고자 하는 분들은 하고자 하는 의지와 열정 그 하나만은 잊지 않고 운영하셨으면 하는 바람뿐이다. 시간이 지날수록 현실에 부딪히는 여러 문제로 인해 의욕을 잃기도 할 것이며 내 뜻대로 일이 진행되지 않을 때 앞이 보이지 않는 미로를 걷는 것처럼 느껴지기도 할 것이고 때로는 번아웃이라는 상태를 맞아 나를 순식간에 덮쳐버릴 것 같은 출렁거리는 큰 파도 앞에 서 있는 것 같은 느낌이 들 때도 있을 것이다.

2020년 코로나라는 자연재해로 인해 무방비로 당할 수밖에 없었던 금방이라도 난파될 것 같은 난파선과도 같았던 어려운 상황에 놓여 있었지만 이런 때일수록 나의 정신력은 강해지고 있음을 느끼고 있다. 어떠한 상황에서도 좌절하지 않고 극복하려는 이겨내려는 그 힘이 필요한데 그것은 세월이 만들어준 힘이라고 나는 생각한다.

"나를 만들어 가는 힘"이 그것이다. 본인을 스스로 제련하는 것만큼 단단 해지는 것은 없다. 단단 해지기를 소원하는 자, 당당히 현실과 부딪혀가며 운영하다 보면 어느새 점점 단단해져 가고 있는 나를 보석이 되어가고 나를 발견하고 있을 것이다.

"꿈을 꿈꾸는 그대를 응원합니다"

나는 동기부여 전문가다

이승주

__ 이승주

- 자기경영연구소 대표
- 이승주의 온택트아카데미 운영
- 창직교육협회 이사
- 한국북네트웍스 수석강사(전)
- (사)길있는연구소 이사(전)
- 파사모 창원지역정모 단장(전)
- 한국기술교육대학교 HRD자문위원(전)

fdyoung10@gmail.com
blog: https://blog.naver.com/lmyy8559
modoo: https://selfmanagementinst.modoo.at/
010-3608-8559

나는 동기부여 전문가다

나는 왜 동기 부여 전문가가 되었나?

12년간의 직장 생활을 하다 출산으로 퇴직하고 육아에 전념하다 2000학번으로 대학을 다녔다. 주경야독으로 낮에는 방과 후 컴퓨터 교실 보조강사로 저녁에는 학교를 다니며 미래를 준비했었다.

경력단절로 재취업을 위한 공부를 시작했는데 강의를 하게 되면서 강사의 길을 걷게 되었고 마산 여성인력개발센터에서 정보화, 자격증, 사무자동화 과정등의 강의를 하던 중 나에게 동기부여 능력이 있음을 알아채고 방송대 교육학을 시작으로 교육대학원을 다녔으며 경영학, 창업학 등을 전공하면서 대한민국 최고의 동기부여 전문가로 거듭나기 위한 길을 걷고 있다.

우선 스스로 동기부여를 한 사람으로 시작된 동기부여 능력이 있음을 알게 된 것은 마산 여성인력개발센터에서 30대~50대 지역주민, 전업주부를 대상으로 강의를 하게 되면서였다.

어려운 집안형편에 고등학교를 졸업하고 전자회사에 취직을 했었다. 3천몇백명 정도의 사원이 있는 전자제품 완제품을 제조하는 회사였고 150명 정도의 현장직을 뽑는 구인에 접수를 하였는데 면접 시 면접관의 "인문계를 나왔는데 왜 대학 진학을 안 했어요?"라는 질문에 어려운 집안 형편이라는 얘기 대신 "대학을 가고 싶었지만 공부를 못해서 못 갔어요라고 대답했던 조금은 당돌한 20대였던거 같다. 어쩌면 그때도 자존감이 있었던 것은 아닐까 하는 생각도 든다.

합격 후 1주일가량 교육을 받고 부서 배치가 되던 날 제일 처음 불렀고 분홍색 스카프를 주며 어느 곳으로 데리고 갈 때 혼자라 계속 남은 동기들을 돌아다봤는데 알고 보니 150명중 나만 현장이 아닌 간접부서인 자재부였다. 부서에 도착하자마자 회의실에서 대기 중인 나에게 주어진 미션은 숫자를 살짝 늬어서 쓰는 연습이었다.

여러 가지 이유가 있었겠지만 같은 부서에 고등학교 선배가 있었고 우리학교 선배가 꽤 현명한 직장생활을 했었던 덕분에 내가 현장모집으로 입사한 회사에서 간접부서에 배정이 되었을지도 모른다는 생각을 했다. 학연, 지연 이런 덕을 본 것일까?

나의 동기부여 능력은 이맘때도 있었던 거 같다. 후에 나이 후배로 들어온 나보다 세 살 어렸던 두 친구가 있었는데 둘 다 입사 후 얼마 지나지 않아 퇴사를 고민하는 듯하였다. 대화로 그녀들을 설득했고 한 사람은 회사에서 입지가 굳게 다져진 베테랑으로 자리를 잡았고 또 한명은 텔렉스(당시 전화교환원 자격)자격증을 취득 하고 창원대학교에 전화교환원으로 취직을 했었다.

회사 전산화가 시작되면서 33명이던 여직원들이 줄어들고 3명 남을 때까지 나는 결혼을 한 아줌마임에도 자리를 지키고 있었다. 업무에 관한 한 집중력과 유연성, 대비성 등이 좋았던 부분도 있었고 상사 & 동료분들의 배려와 관심 덕분에 회사 생활을 즐겁게 하고 있었다.

결혼 후 첫 아이를 출산하면서 출산 휴가 3개월을 내고 아이를 만났는데 도저히 어린 생명을 두고 출근을 할 수가 없어 퇴사를 하였다. 3개월 임금은 70%, 휴가전 나의 임금은 일본회사라 간접부서도 잔업수당이 있었고 우리부서는 50%정도의 잔업수당을 받았었다(일도 그만큼 많이 했었지만).

즉 평소 150%의 임금을 수령했었는데 출산 휴가 기간에는 70%의 급여라 퇴직금을 절반가량 받았지만 딸과 회사(퇴직금)는 잠깐 갈등의 시간을 가졌고 51:49로 딸을 내가 키우는 선택을 하면서 돈은 다음에도 벌수 있겠지만 자식은… 이라는 생각으로 한 판단과 선택을 했었고 지금도 나는 그 선택이 옳았다는 생각이다.

＿ 나는 동기부여 전문가다

큰아이 7세, 작은아이 4세가 되던 해 집 압류, 월급 압류라는 사건이 생겼다. 물어도 대답 없는 남편이 야속했지만 나는 생각의 꼬리를 물면서 선택을 하게 된다. 고졸 여성이 경력단절에서 시작할 수 있는 일이 무엇일까? 게시판, 전봇대 등에 붙어있는 구인광고의 사무직은 전산관련 자격증, 상고졸… 등의 조건이 있었다. 나는 인문계 출신의 고졸이었고 선택할 수 있는 것은 식당, 소일거리 알바, 가벼운 노동 등이었다. 구인란을 찾던 중 정보화 자격증 관련 6개월 과정 국비훈련이 있었고 신청 후 1달 남은 기간 동안 운전면허1종도 준비했다. 주변 학원에 학생들 등하원시키는 것을 보며 아이들 데리고 아르바이트를 할 수 있을 거라는 판단으로 한번에 합격 하기위해 안간힘을 썼던 기억이 지금도 생생하다.

6개월 국비과정은 월~금 오전 9시에 시작하여 5시에 마치는 강행군이었지만 열심히 자격증 취득을 위한 노력을 했었고 정보처리기능사 자격증 취득을 시작으로 컴퓨터의 세계로 빠져들었다. 배우고 친구와 통화를 하면서 내가 배운 것을 통화로 전해주기까지 했으니 그때부터 강사의 기질이 있었을 거 같다.

국비 과정 중 우리기수에게 국가에서 열리는 제1회 주부인터넷항해 정보검색대회 참여를 권유했다. 아니 권유가 아니라 강제였던 기억이 있다. 나의 경우 "인터넷 검색 부분 등 진도가 아직 많이 남았으니 못하겠어요.라며 거절 의사를 밝혔는데 원래는 우리 앞 기수들이 신청을 했는데 자격증이 있는 사람은 안

된다는 안내에 아직은 필기만 합격하고 실기 시험을 앞두고 있는 우리 기수를 그 신청 인원에 체인지를 하였기에 참가를 할 수밖에 없었는데 지금의 내가 있는 이유로 그 순간을 들 수 있겠다

마산 예선을 거쳐 경남·부산 예선을 치르고 서울 본선으로 경남·부산 팀은 한 버스로 참여를 했고 대회를 마치고 하행길 부산 체신청 담당 직원분이 참가자들의 강사지원단 입단을 권유하시고 강사지원단으로 활동을 시작하게 되면서 담당 직원 분은 참여한 우리를 전적으로 많은 지원을 해주셨다.

강사지원단으로 소외계층 주민정보화과정이 등록되면 자원하여 강의를 하고 국가로부터 실비(교통비, 식비)정도의 보수를 받는 활동을 하던 중 '이찬진 컴퓨터 교실'에 취직하여 방문교사를 하려는데 전공은 무관하나 초대졸 이상이어야 한다는 조건에 방과 후 컴퓨터교실에서 보조강사로 일하면서 저녁에 대학을 다녔다.

이후 군청, 시청 등에서 13년간 주민정보화교육, 직원직무(전산) 교육 등을 진행했었고 마산여성인력개발센터에서 강의를 하던 중 국비관련 정보화기초과정인데도 자격증과정으로 강의를 진행하였고 방송대진학을 시키고 후배강사를 키우며 나에게 동기부여 능력이 있음을 인지하게 되었다.

사실상 첫 제자가 나에게 해준 말이 구체적으로 실행을 하게 해준 부분이다.

"선생님은 숙제검사를 하지 않으시는데도 숙제를 할 수 밖

　　　　　　　　　　__ 나는 동기부여 전문가다

에 없게 하세요."라는 말에 어렴풋이 생각했던 나의 재능을 자각하게 되었고 교육학을 시작으로 경영학, 창업 학까지 전공을 하게 되었다.

심리부분도 상당히 관심이 있는 분야라 전공으로 다루지는 않았지만 2006년부터 마산에서 서울을 오가며 주말에는 심리, 소통, 커뮤니케이션 공부를 하였다. DiSC를 시작으로 TA, MBTI, 에니어그램, 도형심리, NLP등 각종 자격증 취득을 하였고 에니어그램의 경우 1단계, 2단계, 3단계, 해석 과정 등을 거친 후 3개월 인턴활동도 하였다. 심리영역은 동기부여를 하는 사람이라면 반드시 기본적으로 공부를 해야 할 영역이라 생각한다.

지금은 아산으로 옮겨 경찰교육원이지만 예전에는 부평소개 경찰종합학교에서 고객만족강사양성과정 진행과 강의를 했었다. 이 과정은 전국의 경찰관중 사내강사로 고객만족 강의를 할 사람을 선발하는 교육이 진행되는데 2주간의 프로그램을 기획하고 강사진을 구성하여 실행하고 마지막 날 교수기법으로 시범강의를 시키며 피드백을 하는 시간을 가졌었다. 이후 경남경찰교육원 고객만족강사전문화과정도 기획, 운영하면서 동기부여 능력에 대한 확신이 점점 더 생겼다.

경남경찰청의 경우는 대학 중퇴이신 40대 중반의 경찰관분을 방송대 편입과 석사, 박사과정까지 마치게 하면서 보람과 뿌듯함이 아주 컸었다. 부산경찰청의 경우는 프로그램을 진행하고 다음해 강의 경진대회를 위해 경험으로 참여를 권유했는데 바로 금상을 받아 보람 가득했었고 몇 년간 부산에서 마산으로 공부를 하며 사내강의를 하던 분이 경찰청 전국 강사 중 특진하는 경우도 생기면서 동기부여 능력에 대한 확신이 점점 더 생겼다.

2017년 경기도일자리재단의 커리어컨설턴트 양성과정(3개월)에서 컨설턴트로 수강생 상담 및 관리를 하며 18명 전원 수료를 시켰으며 14명이 취업을 했다. 계획은 80% 수료, 60% 취업이었으니 계획보다 더 나은 성과를 낸 것이다. 평일 9시~5시까지 진행되는 과정 중에 저녁시간 에니어그램등을 통해 1:1 진로에 대한 상담을 하면서 과정 진행을 하면서 동기부여를 했다.

최근에는 서울 도심권50플러스센터에서의 활동을 들 수 있다. 인생 2모작 혹은 3모작을 준비하는 분들의 배움터로 다양한 프로그램이 진행되고 있는 곳이 50플러스 재단이다. 그중 종로 3가에 있는 도심권50플러스 센터에서 2018년 SNS전문가 양성 과정에 강사로 참여를 했었고 올해까지 6기가 진행되고 있다. 2019년 1기~3기 분들 중 인턴강사님들 & 과정 수료선생님들의 블로그 심화과정을 통한 개인브랜딩을 도모하였고 블로그를 통해 강의 의뢰를 받는 강사로 동기부여를 하였다.

컴퓨터 강의를 먼저 했기에 스마트폰, SNS플랫폼을 쉽게 다루는 부분이 개인 브랜딩이 필요한 사람에게 도움이 되는 점에서 동기부여를 위한 전문가의 자질로도 필요역량이라 즐겁고 기쁘다. 어느 분야라도 다른 분야에 힘이 되는 일들이 많다. 사실 어린 시절 나의 꿈은 현모양처였다. 집안을 잘 가꾸고 남편 내조

159   __ 나는 동기부여 전문가다

잘하고 자녀를 잘 키우고 부모님 봉양하며 오순도순 살고 싶다는 생각을 했던 평범한 소녀였던 내가 나의 꿈을 찾고 누군가의 꿈과 희망 용기에 동기를 부여해주는 능력이 있음을 알게 되면서 나로 인해 타인의 삶에 변화가 생기는 것을 보면서 내가 동기부여전문가의 길을 걷고 있었다.

동기부여 전문가가 되기 위해 가져야 할 마인드와 태도

거창하게 들릴지는 모르겠지만 동기부여 전문가가 되고자 한다면 우선 자신부터 동기부여를 시킬 수 있어야 한다. 혹자는 중이 제 머리 못깎는다는 말로 포장을 할수도 있지만 개인적인 의견은 나부터 동기를 부여하는 게 먼저라는 생각이다. 아는 것이 많은 것도 필요하겠지만 잘 할 수 있는 일이 있을 때 동기부여를 위한 내 마음에 근육을 만드는 첫 걸음이다.

　마음이 감정을 만들고 감정이 태도를 만들고 태도가 행동을 만든다 했다. 마인드가 태도의 기본임을 알 수 있는 부분이다. 대중가요 가사가 떠오른다. "마음이 고와야 여자지, 얼굴만 예쁘다고 여자냐?" 예쁜 얼굴보다 더 필요하고 중요한 것이 개인의 마음씨임을 알 수 있는 부분이라 생각한다.

　길을 가다 돌부리를 보면 일반적으로 두 가지의 생각을 한다. 부정적인 마인드를 지닌 사람에게는 걸림돌이 되고 긍정적인 마인드를 지닌 사람에게는 디딤돌이 된다는 점을 볼때도 같은 상황에 그 사람의 마인드가 얼마나 중요하고 필요한지를 알 수 있는 부분이기도하다.

노인복지관 재능기부강의 14년차인 나의 경험 속 대화가 있다. 아드님들과 불편하여 단절 중이던 분이 계셨는데 어느 날 강의중 나왔던 얘기에 귀를 기울이셨던 분이 마치고 몇 분과 함께 식사중 둘이서 나눈 대화중 "아! 그렇군요.라고 하셨던 분이 이후 아드님들과 연락을 하신다는 얘기를 전해 들으며 사람의 마음이 일상생활, 소통에서 얼마나 중요한 것인지를 한번 더 깨닫게하는 계기가 되었다. 많은 이야기를 나눈 것도 아니고 해당 내용으로 직접적인 대화를 나눈것도 아닌데 그분은 저의 얘기속 포인트를 긍정적인 마인드로 받아들이시고 캐치를 한 것이다. 자녀분 나이 또래의 어린 강사 얘기를 실제 삶의 현장에 적용하신 그분의 긍정적인 마인드는 그동안의 자신을 돌아보며 자녀분과 소통을 시도하셨고 아주 짧은 순간의 선택과 판단으로 관계 회복을 한 케이스이다.

일반적인 생활에서도 이렇듯 마인드는 그 사람의 삶의 태도에 영향을 미친다. 동기부여 전문가가 되고자한다면 건강한 마인드는 기본요소이다. '긍정적적이다'라는 말을 잘못 해석하면 '무조건 오케이'라는 착각을 할 수도 있다. 하지만 긍적적이라는 의미는 상황을 있는 그대로 받아들이되 건강한 선택을 하라는 의미이다. 돌부리 이야기처럼 누군가는 걸림돌로 보는 상태를 또 누군가는 디딤돌로 보는 것처럼 말이다. 만약 자신에게 시련이 주어진다면, 그것을 경험하면서 이겨나갔거나 실패를 통한 쓴맛을 봤다면 다른 실패한 사람들을 이해할 수 있는 값진 경험을 한 것으로 마음을 정리할 수 있다. 또한 내가 실패한 이유에서 다시 실패를 않거나 성공요인을 찾을 수도 있는 것이다.

　나의 경우 남편의 월급에 압류가 들어와서 50%의 급여만을 수령하고 살고 있는 집에도 압류가 들어와 사면초가의 상태가 되었을 때 7세, 4세의 어린 자녀들을 키우고 있던 전업주부가 할 수 있는 선택에 긍정적인 마인드가 작용했으므로 배움을 선택했고 알바와 배움을 동시에 진행하면서 지금의 나를 만들고 있었다. 급할수록 돌아가라는 말을 가끔 전하게 된다. 당시는 많은 것을 포기하고 이혼 등을 요구할 수도 있었다. 마음은 그랬다. 그렇지만 당시 나의 선택은 "당신을 믿고 살수가 없으니 나도 홀로서기를 하겠다, 헤어지기 위한 홀로서기가 아니라 각각 홀로서기가 되어 합하면 두배의 시너지가 될것이니 당신을 바라보며 집에만 있지 않겠다. 하지만 내가 홀로서기를 하고 스스로 살아갈 힘이 생겼을때도 당신이 달라지지 않는다면 그때는 온전한 홀로서기를 하겠다" 선언하고 열심히 주경야독으로 공부를 하면서 생계형 아르바이트를 시작했었던 것이 건강한 마인드 덕분이 아닐까 한다.

　때로는 어쩌면 당시 헤어지고 홀로서기를 했었더라면 어땠을까? 하는 생각을 하기도 한다. 법적으로 부부관계를 유지하고 있었기 때문에 한부모 가정 등으로 해서 받을 수 있는 지원이나 혜택등을 받지 않은 채 모든 일을 스스로 하고 내가 일한 만큼 벌어서 생계를 꾸리는 생계형 강사로 지금까지 살아왔기에 최근 정책이나 제도 등을 조금 알게 되면서 한두 번 생각해본 일이기도 하다. 그때만 해도 자녀들의 장래에 한 부모는 걸림돌이라는 판단과 처음에는 자신도 없었을뿐더러 이혼이라는 생각은 감히 못했던 30대 주부였다. 남편의 체면을 구기지 않으려고 양가에는 알리지 않은 채 홀로서기에 전념했었다. 모르는 주위사람들은 신랑 잘 만나서 늦게 공부시켜준다며 부러워하는 사람도 있었고 심지어 시모님까지 신랑 덕분에 공부한다며 생색까지 내셨던 시절이 있었다. 한 집안의 장남으로 홀어머니와 동생 둘에 대한 심적 부담도 있었을 남편은 고졸의 공무원이었고 시동생과 시누이는 대학을 나온 사람들이었다. 아버지가 계시지 않으니 큰 오빠의 역할을 하라며 의무는 요구하면서 막상 오빠, 형 대접을 하지 않는 시댁 식구들을 보면서 나라도 저사람 체면을 세워주어야겠다는 마음이 있었기에 시댁에도 침묵한 것이다. 때때로 그때 그냥 얘기를 다하고 도움을 받을걸. 하는 생각을 한번도 하지 않은 것은 아니다. 힘들때마다 순간순간 시댁에 얘기를 해볼까하는 마음을 먹다가도 이내 내 인생은 내가 책임을 져야지 하는 마음으로 다시 스스로를 셀프 동기부여 했던 기억이 있다.

이 글을 읽고 있는 사람들에게 나와 같은 마인드를 강요하지는 않는다. 다만, 건강한 마인드는 자신의 삶의 여정에 건강한 선택을 하게 해주고 자신의 길을 찾을 때 도움이 되며 보람된 삶을 영위하는데 보탬이 될까하여 이야기를 이어가고 있다. 오래전 들었던 외국의 한 일화가 있는데 두 형제의 이야기다. 한 사람은 세계적으로 유명한 사람이 되어 강연을 하러 다니는 사람이고 또 한 사람은 감옥을 전전하는 형제의 이야기를 통해 긍정적인 마인드가 사람의 인생태도를 어떻게 만들며 그 사람의 삶을 어떻게 이끌어 가는지 보여주는 예이다.

두 사람에게 질문을 했다한다. "당신이 이렇데 된 이유가 무엇일까요?" 성공한 이유와 실패한 이유를 묻는 거였는데 놀랍게도 두 사람의 대답이 같았는데 "어떻게 이런집에서…"였다 한다.

찢어지게 가난하고 아버지는 술 주정뱅이였던 가정환경 속에서 어떻게 이렇게 살지 않겠느냐는 두 사람의 대답은 의미심장하다. 그럼에도 불구하고 열심히 살아서 유명한 사람이 된 긍정마인드 소유자와 그래서 나는 이렇게 살 수밖에 없다는 부정마인드 소유자의 선택과 실행은 같은 집 같은 부모의 자녀임에도 극과극의 차이를 보여준다. 즉 상황이나 상대가 동기를 못 주는 것이 아니라 스스로 갖는 긍정 마인드가 자신의 살리고 키우는 것이다. 자신의 삶을 놓고도 이러한데 하물며 타인의 성장을 촉발하려는 동기부여 전문가라면 어떤 마인드와 태도를 가져야 하는지 알았을것이라 생각한다.

어떠한 상황이었음이 그 사람의 인생을 결정짓는 것이 아니다. 어떤 일을 대면했을 때 그 일을 대하는 자신의 마인드와 태도에 의해 선택이 달라지고 그 선택의 결과는 같은 조건을 가진 한 가정에서도 극과극이라 할 수 있는 삶을 살아가고 있음을 인지하게 된다면 우리는 어떤 선택을 해야할지 스스로 알게 될 것이다.

저자가 가진 마인드에 영향을 준 좌우명이 있다. 바로 중학교 3학년 때 담임선생님이 개학 날 수첩을 꺼내서 첫 장에 기록하라며 칠판에 적어주셨던 세 줄이다. 미니홈피를 운영하던 시절에도 현재의 블로그 2개중 하나에도 그 문구는 항상 자리를 차지하고 있다

> 그를 대할 때 존경하고
> 그가 없을 때 칭찬하며
> 그가 어려울 때 도와주자

보태어 범사에 감사라는 말도 요즘은 마음에서 우러나는 공감을 하게 된다. 사실 다소 어려웠던 시절에는 머리로는 수용이 되는데 가슴 즉 마음으로는 '힘든데 어떻게 감사를?'이라는 의구심을 가진 시간들이 있었다. 현재도 힘든 시간을 보내기도 하지만 감사하는 마음이 가지는 힘과 영향력에 대해서는 아무리 강조해도 지나치지 않음을 전하게 된다.

__ 나는 동기부여 전문가다

경제적 자유를 누릴 수 있는가?

대답은 "YES"이다. 동기부여 전문가는 경제적 자유를 누림에 손색이 없는 직업이기도 하다. 산업사회에서는 노동의 대가를 받으며 생계를 이어가는 것이 주 수입원이었다면 지식정보화시대를 거쳐 4차 산업혁명이라는 거창한 이야기를 하게 되는 현대는 1인 기업가로서 많은 사람들이 활동을 하게 된다. 개인의 역량이나 노력과 행동에 따라 수입구조가 달라지기도 하지만 동기부여 전문가로 길을 걷다보면 수입 부분도 간과할 수는 없을 것이다. 작은 사람은 월 2~300을 벌기도 하고 많은 사람은 월천강사라는 타이틀을 가지고 많이 벌기도 해서 수입은 천차만별이다.

나의 경우는 작은 사람의 경우보다는 조금 더 많은 경제적 자유를 누리고 있다. 삼십대 중반에 대학 진학을 한 만학도였고 지금까지 꾸준히 공부를 하면서 월 4~500의 수입이 있으니 부자라는 표현은 못하겠지만 가치관을 지키면서 동반성장하는 삶을 영위하기에 괜찮은 직업으로 자신의 꿈 실현과 경제적 자유 두 마리 토끼를 잡는 삶을 누릴 수 있다.

강의료의 경우 급수에 따라 차등 지급되는데 이에 학벌의 영향도 크다. 우리나라에서는 아직 라이선스와 학위, 자격증 등의 통과 관문이 견고하기 때문이다. 미래의 경우는 달라지지 않을까 기대를 해보지만 아직은 현실임을 전해본다. 대학 진학부터 대학원을 선택하게 된것도 수입 레벨을 높이기 위한 선택과 노력이었으며 실행이었다. 꿈만 꾸는 사람과 꿈을 실행하는 사람은 다르다. 학벌 자체만으로는 힘이 미약할지는 모르나 본인의 의지와 노력에 따라 큰 힘을 실어주는 것이 학위이기도 하다.

정보화 강사로 강의를 하면서 10년의 강의 경력을 가진 저자와 석·박사 출신의 강의료가 많이 다르다는 사실에 충격과 더불어 위축까지 되면서 억울하고 속상했었던 기억이 있다. 경력이 아직은 인정받지 못했던 사회 구조였던 것이다. 지금은, 미래는 달라질 수도 있겠지만 저자의 경험은 그랬다. 학위는 난무하고 이제 능력과 현실적용에 포커스가 맞춰지지 않을까 기대를 하지만 기존의 요구되는 사항은 빠른 변화를 할 것 같지는 않다.

요건이 주어진다면 해당 요건을 충족하는 것이 건강한 선택이며 선택과 실행은 자신에게 어떤 기회를 줄 것인지 아무도 모른다. 다만 기회가 많음에 대해서는 조금 힘주어 말할 수 있다. 앞에 언급한 '하늘은 스스로 돕는 자를 돕는다'는 교장 선생님의 훈화 말씀에 이견이 없다. 운이라는 표현으로 스스로 혹은 타인의 삶에 찬물을 끼얹는 듯한 발언으로 의욕을 꺾고 있는 사람들도 있다. 생존경쟁의 장에서 그들은 나름의 방식으로 어쩌면 자신의 성공을 도모하고 있을지도 모르겠다. 동기부여 전문가는 자신과 타인에게 이로움을 제공하면서 경제적 자유를 누리기에 1인 기업가로 멋진 직업이 아닐까 한다.

마산여성인력개발센터에서 강의로 만난 주부들에게 취업을 원한다면 우선 통과의뢰인 자격증을 먼저 준비하고 그 자격에 맞는 기술이나 연습은 이후에 해도 된다며 자격증 강의 시 라이센스를 가지면 다양한 선택권이 있음을 강조한바 있다. 나 또한 꾸준히 준비한 자격증과 업체 방문교사를 하려했을 때 초대졸이상의 졸업장이 필요해서 학자금 대출을 받아 공부를 시작한 케이스이니 현실은 관문을 먼저 넘는 것이 우선이라 할 수 있겠다.

초연결시대 AI의 등장 등으로 사람의 역할에 대한 여러 가지 이야기가 나오게 되고 대체되는 직업군들도 많이 생기고 있으며 심지어 사라지는 직업도 무수할 것이다. 반면 융복합으로 새로운 직업이 생길 것인데 창업을 넘어 창직을 하게 되는 것도 스스로 수입원을 만들어가는 1인기업가의 길이기도 하다. 가슴 뛰는 일을 하면서 누군가의 성장에 마중물이 되고 스스로도 성장하면서 경제적 자유를 누릴 수 있다면 어떤 선택을 하겠는가? 산업혁명이라는 단어를 떠올리면 무엇이 떠오르는가? 간략하게 요약을 하자면,

- 1차 증기기관(방직기, 방적기)
- 2차 전기동력(대량생산체체) - 포드
- 3차 컴퓨터 제어(자동화 혁명) - 컴퓨터, 인터넷 → 스마트폰
- 4차 사물인터넷(IOT, internet of things) - 세상 모든 사물을 연결
  1) 음성혁명 - 구글 번역기

2) 자율주행자동차 - 테슬라

3) 빅데이터 - 모든 사물이 인터넷에 연결(인간의 행동
= 인간의 욕망 = 인간의 소비습관 = 맞춤형서비스)

4차산업 혁명 키워드는 '빅데이터', '머신러닝(기계학습)', 'AI(인공지능)'를 들 수 있다.

인간의 역사는 효율성을 극대화하는 방향으로 발전해오고 있다. 자신이 하고 싶은 일이 무엇인지 알고 있는가? 타인의 마음을 위로하고 그 사람의 삶의 태도에 영향을 주고 자신 또한 자존감과 삶의 보람을 느끼게 되는 동기부여 전문가는 1인기업가로 손색이 없는 지식창업의 한 분야이다.

동기부여 전문가를 꿈꾸는 그대에게

초등학생이었던 딸이 학교생활로 힘들어하기에 이런저런 대화를 하다 '피할 수 없으면 즐겨라'라는 얘기도 전해주며 고민에 대한 해결 방법을 얘기한 적이 있다. 딸이 고개를 끄덕이며 옅은 미소를 지었고 어려울 수도 있는 얘기를 알아 들어준 딸아이를 기특해했었는데 이후 동생인 아들 방 청소를 하던 중 일기장이 펼

처져 있었고 내용 속에 '어머니께서 피할 수 없으면 즐겨라 하셨다'라는 글이 보였다. 초등학교 6학년인 누나와 엄마가 나눈 이야기를 초등학교 4학년인 아들이 벤치마킹을 한 것인지 우리의 대화에서 나름의 가치관에 대한 정리를 한 것인지는 모르겠으나 대견하다며 신통해했던 기억이 있다. 일기장을 본 것이라 아들에게 물어볼 수는 없었지만 펼쳐진 내용을 우연히 보게 된 것이라 얘기해도 아들이 이해를 할지는 모르겠다.

살면서 닥치게 되는 상황들이 항상 좋은 상황이나 결말을 주는 것은 아니다. 희로애락의 복잡한 감정들이 서로 어울리듯 찾아오고 때로는 힘든 상황이 더 많이 자신과 함께 한다는 점을 알게 된다. 배우지 않았을 때, 알지 못할 때 갖는 마음과 알고 난 후, 배움이 있은 후 깨달음이 주는 여유는 누구에게나 필요한 요소겠지만 특히 동기부여를 전문가를 꿈꾸는 전문가라면 건강한 마인드야말로 기본적으로 장착된 무기가 되지 않을까한다. 물론 배움이 있다하여 모든 사람들이 다 스스로 자신부터 먼저 돌아본다거나 긍정적인 마음을 갖게 되는 것은 아니다. 그럼에도 배움의 자세와 실천이 필요한 이유는 몰라서 알지 못한 상태로 실수나 하지 말아야 할 선택을 하게 되는 확률이 더 많기 때문이다. 고등학교 시절 전교 조회 시간 교장 선생님의 훈시 말씀이 기억난다. "하늘은 스스로 돕는자를 돕는다" 경상도 사투리로 항상 훈시 말씀 중 빠트리지 않는 구절이었다. 하늘은 스스로 돕는 자를 돕는다는 교장 선생님의 말씀을 기억하면서 자신의 가치관을 더 세우고 살았을 친구, 동창, 선배님, 후배님 등 동문들이 있을 것이다.

　동기부여 전문가는 자신이 배우고 익히고 실천을 하면서 고민하고 연구하고 누군가의 삶의 여정에 가이드가 되는 역할을 하는 사람이다. 바닷가에 사는 게 엄마의 우화를 전하자면 게 엄마는 새끼 게들을 앞에 세워두고 이렇게 말하며 시범을 보였다 한다. "얘들아 엄마를 잘 보렴, 엄마처럼 이렇게 앞으로 똑바로 걸어야 한다. 막상 게 엄마는 옆으로 걸으면서 새끼 게들에게는 앞으로 똑바로 걸으라는 어미 게의 우화는 일상에서 선배로 멘토로 동기부여 전문가로 살아가면서 한 번쯤은 새겨야 할 내용이다. 나는 하지 못하는 일을 다른 사람에게 전하는 것은 우매한 행동이며 오히려 상대의 의지를 낮출 수도 있음을 기억하고 있기를 바란다.

　나의 경우 처음 대학 진학은 이찬진 컴퓨터 교실 입사가 목적이었다. 공부를 하면서 공공기관 계약직으로 정기 강의를 하게 되었고 하루에 수십 명을 만나 강의를 하면서 생긴 애로사항을 극복하고자 커뮤니케이션, 소통, 심리 등의 공부를 하였고 방송대 교육학과 편입을 하여 '효과적인 어르신 정보화 교육'이라는 주제로 방송대 학사 논문을 제출하고 교육대학원 문을 두드렸다. 교육을 하다 보니 프로그램 개발 등을 하게 되고 만나는 소상공인 1인 기업가들의 개인 브랜딩을 도우면서 자신에게 부족한 경영학을 연구하기 위해 숭실대학교 중소기업대학원 진학을 다시 하였고, 지금은 국립경상대학교 창업대학원 재학 중이다. 긍정적인 마인드와 의지 태도만으로 누군가의 삶에 영향을 주는 것이 쉽지는 않다. 타고난 재능에 동기부여 달란트가 있다는 것이 우선의 기본 힘이 되어주기도 하겠지만, 동기부여 전문가로서 우뚝 서고 거듭나려면 다양한 경험과 더불어 커리어를 체계적으로 쌓기 위한 학습과 실습도 매우 중요함을 전한다.

> 내일은 내일의 해가 뜬다.
> 이루려 하지 말고 즐겨라
> 가지려 말고 사랑하라

나는 행복한
비주얼 인테리어디자이너다

장현정

실내디자인을 전공하고 인테리어 업계에 발을 들인 후 20년 동안 다양한 인테리어 분야에서 경력을 쌓은 공간디자인 전문가이다. 특히 패션에 남다른 애정을 갖고 대부분의 경력을 패션 공간 디자인에 집중했다. 이를 바탕으로 패션브랜드 본사에서 비주얼 인테리어팀이 하는 일과 그 역할이 무엇인지 말하고 싶었다. 단순히 매장을 만들고 관리하는 팀이 아닌 브랜드의 철학과 컨셉을 명확히 전달하기 위해 가장 먼저 움직여야 하는 중요한 부서임을 알리고 싶었다. 이제 막 실내디자인을 전공하는 대학생들과 취업 준비생들에게 나의 경험을 나누고, 이 경험을 참고하여 좀 더 쉽게 비주얼 인테리어 디자이너로 성장하기를 바라는 마음에 이 글을 쓰게 되었다. 지금은 비주얼 인테리어 컨설팅과 초년 팀장들을 위한 '마음이 따뜻한 리더 되기' 프로젝트, 비주얼 인테리어 정보를 제공하는 블로그 〈인테리어보다〉를 운영하고 있다.

__ 장현정

- 20년 경력의 비주얼 인테리어디자이너
- 건국대학교 예술디자인대학원 패션마케팅 석사
- 전)Calvin Klein Jeans Korea 근무
- 전)SK네트웍스 패션본부 근무
- 전)인동에프앤 마케팅본부 근무
- 블로그 〈인테리어보다〉 운영

interior_boda@naver.com
blog : www.blog.naver.com/interior_boda/
instagram : www.instagram.com/interior_boda/
유튜브 : 채널명) 인테리어보다

나는 행복한
비주얼 인테리어디자이너다

비주얼 인테리어디자이너란 패션 브랜드 본사에 소속되어 인테리어팀, Store Planing 팀 또는 SI(store identity) 팀에 속해 자사 브랜드의 오프라인 매장 인테리어 디자인을 담당하는 사람을 말한다. VMD 팀과 함께 회사 브랜드의 이미지를 가장 처음 고객에게 선보이는 역할을 하는 것이다. 나는 20년이 넘는 회사 생활의 대부분을 패션 브랜드 비주얼 개발 업무를 하며 지내왔다. 패션 브랜드 본사에 소속된 인테리어팀은 단순히 인테리어 디자인만 하는 것이 아닌 상품 MD에 따라 효율적인 매장구성을 하고, 자사 상품이 잘 표현될 수 있도록 전체적인 구성을 도맡아 어우르는 지휘자 역활을 해야 한다. 비주얼 인테리어디자이너는 어떠한 일을 하는지 어떻게 하면 입사 할 수 있는지 궁금해 하는 후배들이 많다. 나 역시도 일반 인테리어 회사에서 패션 회사 본사에 취업하기 위해 많은 노력을 하고 이 자리까지 오게 되었다. 패션 회사 본사 소속으로 패션 공간 디자인에 관심이 있는 젊은 친구들에게 조금이나마 도움이 되고자 나의 이야기를 들려주려고 한다.

나는 왜 비주얼 인테리어디자이너가 되었나

인테리어디자이너로서 첫발을 내딛다

나는 비주얼 인테리어 디자인 경력 20년 차 디자이너이다. 20년을 인테리어만 쭉 해왔고 그 시간을 돌이켜 보니 정말 오랜 시간 한 가지 직업으로 살아왔다는 생각이 든다. 인테리어가 적용되는 주택, 오피스, 전시, 상업 공간, 호텔&리조트 등 많은 분야 중에 나는 상업 공간을 선택하였고, 그중에서도 패션 매장을 전문으로 하는 인테리어 디자이너이다. 내가 이 많은 분야 중에서 패션 매장 인테리어를 선택한 이유는 딱 하나 나는 옷을 좋아한다. 패션 디자이너는 못되었지만, 인테리어라는 전문적인 직업으로 패션 회사에서 내가 좋아하는 옷과 함께 내가 소속된 회사의 브랜드를 알릴 수 있는 멋진 직업을 갖게 되어 너무 행복하다.

인테리어라는 직업을 가지고 패션 회사에 입사하겠다는 꿈은 나의 첫 직장에서부터 시작되었다. 첫 인테리어 회사는 이제 막 개업한 직원 3명의 아주 소규모 회사였다. 급여는 월 70만 원 정도를 받았고, 도면 설계부터 현장 허드렛일 작업, 회사에 필요한 기초 업무까지 직원이 몇 안 되는 회사였기에 다양한 회사 업무를 나 혼자 처리하곤 하였다. 그 곳은 주로 주거 공간과 오피스 인테리어를 하는 회사였는데 처음 접하는 인테리어 실무에서 모 대기업 회장님의 한남동 주택, 대기업 사옥 등 굵직한 프로젝트를 도와가며 열심히 배우고 있었다. 막내 사원으로 입사했기에 대학교 학업 공부하듯 그저 시키는 일을 하나씩 하는 것도 매우 흥미롭고 즐거웠던 시기였다.

같은 건물의 다른 층에는 백화점에 입점되어 있는 국내 여성복 브랜드 회사의 사무실이 있었다. 엘리베이터에서 오며가며 마주치는 이 회사의 직원들은 항상 이동 행거에 가득 옷을 실고 이리저리 분주하게 이동하는 모습이었다. 그런데 이상하게도 행거를 끌고 가는 직원들의 모습을 보면 가슴이 두근거리고 행거에 가득 담긴 옷을 보면 설레이곤 하였다. 옷과 함께 하루 종일 근무하고 있는 저 패션 회사 직원들이 부럽다는 생각이 들기 시작했다. 지하 쇼룸에서는 한 달에 한 번씩 다 같이 모여 옷에 대한 이야기를 하고 있었는데 지금 생각해 보면 내가 봤던 장면들은 〈디자인 품평〉이라고 해서 디자이너들이 다음 시즌에 판매할 상품을 본격적으로 제작하기 전 미리 유관부서에게 선보이며 평가하는 디자인 상품 품평 시간이었던 것 같다.

패션 회사 사람들인 만큼 그들의 차림새는 화려했고 나는 공사 현장을 오가며 일해야 하는 직업 이었기에 늘 편한 복장의 작업복 차림새가 나를 더욱 초라하게 만들었다. 이렇게 외적으로 보이는 서로 다른 회사의 분위기에 내 마음은 점점 더 우울해져 갔다. '나도 옷을 좋아하는데, 패션디자이너가 될걸' 하는 후회도 들었지만, 하나의 공간을 새롭게 변화시키는 공간디자이너라는 멋진 직업 또한 시작도 하기 전에 포기할 수 없었다. 하지만 그때부터 언젠간 꼭 패션 회사에서 일해야겠다는 꿈을 키웠던 것 같다.

나는 실내디자인을 전공했기에 당연히 패션 회사는 나와 거리가 먼 회사라고 생각했다. 의상디자인과를 나와야만 들어가서 일할 수 있다고 생각했다. 패션 회사에서는 정확하게 어떤 일들을 하는지 전혀 몰랐고 무작정 옷이 좋아서 옷이 가득한 회사에 들어가 근무하고 싶다는 생각뿐이었다. 그러다 이직한 두 번째 회사는 국내에서 꽤 인정받던 규모가 제법 큰 인테리어 디자인 회사였다. 신입 채용 공고를 보고 입사지원서를 넣게 되었고, 날카로운 질문을 하는 설계실 이사님의 면접을 무사히 통과한 후 운이 좋게 입사하게 되었다. 월 급여 100만 원의 두 번째 회사생활이 시작된 것이다. 인테리어 디자인 및 설계업무가 메인이었던 회사라 설계팀을 각 전문 분야로 디테일하게 파트를 나누어 5개 팀으로 운영하고 있었다. 주거팀, 오피스 1, 2팀, 상업 공간

1, 2팀 등의 여러팀 중 나는 패션 공간 디자인을 하는 설계 5팀에 배정받게 되었다. 설계 5팀은 회사의 주요 클라이언트인 국내 여성복 회사 (주)한섬의 모든 브랜드 인테리어를 담당하는 팀이었고, 팀장 포함 5명의 직원이 각 브랜드를 맡아서 실측부터 설계, 백화점 컨펌, 시공 감리까지 진행하는 팀이었다. 지금 생각해보면 여러 팀 중 패션 공간 디자인팀에 들어가게 된 이 우연한 기회가 운명적이게도 지금까지의 내 인생을 이끌고 만들어 준 큰 밑거름이 된 것 같다.

백화점에는 수많은 브랜드가 있다는 것을 알게 되었고, 내가 입사한 회사처럼 다양각색의 화려한 인테리어를 디자인하는 패션 공간 전문 회사들이 따로 있다는 것을 알게 되었다. 나는 설계팀 소속이었기에 공간을 실측 하는 일부터 실측한 공간을 도면 작업하는 설계업무가 주 업무였다. 사무실 컴퓨터 앞에 앉아서 설계 도면을 그리는 일도 재미있었지만, 활동적인 성격 탓에 지방 곳곳의 외근을 다니며 만나는 많은 사람들과도 금방 친해지고 이 일이 천직이라 생각하며 즐겁게 회사 생활을 했다. 클라이언트인 패션 회사 본사에서도 인테리어를 담당하는 부서가 있다는 것을 처음 알았고, 그들과의 업무 교류 속에서 패션 회사 본사 인테리어팀은 무슨 일을 하는지 조금씩 알게 되었다. 내가 진행했던 브랜드는 주로 백화점에 매장이 입점되어 있었기 때문에 전국의 많은 백화점을 안 가본 곳이 없을 정도로 다녀야 했고, 신축 백화점 공사 현장은 안전모를 쓰고 밥 먹듯 출입하며 무의 공간에서 유의 공간으로 변신하는 신기한 모습을 지켜보았다. 야근과 철야가 반복되어 몸은 힘들었지만 새로운 디자인을 창작하고 브랜드만의 특별한 마감재를 개발하며, 새로운 가구 디자인을 하는 그 시간들이 정말 유익하고 즐거웠다. 게다가 똑똑하고 멋진 팀장님을 만나 좋은 팀워크로 다른 팀에 비해 수월하고 원활하게 회사생활을 했다. 트렌디한 패션 공간을 디자인 하는 직업인 만큼 팀장님은 틈만 나면 팀원들에게 멋지고 예쁜 것을 많이 보여주려 노력 하셨고, 힘들고 지친 팀원들을 독려하며 언제나 힘을 실어주셨다. 팀워크가 워낙 좋았기에 힘들고 어려운 일이 있더라도 든든한 팀장님 아래 모든 팀원들이 함께 이겨내가며 회사생활을 하였다. 이렇게 내 인생에 첫 팀장님은 지금까지 나의 롤모델이 되었고 후에 내가 팀장 위치에서 팀원들을 이끌어 갈 때 큰 힘이 되었다.

하지만 팀장님이 갑자기 그만두시게 되면서 팀은 분리가 되고 나와 함께 일했던 선배가 팀장으로 승진하여 팀을 이끌게 되었다. 내 인생에서 두 번째 팀장님을 맞이하게 되는 시기였는데 팀장의 역할이 이렇게나 중요한지 뼈저리게 느끼는 시기였다. 같은 일을 똑같은 방식으로 하는데 너무 힘들고 괴롭다는 생각을 많이 하였다. 항상 재미있고 즐겁게 일했던 설계 업무가 매일 반복되는 야근과 팀장의 독한 요구에 점점 지쳐만 갔고 브랜드 업무가 너무 힘들다는 생각 뿐이었다. 심지어는 이직하여 다른 분야의 새로운 업무도 경험해 보고 싶다는 생각이 들게 되었다. 마침 지인분의 소개로 패션 공간이 아닌 다른 분야를 경험할 수 있는 중견 인테리어 회사에 들어가게 되었고 그동안 접해보지 못했던 공간들과 새로운 클라이언트를 상대하며 또 다른 분야를 알아가는 재미에 즐겁게 일하며 지냈다.

브랜드가 아닌 공간들이라 배울 것이 많았지만, 몇 년의 회사 경력이 있었기에 큰 무리 없이 클라이언트와 소통하며 프로젝트를 진행하였다. 삼성물산, 에버랜드, 신세계 등 대기업을 상대로 미팅을 하고 좋은 설계를 이끌어내어 성과를 도출하는 이 모든 업무들이 새로웠고 성취감도 많이 있었다. 실제 진행되고 있는 공사 현장에 몇 달간 샵 드로잉도 나가서 디테일한 현장 상황을 파악할 수 있는 계기가 되었고, 그동안 써보지 못했던 새로운 마감재를 접해보며 많은 경험을 쌓았다. 하지만 그 당시 모든 인테리어 회사가 그렇듯 늘 야근이 있고, 철야 업무가 많았다. 지금은 많이 바뀌었지만 그래도 아직 많은 인테리어 회사가 디자인, 설계, 시공 후 좋은 결과를 만들어 내기 위해 밤, 낮을 가리지 않고 일하고 있다. 결과에서 오는 성취감과 뿌듯함은 너무 좋지만 그 과정에서 오는 피나는 노력과 땀은 언제나 나 자신과의 만족에서 끝내야 했고, 더욱 나은 삶을 살기 위해 나를 더 발전시키고 싶은 욕망은 점점 커져갔다.

나는 행복한 비주얼 인테리어디자이너다

본격적으로 비주얼 인테리어디자이너가 되다.

좀 더 나은 생활이 필요했고, 워라벨 까지는 아니더라도 나 자신을 위한 자기개발에 조금이라도 시간을 낼 수 있는 그런 회사를 원했다. 일반 인테리어회사는 방대한 업무량에 주말까지 근무하는 상황이라 조금이라도 나만의 시간을 내기가 많이 힘들다는 생각을 했고, 예전 회사에서 보았던 패션 회사 본사 인테리어 담당자가 생각났다. 나도 그 사람처럼 패션 회사 본사에서 근무 한다면 내가 원하는 자기개발도 하며 즐거운 회사생활을 할 수 있을 것 같았다. 그때부터 패션 회사에 들어가기 위해 여러 곳에 이력서도 내보았지만 패션 회사 출신이 아닌 일반 인테리어 회사 출신이기 때문에 패션 회사에서는 면접의 기회조차 주어지지 않았다. 하지만 패션 공간 디자인을 다시 하고 싶었고 압축된 짧은 시간에 결과를 만들어 내는 패션 공간 디자인이 나에게 더 적성에 맞는다고 생각했다. 그러기 위해 꼭 패션브랜드 본사에 들어가야 한다고 생각했고, 운이 좋게 들어간다면 어떻게든 내가 할 수 있는 모든 역량을 쏟으며 즐겁고 재미있게 일할 것이라 다짐했다.

　우선은 내가 즐겨 구입해 입었던 패션 브랜드를 찾아 이름을 나열해 보고, 그 브랜드들이 속한 회사 이름이 어떻게 되는지 검색해보며 매일같이 패션 회사들의 홈페이지에 들어가 구인 공고를 살폈다. 따로 구인 공고가 없더라도 홈페이지에 나와 있는 담당자 이메일로 직접 이력서를 보내보는 등 패션 회사 문턱을 넘기 위한 최선의 방법을 찾아 많은 시도를 해보았다. 그러는 동안 주변의 지인들이 내가 패션 회사에 들어가고 싶어 한다는 걸 알게 되었고, 회사 언니의 소개로 성수동에 있는 국내 커리어 여성복 회사에 입사하게 되었다. 이렇게 하여 이곳 여성복 회사에서 첫 비주얼 인테리어 디자이너로서의 삶이 시작된 것이다.

인테리어회사에서 설계 또는 공사 업무만 하다가 옷을 디자인하여 만들고 유통하는 회사로 들어오게 되니 시야가 더 넓어지는 느낌이었다. 경력이 그렇게 많지는 않아서 연봉은 일반 인테리어 회사와 비슷한 2,500만 원 정도였다. 패션 회사에는 영업, 디자이너, 마케팅, MD, 생산, 물류 등 많은 부서들이 있었고 각 유관부서들과 소통하며 브랜드 인테리어 디자인을 진행하였다. 포토샵, 오토캐드, 스케치 업, 3D-MAX 등의 디자인 프로그램을 사용하여 실제와 같은 매장을 만들고 백화점 컨펌도 진행했다. 또한 본 공사에서 발생되는 리스크를 최소화 하기 위해서도 많은 노력을 하였다. 백화점 공사는 대부분 1-2일 정도의 짧은 기간 안에 완성해야 하는 어려운 작업들이라 항상 변수가 많다. 그만큼 완벽하게 준비하지 않으면 어김없이 사고가 나게 된다. 그 점을 보완하기 위해 철저한 실측이 필요하고 설계단계에서 매우 신중하게 작업해야 한다.

디자인 업무는 인테리어 회사에 다닐 때와 비슷했지만 인테리어 비용에 대한 관점은 상당히 달랐다. 의뢰받은 인테리어 회사는 적당한 선에서 견적서를 제출하고, 금액 협의만 하면 끝이

_ 나는 행복한 비주얼 인테리어디자이너다

지만 본사 입장에서는 인테리어 예산을 책정하고 집행하는 것에 상당한 책임감을 가져야 한다. 패션 회사는 상품 생산에서 판매까지 소요되는 관리비용에 대해 매우 엄격했다. 매장 인테리어에 사용되는 비용에 따라 이윤의 폭이 달라지기 때문에 비용에 대한 압박도 심한 편이었다. 예산에 맞도록 디자인 하는 것이 비주얼 인테리어디자이너의 주요 업무이기도 하지만 이곳 국내 여성복 회사는 인테리어비용에 많이 민감하였고, 창의적인 디자인 보다는 비용 절감에 충실한 효율적인 매장 디자인을 해야만 했다. 알고 보니 내가 이 회사에 뽑혔던 이유도 인테리어 회사에 아웃소싱으로 지불하는 비용이 아까워 직접 인테리어부서를 두고 공사에 들어가는 간접비를 최소화 하고자 직영으로 만든 부서였다. 나는 설계 업무를 하기 위해 입사 했지만 몇 달이 지난 후에는 공사비용의 예민함에 견디지 못한 팀장님과 시공직원들이 모두 그만두게 되었다. 결국 나 혼자 설계, 시공, 공사감리, 오픈, 정산까지 모든 업무를 처리해야 했다. 회사와 나 자신을 위해 모든 역할을 다 하며, 완벽한 매장을 만들어 내려고 노력 했지만 그 노고는 알아주지도 않은 채 비용에 대한 압박만 점점 심해졌다. 사소한 비용까지 줄이고자 매장에 들어가는 사인공사, 준공청소 등의 간단한 작업들은 모두 내가 직접 했고, 밤새워 가구 설치 작업을 한 후에도 아침 일찍 VMD를 도와가며 상품진열을 하고 매장 오픈 준비를 하였다. 비용에 맞춰 디자인을 했었기 때문에 디자인 퀄리티는 점점 떨어졌고, 모든 것을 나 혼자 진행해야 했기에 물리적으로 힘든 부분이 많이 생기게 되었다. 노력을 하지만 대표님의 마인드나 회사의 전체적인 구조는 내가 도저히 바꿀 수가 없다고 판단되었고, 브랜드 디자인에 좀 더 열중할 수 있는 내가 좋아하는 브랜드로 이직해야겠다고 생각했다.

상위 브랜드로 가기 위한 나만의 노력

커리어 브랜드지만 패션 회사 본사에서 몇 년 일하고 나니 다음 패션 회사로 이직하는 것은 좀 더 수월했다. 지인을 통해 소개로 들어오는 회사도 생기게 되고, 공고를 통해 지원서도 넣어 보았다. 이력서를 넣을 때마다 서류는 바로 통과되어 면접까지 진행한 후 꼼꼼하게 내가 원하는 회사가 맞는지 살핀 다음 회사를 선택하게 되었다. 브랜드의 대표 비주얼을 담당하는 사람은 특히 그 브랜드에 대한 애정이 깊어야 한다고 생각한다. 브랜드에 대한 애정이 있어야 더 집중하여 브랜드를 위한 최상의 공간디자인을 할 수 있다고 생각하기 때문이다. 패션 회사인 만큼 상품을 내가 직접 입어보고 고객의 입장에서 느껴봐야 그 브랜드에 대한 이해도를 높일 수 있다고 생각했다. 그러기 위해 조금 오래 걸리더라도 직접 옷을 입어보고 경험할 수 있는 내 연령대에 맞는 브랜드로 이직하려고 노력했다.

　기회는 만드는 것이라고 한다. 한번은 외국계 데님 브랜드에서 올린 구인 공고를 보고 즉시 지원을 하게 되었다. 서류통과 후 실무면접과 인사팀 면접까지 보고 순차적으로 진행 되나 싶었는데 회사에서 원하는 경력과 맞지 않았는지 떨어지게 되었다. 아쉽게 떨어지게 되었지만 낙심하지 않고 인테리어 팀장님께 정중하게 메일을 보냈다. 백화점 현장을 오가며 뵙게 된다면 꼭 다시 인사드린다고 면접 기회 주셔서 감사했다고 말이다. 떨어진 것에 낙담하며 그냥 지나칠 수 있지만 '나'라는 사람을 한번 더 어필하기 위해 팀장님께 메일을 보냈다. 왜냐하면 꼭 그회사에 들어가고 싶었기 때문이다. 그 후 그 팀장님은 내 이름을 기억하고 계셨는지 새로운 팀원을 채용해야 할 때 잊지 않고 나를 먼저 찾아주셨고 인사과와 대표님의 면접을 순조롭게 통과한 후 원하던 외국계 패션 회사에 입사하게 되었다. 문서부터 모두 영어로 되어있는 국내 회사와는 다른 외국계 회사 시스템을 적응하는데 시간이 조금 걸렸지만 젊고 밝은 분위기의 외국계 회사 문화를 접해보며 또 한 번 나의 커리어를 높여 나가는 계기가 되었다. 대리 직급으로 이직했기에 연봉은 3,000만 원 정도인적은 금액이었지만, 일 년에 두 번 회사의 수익만큼 나눠주는 인센티브 제도가 있어서 20대 후반 나이에 처음으로 급여 통장에 1,000만 원이 넘는 큰 금액이 찍힌 적도 있었다.

이곳에서 쌓은 경력을 바탕으로 대기업 패션 회사로 이직하게 되었고, 5,000만 원 이상의 급여를 받으며 대기업 회사 생활을 하게 되었다. 5년 이하의 경력에서는 일반 인테리어 회사와 본사 사이에서 급여 차이는 크게 없었지만, 대리, 과장급 이후의 경력에서는 일반 인테리어 회사와 패션 본사에서 받는 급여 차이가 조금 있는 것 같다. 하지만 나는 돈에 따라 회사를 움직이지 않았고, 내가 좋아하는 브랜드를 먼저 찾고 그곳에 입사하기 위해 노력한 후 내 실력을 보여주기 위해 최선을 다해 노력했다. 그 노력하는 모습을 보고 주변 사람들이 더 나은 회사를 소개해 주기도 하였고, 자연스럽게 좋은 회사로 이동할 때마다 연봉은 올라갔다. 기회의 순간은 언제 내 앞으로 오게 될지 모른다. 하지만 한 번의 기회가 왔을 때 끝까지 놓치지 않고 내가 원하는 것을 이루어 내려고 노력해야 한다. 나를 어필하기 위해 이메일을 보냈던 사소한 작은 행동이 다시 한번 기회를 만들어 내는 경험을 하였고, 그 기회가 다시 왔을 때 꼭 쟁취하려고 노력했다. 뜻한 바를 이루게 되면 그다음 단계로의 진입이 쉬워 진다. 꾸준히 한 길로 경력을 쌓고 쌓여가는 경력으로 인해 연봉도 인상되며 안정된 생활을 할 수 있다. 지금은 나와 같은 오랜 경력의 비주얼 인테리어디자이너들은 1억 가까운 연봉을 받으며 좋은 성과를 내고 있다. 기회를 꼭 내 것으로 만들어 좋아하는 브랜드와 함께 훌륭한 시스템을 갖춘 회사에서 근무하며 나를 더 발전시킬 수 있는 폭넓은 경험을 만들기 바란다.

_ 나는 행복한 비주얼 인테리어디자이너다

비주얼 인테리어디자이너가 되기 위해
가져야 할 마인드

비주얼 인테리어디자이너는 이렇게 도전하라

고리타분하고 당연한 얘기겠지만 비주얼 인테리어디자이너가
되려면 역시나 끈기와 노력이 필요하다. 처음부터 패션 회사 본
사에 입사하게 되면 매우 운이 좋은 케이스겠지만, 사실 대부분
그렇지 못하다. 본사에서는 바로 실무에 투입될 수 있는 최소
2-3년 이상의 실무 경력을 가진 사람을 원하고 있고, 실무 경력
은 일반 인테리어 회사에서 여러 가지 경험을 쌓아 만들게 된다.
주로 패션 브랜드를 전문적으로 하는 인테리어 회사 경험이 있
는 친구들이 브랜드 본사에 소속되어 더 넓은 시야를 갖고 근무
하고 싶을 때 지원하게 된다.

　　나는 어려서부터 옷을 좋아했고, 패션에 관심이 많았기 때
문에 내 전문성을 살리면서 패션과 연계된 일을 하고 싶은 꿈이
있었다. 인테리어 회사에 다닐 때부터 패션 회사 본사 소속의 인
테리어 디자이너가 되기 위해 무단히 노력했다. 일반 인테리어
회사에서 패션 회사로 이직하기가 쉽지 않기 때문이다. 많은 정
보와 자료를 찾고, 주변 지인들에게 도움도 요청하며 패션 회사
와 관련된 일에 항상 귀 기울여야 했다. 나는 패션 회사 입사를
위해 브랜드 공부도 따로 하였다. 주로 월간지를 이용하였는데,
〈패션비즈〉라는 잡지책을 정기구독하며 패션 회사의 종류도 알

게 되고 패션산업이 돌아가는 사회 전반적인 흐름도 파악하게 되었다. 면접 기회가 왔을 때는 가고 싶지 않은 회사라도 주저하지 않고 면접을 봤다. 면접 또한 공부라고 생각했기 때문이다. 다양한 회사의 분위기를 접할 수 있는 또 다른 기회이며, 면접 준비하면서 하게 되는 브랜드에 대한 공부가 나중에 큰 도움으로 돌아오게 된다. 면접 기회를 잡고 여러 사람 앞에서 면접을 보면서 나만의 면접 스킬을 쌓아나가길 바란다.

요즘 친구들은 인테리어 회사에서 2~3년의 경력을 쌓는 것 자체도 많이 힘들어 보인다. 워라벨을 중요시 생각하는 요즘 밀레니얼 세대에게는 잘 맞지 않는 직업군이라는 생각이 든다. 인테리어 일은 프로젝트에 따라 야근과 철야를 반복해야 하고, 지방 출장도 많이 가게 된다. 패션 브랜드는 백화점이나 Mall에 주로 입점 되어 있기 때문에 인테리어 공사는 대부분 야간에 진행되어 손님이 없는 저녁 시간에 시작해 다음날 오픈 전 까지 모든 작업을 끝내야 한다. 최근엔 백화점에서도 공사 시간을 많이 인정해주고 있지만 아직도 1박 2일 공사를 진행하고 하루 만에 매장을 오픈해야 하는 프로젝트가 많이 있다. 이런 고된 시간들을 견디고 2~3년의 경력을 꾸준히 쌓은 후 패션 회사 본사 인테리어팀에 지원하고 그때부터 본격적으로 비주얼 인테리어 디자이너로서의 커리어를 만들어 나가면 된다. 나는 처음 인테리어를 시작하는 후배들에게 힘들더라도 꼭 3년은 버티라고 말한다. 최소 3년은 버티고 노력해야 내가 원하는 다음 단계로 올라갈 수 있다. 짧다면 짧고 길면 긴 그 3년 동안 모든 역량을 집중하여 실력을 쌓아 놓길 바란다.

좋은 비주얼 인테리어디자이너로 성장하려면

첫 단추를 잘 끼워야 한다. 즉, 첫 번째 회사를 잘 선택해야 한다고 말하고 싶다. 대부분 대학에서 실내디자인, 실내건축을 전공하며 인테리어 관련 공부를 처음 시작하게 된다. 대학 1학년을 시작하는 신입생들에게 매달 인테리어 월간지를 정기 구독하여 보라고 권하고 싶다. 물론 요즘은 온라인상에 많은 정보와 멋진 인테리어 사진이 넘쳐나지만, 잡지에 실려있는 매달 새롭게 오픈된 인테리어 매장을 접하고 디자이너의 의도된 컨셉을 읽어보며 간접적으로 느껴보는 것이 매우 중요하다고 생각하기 때문이다. 많이 보고 느껴야 하는 직업이기 때문에 책을 통해서 내 것으로 만들려고 노력해야 한다. 인테리어 회사들이 주로 어떤 프로젝트를 하는지 미리 파악해 놓는 것도 중요한데, 매달 월간지를 보게 된다면 각 디자인 회사마다 특징이 뚜렷하게 보이게 되고 추후 취업을 위해 회사를 찾을 때도 따로 검색하여 알아보는 수고 없이 빠르게 선택하여 지원할 수 있다. 나 역시 대학 1학년 실내디자인 분야의 지식이 없어 막막할 때 매달 월간 인테리어 잡지책을 정기 구독하여 보았다. 책 속에 나와 있는 많은 인테리어 회사들과 디자이너 이름을 유심히 보고 머릿속에 넣어 기억하였고, 매달 잡지를 볼수록 디자인 회사를 보는 눈도 함께 길러졌다. 인테리어 디자이너들의 이름은 또래 친구들보다 더 많이 알게 되었고 디자이너들의 주요 프로젝트나 특징들을 술술 말하기도 하였다. 한번은 대기업 패션 회사에서 근무할 때 일이었다. 새로운 컨셉으로 여성복 인테리어 디자인을 하게 되었는데 이때 대학 시절 존경했던 유명한 인테리어 디자이너와 함께 일하는 경험을 하게 된다. 잡지에서만 보고 존경했던 분이셨는데 패션 회사 본사 클라이언트의 입장으로 프로젝트를 의뢰하게 되었고 매장이 오픈되기까지 함께 프로젝트를 진행하며 많이 배우면서 즐겁게 일했던 기억이 있다. 본사 비주얼 인테리어팀 소속이었기 때문에 가능한 일이라고 생각한다. 클라이언트 위치에서 좋아하는 디자이너를 선택하고 함께 일할 수 있는 폭넓은 경험을 해보길 바란다.

첫 회사를 잘 선택하는 것 또한 매우 중요한 일인데, 경력을 쌓기 위해 아무 곳에나 들어가기 보다는 대학에서 전공 공부를 할 때부터 미리 들어가고 싶은 회사 몇 군데는 정해 놓는 것이 좋다. 졸업 때까지 꾸준히 모니터링하고 틈틈이 인턴 채용이나 신입 채용 공고를 확인하여 기회를 준비하는 것이 좋다. 회사마다 주택, 상업 공간, 오피스, 전시, 호텔 등 전문으로 하는 분야가 각자 많이 다르기 때문에 졸업 때까지 여러 프로젝트를 경험해보며 나에게 맞는 분야 찾아가는 것이 매우 중요하다. 인테리어란 많이 힘든 직업이기 때문에 그래도 어느 정도 나와 맞는 분야를 찾아 놓아야 오랫동안 꾸준하게 일할 수 있기 때문이다.

___ 나는 행복한 비주얼 인테리어디자이너다

패션브랜드를 하고 싶다면 미리 패션브랜드를 전문적으로 하는 회사를 찾아보고 꾸준히 모니터링 하는 것이 좋다. 명품 브랜드나 수입 브랜드에 들어가고 싶을 경우에는 해외 본사와 소통을 해야 하기 때문에 외국어 공부도 필수이다. 학업 틈틈이 외국어 능력도 쌓아 놓길 바란다.

비주얼 인테리어디자이너를 꿈꾸는 그대에게

패션을 좋아하고 트렌드와 유행에 민감한 인테리어 디자이너라면 비주얼 인테리어디자이너에 도전해 보길 바란다. 트렌드에 앞서가는 디자인과 새로운 마감재를 사용해보고, 다양한 디테일의 디자인을 시도해 볼 수 있다. 패션 회사 본사에서 폭넓은 시각으로 브랜딩에 앞장 설 수 있으며, 자부심과 성취감을 느낄 수 있게 된다. 온라인이 발달한 요즘 이제는 오프라인 매장이 점점 줄어들게 될 것이라고 말한다. 하지만 온라인에서 보여줄 수 없는 브랜드만의 고유한 문화를 알아가기 위한 경험과 체험의 공간은 더욱 강화될 것이라고 생각한다. 차별화되고 멋진 매장 디자인으로 상품을 더욱 돋보이게 하고 브랜드에 대한 바르고 좋은 인식을 소비자에게 심어줄 수 있는 홍보 수단으로서 비주얼 인테리어팀의 책임감이 더 커지게 될 것이다.

　패션 브랜드를 이끄는 건 패션 디자이너지만 브랜드를 고객에게 멋지게 선보이고 좋은 이미지를 심어주는 제1의 역할은 인테리어팀과 VMD 팀이다. 내가 원하는 일을 즐겁게 하며 행복한 비주얼 인테리어디자이너로서 패션 브랜드에 대한 자부심과 넓은 시야를 갖고 나 자신을 한 단계 업그레이드 할 수 있는 그런 멋진 디자이너가 되길 바란다.

나는 사람 중심
1인 기업 교육가이다

박동숙

나는 사람을 중시하는 교육의 전달자가 되고 싶어 초록사과 공감 교육원을 설립 했고 초록사과인형극단 대표이며 통합예술을 통한 표현매체 교육전문가가 되었다. 함께 성장 하는 가치관에 목적을 두고 활동하는 1인 N잡러 교육 기업가 이다.

나는 괜찮은 삶을 살고 있는 사람이다. 인간의 모습이 전인적 예술인 것이다. 사람이 사람을 성장 시키는 우리는 목적론적 유기체이다.

박동숙

- 초록사과공감교육원 대표
- 초록사과인형극단 대표
- 미래비전여가협회 지부
- 세계아동요리협회 이사 경기성남,분당 지부
- 한국자살예방센터 수석교육연구 경기지부
- 통합예술심리푸드테라피스트
- 경기도청소년활동진흥센터강사
- 통합성교육전문강사
- 생명존중전문강사
- 부모교육전문강사
- 유아교육전문강사
- 진로코칭전문강사
- 전생애평생교육사
- 공연예술지도사
- 인형극지도자
- 휴먼색채심리사
- 통합예술심리상담사

cohrook1126@ naver.com
https://blog.naver.com/cohrook1126
010-8704-6389

나는 사람 중심
1인 기업 교육가이다

나는 사람 중심 1인 기업 교육가 이다

나는 직업이 통합예술 교육 강사이다. 초 고령화 시대 도립은 평생 학습으로 학습자가.되고 모두는 직업을 꿈꾸기도 한다. 나는 전 생애 대상 평생 교육사이다. 2세부터 유치원, 초등생, 중, 고생, 대학생, 성인, 시니어 치매 어르신까지 교육하고 있으며 그 과정을 준비하고 실행하고 있다.

아버님은 습자를 실천하시고 94세 타계하시기까지 노인회 회장님의 자리를 12년간을 연임 하시면서 92세까지 활동하셨다. 교육자 집안이셨던 아버님은 늦게 시작된 나의 교육 선택을 지지하고 격려하셨고 늘 사람은 죽는 날까지 배우고 섬기는 거라고 말씀하셨다. "네가 먼저 알아야 남을 가르치는 거다" 제대로 알지 못하고 가르친다는 것은 그건 또한 독이다 "남을 중시하고 항상 점잖고 겸손하라고…. 아버님과 인간중심 교육의 칼 로 저스는 나의 가르침 매개이다.

꿈을 이루기 위한 시작은 나이가 없다. 나는 늦은 나이에 교육 강사를 시작하였다.

사람 중심의 교육관을 가지고 있는 것은 생명을 중시하고 사람이 힘이라고 생각한다. 개인적 힘든 시간을 보내다 치유적 과정을 위한 것의 선택이 공부였기 때문이다.

2010년 성교육 전문가로 그때부터 지금까지 심화 공부를 지속하며 활동하고 있다. 아동, 청소년 대상 활동과 할머니가 되면 재미있게 이야기를 해주어야겠다고 동화 구연가 색동회 자격 취득을 했던 경력이 인정되어 당시 속한 기관장으로부터 2012 사회복지박람회에 인형극으로 성교육을 하자고 제의를 받아 단장을 맡아 총괄 준비와 제작 및 공연을 3일에 16회의 공연과 걸쳐 3,500여 명 이상의 관객 관람을 치루 게 된 계기이다. 안전한 세상 만들기의 목적을 두고 인형의 매체를 통해 교육 전달을 하는 사람 중심 초록사과인형극단을 창설했고 연극 전문, 공연, 예술 통합예술 매체와 청소년 교육 중점 시작 성교육, 생명 존중을 중시 교육적 가치는 초록사과 공감 교육원을 운영하는 교육 기업 대표 브랜드가 되었다.

교육 기업의 자본은 나눔과 사람이다

단체를 설립하고자 한다면 목적이 있는 것에 플랜을 세워라. 인형극이라는 기업은 단원이 있어야 하고 단체가 움직이려면 사람이 자산으로 사람이 함께해주어야 할 수 있다. 물론 소공연으로 1인으로 가능하기도 하다. 그러나 관객인 소비자는 공연 매체 특성상 충족 욕구는 리얼한 무대 공연을 바란다는 것이다.

사람이 자본과 자산인 것이다. 초창기 어려움에 함께해 주었던 분들 절대 잊지 않는다. 지금까지 어려운 시기를 지켜주고 있는 국장님들께 감사하다.

연극과 인형극 효과 전망

인형극은 유희뿐만 아니라 학습의 효과적 도구로 자신의 감정과 느낌을 표현하고 상호작용의 자존감을 높일 수 있고 흥미를 유발할 수 있다.

사람의 손이나 끈을 조정, 연극하는 형식으로 극화 활동의 형태로 무대에 인형이 등장하여 연기하기도 하고 사람이 탈 인형 직접 등장 구성한다. 인형극 지도사는 목소리, 연기 기술력, 인형의 조종술 등과 상상력을 발휘할 수 있는 교육 효과 전달자이다. 이론적 매체 보다 전달력이 좋아 매체 효과의 강사로 활동 가능하다. 인형극 지도사 는 연극학과 전공 이 아니라도 취득은 가능하며 동화 구연, 복화술, 대본, 동선, 조종술, 놀이 기법, 기획력 등 분야 지식이 필요하다. 인형 치료사, 연극 치료사는 상담 심리학의 매체로 진행된다.

문화예술교육사는 전공자로 문화예술 교육 진흥원과 아르떼 소속 강사 활동을 할 수 있다. 문화예술교육사의 밴드와 카페도 있어 끈끈한 정보로 구인과 교육자료 나눔을 한다. 나는 문화예술 분야라서 그런지 조금 더 폭이 넓은 문화예술 교육목적 선택도 조언한다. 그러나 주관적 실현 경향성은 다르기에 관심이 있다면 문화예술 교육 정보를 찾고 분석해야 한다.

유관기관, 지자체, 문화예술 재단 등 지원 사업 공모와 교육계획에 선정 될 수 있는 길이 있다. 단체의 운영에 도움이 되며 지역적 연계에 도움이 될 것이다. 관객의 눈은 학습의 대상자만이 아니다. 소리 없는 꾸준함으로 교육 나눔은 크게 홍보 하지 않아도 알려지기도 하는 것을 알게 된다.

교육은 사람이 자본이며 가치 상승을 위한 것은 진정한 나눔이다.
초록사과인형극단은 2016부터 찾아가는 성교육으로 년 간 85군데는 공식 지정과 개별 신청을 하는 기관 등 100여 군데 이상 순회 교육을 한다.

소규모 어린이집에서 대기업 삼성, SK, 카카오, 판교 테크노밸리, Kt 등 기업 어린이집 초등학교, 많은 곳에서 함께 하던 중 2020에도 100군데의 신청이 하반기까지 미루어져 왔으나 모두는 똑같은 상황으로 취소 코로나로 인한 전면 중단이라는 사태를 맞게 된 시기 잠깐의 시기적 공백은 있다.

기업 교육으로 다분야 강사 활동의 기본적 자원으로 터널은 어둡게 막혀 있는 것이 아니라 다시 시작되는 빛으로 열린다는 것을 나는 알게 되었고 다분야 강의 의뢰로 지금 감사한다.

협업 교육 기업가로 성장하다

전문가는 한 가지로 성공할 수도 다양한 분야로 성공할 수도 있다.
교육도 이제 협업 콜라 보 시대이다. 혼자 하기 어려운 것을 이미 누군가가 세워놓고 발전시키는 곳에서 함께 성장하는 것이다. N잡러 그러나 목표 정체성과 분야의 연결 매체가 되어야 한다.

성교육 전문가의 공부는 인형극단을 만들 수 있는 모태가 되어 연결 적 매체가 되었고 교육 기업인으로 나는 강의만 하는 것이 아닌 공연 및 기획 자격증 발급과 유관기관 연결로 공동적 교육 플랜으로 연대 교육인 들을 양성하고 있다. 미래교육여가협회와 MOU 맺고 지부로 교육 자격증 과정을 실시하니 상생의 시너지는 생각 이상으로 만족했다. 교육 내용은 연극 놀이 지도자 자격 과정뿐 아니라 강사들이 필수로 알아야 하는 스팟, 레크레이션, 웃음치료사, 지도자 과정은 인기 교육이다.

초록사과인형극단 설립은 나를 통합예술 전문인으로 포문

을 열어 주었고 연극, 공연 예술지도 전문가는 되어 가는데 대표자만이 하는 것이 아니라 조직원들에게도 전문적 소양과 자격 취득은 사람과의 소중한 지식 나눔인 것이다. 이미 전문 교육자들로 나와 학습으로 가는 길은 다르더라도 같이 해야 한다는 단원들 마음도 같아 국장님들 모두 성교육 필수 이수 연극 놀이지도자 자격자이다.

나는 사람중심 생명존중에 깊은 교육 사명을 가지고 있다.

생명존중전문강사의 길은 사람을 살릴 수 있는 조력자가 된다. 정택수 한국자살예방센터장과의 만남을 통해, 극단적 선택을 하려는 사람들의 마음을 알기에 사람과 생명을 중시하는 나의 교육관에 함께 하는 큰 의미를 둔다. 강의를 마치고 나면, "하나뿐인 소중한 생명"에 공감하는 청소년들에게 감사함을 느낀다. 자살을 시도했던 친구가 연락처를 묻고 선생님의 강의를 듣고, 살아가는 희망이 생겼어요' 라고 메시지를 남겨 줄 때, 강사는 ' 생명의 소중한 마음을 전하는 희망 조력자'라고 생각한다. 자살 예방을 위한 예방주사를 놔줄 수 있고 직업적 연결은 남자, 여자가 아닌 상담의 직업 부분이다. 인간 중심 교육을 펼치고 보람된 일을 하고 싶은 분들에게 추천한다.

　　한국자살예방센터 정택수 센터장은 군 장교 24년을 마치고 진로 걱정을 하던 중 장병을 관리하는 부대장으로 근무 시 20~22세 젊은 간부의 안타까운 자살 소식에 자식을 잃은 어머니의 오열과 실신 장면에서 자살예방을 사명감으로 진로를 선택하였다고 한다, 직업관은 이렇게 어떤 계기가 되어 사명으로 외길 을 걷게 하는 연결로 전문가가 되기도 한다. 자살 예방 강사 활동은 청소년, 노인, 군인 등 교육 연계로 이루어진다. 나는 한국자살예방센터 경기지부로 센터장 직강 교육 과정과 자살예방 강사 자격증을 발부 할 수 있다. 개인 역량 후 강사로 활동 가능하다. 한국청소년상담복지개발원 청소년자살예방지도자 과정도 진행 되며, 상담학 석사 3학기 이상 학교 부처, 관공서등 청소년 상담 활동경력이 있으면 수강가능하다.

인생에 있어 동반자적 사람을 만난다는 것은 큰 행운 이며 변화의 기회이다.

세계아동요리협회 백 항선 협회장은 2014년 대면을 한 것이 계기로 SNS의 소통을 하게 되었고 세계 아동요리협회를 창설 지사 모집으로 아동 요리 심리라는 분야는 전혀 관련이 없던 나는 상담심리와 교육 분야가 언어화, 매체 도구화 ,되고 새로운 분야의 매체 요리심리상담은 창의적 변화의 혁신체로 다가왔다.

전국 지사, 호주, 일본 해외지사를 합쳐 55개 지사 초창기 멤버로 지금은 운영 위원회장 역임과 이사로 등재되어 있으며 본사 교육 일부분과 연세대 미래교육원 책임교수로 함께 하고 있다. 세계아동 요리협회 본사와 전국 지사는 자격 발행이 가능한 푸드 테라피스트를 양성할 수 있는 배출 자격권이 있다.

진로의 변화를 가지는 데는 나이 불문이다. 푸드 테라피스트는 정년이 없다. 70세의 나이에 지금 멋진 활약 강사로 수업을 나가시는 분도 계시며 경북에서 오랜 시간 공무원을 퇴임하시고 푸드 테라피 기업 강사로 전역, 군산 지부는 기업적 대단위 활동과 전남, 제주, 호주 등 수익을 협업체가 되어 자기실현 경향성을 나타내고 있다.

이제 한 가지의 전문 직업관을 추구하기도 하고 다양한 직업으로 변화하는 시대에 맞춘 대응이 개인 성장 자기 self 정보화 기업체라고 생각한다 .

교육 나눔이 강사 성장에 발판이 되었다

강사의 첫 경험은 질풍노도의 시기에 있던 중2생 들이었다. 그때 내가 할 수 있었던 것은 처음 만들어 본 PPT와 긴장감과 미세한 떨림으로 2교시 수업을 하게 되었다. 그때의 경험이 지금은 청소년들과 힘들어하시는 선생님들도 많으시지만 소통의 방법은 눈높이로 진정한 마음의 다가감을 어떻게 해야 하는지 이제는 알 수 있다.

가끔 대학생들과 청소년들이 저도 강사님처럼 하고 싶어요! 라는 말을 듣는다. 누구나 할 수 있다. 그러기 위한 준비되는 과정이 있고 목표 설정을 위한 것을 확신했다면 분야의 주류적 묶음 공부와 필요한 자격증은 필수이다. 현장에 출강 시 제출 서류에 필히 첨부이다.

준비를 한다고 해서 설 수 있는 자리는 많지 않다. 자격증을 취득했다고 강사 투입은 쉽지 않으며 경험과 시연의 과정이 거쳐진다. 강사는 앵무새가 아니다. 교육 현장 어떤 돌발적 상황과 질문이 나올지 모르며 이제 관객 적 대상자들은 질 높은 교육을 평가한다. 마음을 상호 작용할 수 있는 준비도 해야 한다.

전문적 기술 학문을 취득하게 된다

알고 싶어 공부한 것이 자신감과 전문가로 강의 수익화가 되었다. 청소년 성교육 강사로 입문하면서 정말 먼저는 가장 위험할 수도 있게 만드는 것이 전달 강사 일수 있다고 생각했기에 철저한 이해와 습득으로 단어 하나, 언행, 태도 조심이 이론적 지식과, 사회적 정책, 시사와 개인의 경험적 바탕이 되어야 한다. 아동, 청소년 교육가로 성교육, 학교폭력 예방, 아동학대, 생명존중 교육, 자살예방, 진로코칭, 인성 교육, 청소년 상담사로 연결화시켰다. 분야가 같은 것에 철저한 이론과 체험 교육 준비로 연결. 특히 성교육 과정은 지자체의 기관에서 하며 여성가족부, 양성

평등원 , 여성의 전화, 가족여성연구원, 여성가족재단, 청소년성
문화센터등, 장애인 성교육 기관 경원사회복지회, 경기도성문화
장애인기관 등 에서 실시 교육시간 이수와 심화 교육이 필수이
고 사회 정책 변화에 따른 지속적으로 교육이 필요한 부분이다.

잘 모르는 것을 가르치는 것도 인권 침해이다. 다른 분야의
교육도 같겠지만 성교육 강사 입문은 신중하게 생각하고 시작
하라고 조언하기도 한다. 그러나 선택 하여 자격이 된다면 평생
강사로서 직업이 될 수 있다.

유 아동, 청소년, 부모, 교육자, 지자체, 사업체, 성인, 노인,
장애인 성 인권, 등 폭 넓은 의무적 교육으로 필요한 부분이기에
수요처는 넓다. 특수 성 인권은 아동, 청소년, 성인 등 장애인 특
수교육으로 이루어진다. 발달 장애인 특수 학급의 비장애인들과
의 학습에 장애 인식개선 강사, 전문상담 치료사가 있다.

나는 교육 상담학 전공자로 1인 기업 교육 설립은 학문적
기술 습득과 공연예술 지도사, 연극 지도사, 인형극 지도사, 스피
치 등, 교육과 상담은 국가 평생교육사, 상담심리, 통합예술심리,
푸드 테라피스트, 통합예술심리 표현예술치료 대학원 과정을 다
시 전공 하게 하였다.

나는 통합예술심리 매체 푸드 테라피스트이다

푸드 테라피를 시작한 것은 2016년부터 이다. 푸드 테라피를 통해 행복하고 내 담자의 치유에서 감동을 느끼고 배울 수 있었다. 미술치료사, 색채 치료사. 연극 등 통합 예술심리 자격자로 요리로 그림을 그리고 생득적 욕구인 식재료는 미술치료처럼 대상자들에게 또 다른 변화의 요인으로 작용 하는 것을 접하게 하여 치유가 되는 것을 접하면서 요리 매체는 마음을 열어 주는 소통의 도구임을 푸드 테라피로 알게 되었다.

우리는 살면서 마음을 열고 나의 이야기를 하기는 쉽지 않다. 표현 예술 심리 매체는 지정된 도구화는 없지만 매체를 이용하여 마음을 여는데 다가가기 쉽고 그 안에 조력의 매체로 푸드 치료는 편안한 안정감을 줄 수 있다는 장점이 있어 교육의 연결이 즐겁게 이어질 수 있다. 요리 교육과 요리 치료사는 다르다. 요리를 조리하는 것이 아니다. 푸드 테라피는 교육과 상담 심리를 다루지만 전공과는 무관하게 누구나 자격 취득이 가능하다.

푸드 테라피스트 란! 직업

푸드를 매개로 정서적 심리적 어려움을 겪고 있는 내담자의 증상을 완화시키고 창조적으로 살아갈 수 있도록 도와주며 마음을 들어주는 표현 치료심리 매체사이다. 요리 재료로 마음을 그려내고 교육 기대 효과를 높인다. 푸드 치료는 요리 재료를 통

207 — 나는 사람 중심 1인 기업 교육가이다

한 만족도가 높고 먹을 수 있는 기대로 오감을 통해 심상을 표현 해내는데 내담자들의 부담이 없기에 긴장과, 불안 해소 안정감 속에서 진행될 수 있는 심리적 도구로 학습자 연령, 성별 없이 선호도가 좋다. 인성교육에 따른 회기별 작품을 창의적으로 자유롭게 표현 자신감 회복 자존감 상승에 도움을 준다. 요리 재료의 특성은 우선 안정감 으로 심리적 부담이 적고 학습자는 흥미 유발 참여도를 높인다. 푸드 매체 활용은 다양하며 모든 식재료, 과자 사용 창의력, 감성, 아트 행태를 통한 오감각의 자극으로 감각 훈련이 가능, 다중 지능, 발달단계 계발에 도움이 된다.

아동 요리 심리상담사, 시니어 푸드테라피, 요리 심리상담사가, 실버인지테라피 그림책 연계, 창의적 기법으로 넓은 수요처 의뢰와 푸드 아트 테라피의 연구 논문 자료들이 늘고 있어 전문적 학과도 늘어나 미래전망의 분야가 되리라 믿는다.

연세대 미래교육원 푸드테라피 집단 상담 총장명의 수료 과정도 봄학기, 가을 학기 진행 된다. 세계 푸드테라피 협회 인기 과목으로 대학 수업 시 학교에 공지가 뜨면 직접 신청 수료 하면 된다.

푸드 테라피 강사로 활동 자격증 과정은 세계 푸드테라피 협회 본사, 전국 지사 취득 가능하다. 본사 매주, 매월 열리며 나는 경기지역 지부 성남, 분당에 지사 수시 자격과정으로 수료자들 배출하여 끊임없는 열정으로 위기를 기회로 창출의 시간을 만들어 주고 있다. 마음과 감정을 어루만져 줄 수 있는 과정으로 강사들과 인연은 지속적 관계로 수료자들은 먼저 본인 치유의 과정으로 효과는 매우 만족이다.

푸드 테라피 강사 활동 교육을 신청하는 분들은 전문 상담사, 교육인, 사업인 등 은퇴 준비로 새로운 변화를 전문인들과 점차 남성에게도 새로운 직업 연결로 대학생들과 20대 취준생이 늘어나고 있다. 자격 과정 이수 후에는 직접 교육할 수 있도록 전국 동일 제안서와 교육 커리큘럼이 제공되니 본인의 역량이 된다면 바로 교육 현장에 투입가 능하며 나이 제한이 없는 평생 교육 강사로 활동 가능하다.

푸드 테라피스트 전망과 활동 효과

대상자는 2세부터 초, 중, 고, 학부모, 교사, 치매 어르신까지 교육을 한다. 2세 보육 담당 선생님이 도움은 되셨지만 놀랍게도 스스로 한다. 가드너의 다중 지능 푸드 재료를 통한 수업 과정은 한계와 단정 지을 수가 없다. 또띠아 얼굴 표현으로 사랑하는 사람, 나의 내면 상태, 가족과의 관계를 살펴보는 과정부터 교과 연계, 진로, 인지, 그림책, 쿠킹 클래스 건강음식 지도사 교육 등 매체 연결이 많다. ○○남 고등학교 동아리 수업은 2년 연속 3년 재요청까지 좋은 수업 평가로 인정 받고 있다.

치매 어르신들 수업 진행은 어떻게 진행될까? 과거 회상에 펑펑 큰소리로 우시는 대상자들에게서는 오히려 나는 배움으로 진행하고 온다. 푸드테라피 수업은 방과 후, 대안학교, 부적응 경계성 장애, 중, 고등학교 동아리, 위 클래스, 시니어, 노인 복지 프로그램, 도서관 푸드테라피, 진로 연결프로그램, 인문학 푸드테라피, 실버 인지 푸드테라피 이루어진다.

소수 인원에서 집단프로그램, 다수인원 사업 등 다양하게 진행할 수 있다. 학교, 도서관, 노인복지관, 주민센터, 문화센터, 평생학습 센터, 다문화 교육 등 수업으로 진행하면 된다. 가족 구성원들이 함께 즐기며 소통으로 이어지는 프로그램으로도 연관되며 지원처는 다양하고 본인의 하고 있는 일과 역량이 된다면 연관 강사로 활동도 즉시 가능하다. 강사료는 초급 강사 기준 매 회기 2시간 10만 재료비 개별로 1만 원일 경우 10명이면 20만 원을 기본 10 회기로 적정한 회기는 요청기관과 평준 범위를 맞추면 된다(재료비는 다를 수 있다).

요리 심리상담사는 마음에 식단을 스스로 짜도록 하며 영양을 줄 수 있도록 조력하는 통합예술심리 매체 치유사이다.

숨겨진 가능성을 풍요롭게 키워라

내가 좋아할 수 있는 일들은 보석처럼 발견되고 꿈의 버킷리스는 그것을 이루게 해주었다. 나는 말 대로 된다는 것을 인형극을 통해 경험하고 분명하게 된다는 것을 알게 되었다. 2012년 인형극을 설립 자원 나눔 공연에서 13년부터는 공연료를 받아 단원에게도 지급 할 수 있는 교육을 하고 싶다. 라고… 메시지의 작은 화분의 버킷리스트는 다음 해가 아닌 그해 11월 교육청 연락으로 12개 학교를 공연하였다. 240만 원의 수익을 창출 첫 소득이었고 지금은 40분 공연에 배 이상이 되는 공연료부터 무대의 크기마다 다르다. 작은 공연 교육은 150여 명 가능으로 어린이집 관람도 협업 신청 가능에 수요자들도 좋아한다. 대형 무대는 50분 공연비가 수백만으로 책정된다. 어린이의 안전을 위한 대 공연은 이제 찾아가는 공연 성교육으로 진행한다. 강사료의 지급 규정이 있어 모두 다르다. 강사 프로필과 원고료, ppt, 교통비, 재료비 등이 책정된다. 처음 재능 나눔 2만원 시작에서 시간당 12~15 만원 하루 한군데 31만원 이상 보통 2시간씩 진행되며 두 군데 이상이 되기도 한다.

강사료는 정해진 규정이 있으며 개인이 하는 일과 프로필에 따라 책정과 재료비는 다를 수 있다. 그러나 나는 꼭 강사님이 해 주시면 좋겠다는 재요청과 코로나 시기 다양한 분야로 연결 강의 할 수 있는 강사료의 가치는 보다 더 큰 가치를 배우고 나누는 것이 더 큰 자본이 되었다. 변화의 시대 흐름을 알고 준비된 "나는 N잡러 1인 기업 교육가다"라고 말할 수 있게 된 것은 아마도 나만의 고치 안에서 나비가 되기 위한 애벌레의 시간이 분명 있었고 지금 호랑나비의 날개를 펼쳐 날개 된 거 같다. 선택이 우리를 변화 시킨다 , 내려놓기는 포기가 아닌 기회의 성장이다.

이글을 쓰면서 프리랜서로 경기지역 조사된 직업에 강사는 단연 1위로 500여 가지의 엄청난 강의 분야로 활동들을 하고 있고 강사로 직업을 갖기를 희망 한다는 전문인들이 많다는 통계를 보면서, 1인 교육 기업가의 설계를 하며 꿈을 꾸는 프리랜서가 되는 길을 스스로 선택을 하게 된다면 고용 불안정을 감수하고 고수익을 꿈꾸는 대명사 지칭인이 아닌 나를 보장 할 수 있는 준비의 시간과 열정 투자로 "하고 싶은 일보다 어떻게든 일을 해야 할까" 라는 생각이 먼저인 젊은 그대들 포기가 아닌 또 다른 시작의 희망이 될 수 있기를 감히 말씀 드립니다.

미치도록 내가 하고 싶은 것 이것이 최고의 직업이다.

나는 변리사다

김서현

__ 김서현

- 특허법인RPM 대표 변리사
- (전) 한국발명진흥회 전문위원
- (전) 센트럴 법무법인 BOSCH, Johnson & Johnson 전담 변리사
- (전) KBK 특허사무소 LG가전사업부 전담 변리사
- 연세대학교 기계공학과
- 중기부 초기창업패키지 심사위원
- 한국발명진흥회 심사위원
- 한국조달연구원 심사위원
- 전북콘텐츠융합진흥원 심사위원
- 연세대학교 학교법인 자문위원
- 대구경북첨단의료진흥재단 자문위원
- 성균관대학교 창업지원단 전문멘토
- 연세대, 동국대, 명지대 등 대학교 강의
- 한국발명진흥회, 서울산업진흥원, 한국산학연협회, 중소기업중앙회 등 공공기관 강의

shkim@rpmip.com
blog : https://blog.naver.com/kgksh
website : https://www.rpmip.com/
youtube : https://youtu.be/_Po-vV9BAe4
02-6497-0102

나는 변리사다

진짜 변리사 이야기

2021년 현재 국가에 의해 공인된 직업 종류만 수만에 이르며, 4차산업이 발달함에 따라 새로운 직종이 계속해서 늘어나는 중이다. 그러나 대부분의 10-20대들은 제한된 직업 정보에 기반하여 우물 안 개구리마냥 좁은 하늘만 쳐다보며 본인들의 소중한 미래를 그려 나간다. 그나마 좁은 하늘이 맑기라도 하면 좋으련만 이마저도 미세먼지가 가득 껴있는 경우가 많다. 나 또한 변리사 준비를 마음먹기까지 상당히 긴 시간이 걸렸는데 변리사에 대한 구체적인 정보를 찾기가 상당히 힘들었기 때문이다. 온라인이나 시중의 서적 등에는 변리사 합격을 위한 수험정보만 가득할 뿐 학생들이나 예비 수험생들이 가장 궁금해하는 정보들 예를 들면, 변리사가 실질적으로 어떤 일을 하는지 또는 변리사란 직업의 미래는 어떠한지에 대한 속 시원한 정보는 거의 찾아볼 수 없었다. 나의 경우 현직 변리사분들을 무작정 찾아가 조언을 듣고 진로를 결정했으나 변리사 시험에 대한 도전 의지가 강했기에 가능했던 일이었다. 그 당시 변리사 시험을 준비하기에 앞서 내가 언젠가 변리사 시험에 합격하게 된다면 변리사를 준비하려는 학생(수험생)들의 속을 시원하게 긁어줄 수 있는 책을 써야겠다는 맘을 굳게 먹었던 기억이 난다. 최근에는 유튜브의 발달로 현직 변리사들이 들려주는 변리사 이야기가 상당히 많아졌고 변리사란 직업에 대한 인지도 또한 많이 높아졌다고 느끼지만, 영상 정보는 글이 전달하는 구체적이고 생동감 있는 매력을 따라가기가 힘들다고 생각한다.

"나는 변리사다"를 통해 독자들에게 전달하고 싶은 정보는 분명하다. 지식재산권과 관련된 전통적인 변리사 업무영역부터 새롭게 확장되고 있는 업무영역까지 변리사라는 자격증의 가능성을 최대한 많이 보여주고 싶은 마음이 크다. 또한 수험정보보다는 합격 후의 현직 변리사들의 진로를 보다 구체적으로 소개하여 독자들이 본인만의 비젼(vision)을 가지고 변리사 시험이라는 큰 관문을 넘을 수 있도록 돕고 싶다. 지루하고 힘겨운 수험생활을 버텨내려면 본인이 가진 비젼이 투영된 미래의 자기모습을 분명하게 그려낼 수 있어야 한다. 이 글이 변리사를 꿈꾸는 학생(수험생)들에게 속 시원한 사이다 같은 글이 되길 바란다.

변리사를 준비한 이유?

내 인생의 지향점

돌이켜보면 나는 꿈이 참 많았고 또래 아이들 답지 않게 현재보단 미래를 바라보고 사는 아이였다. 사업을 하셨던 할아버지나 아버지처럼 창업을 꿈꾸기도 했고 아인슈타인이나 페르미 위인전을 10번 이상씩 읽으면서 먼 미래에 스웨덴에서 노벨상을 받는 내 모습을 혼자 상상하며 흐뭇하게 미소 짓곤 했다. 그러던 어느 날은 빌 게이츠 위인전을 읽고 부모님께 프로그래머가 되겠다고 큰소리치며 혼자 C언어를 공부했던 기억도 있고, 반지의 제왕 책을 읽고 난 후 소설가가 되겠다며 새로운 판타지 세계관과 다양한 이야기들을 큰 스케치북에 빼곡하게 채워놓기도 하였다. 확고하게 일관된 꿈은 없었지만 나의 인생 지향점은 항상 하나로 수렴했다.

재단 만들기

나는 어려서부터 돈을 크게 벌고 싶다는 생각을 참 많이 했었는데 할아버지의 영향이 굉장히 컸다. 할아버지께서는 매년 기부도 많이 하시고 항상 주변에 많이 베풀면서 사셨다. 요즘같이 각박한 현실 속에서 매우 보기 드문 분이셨다. 이러한 할아버지에게 주변 사람들이 항상 감사해하고 행복해하는 모습들을 많이 보았고 나는 그게 그렇게 좋아 보일 수가 없었다. 할아버지의 존재가 어린 시절 나에겐 선망의 대상으로 상당히 크게 다가왔고, 돈을 많이 벌어야 할아버지처럼 남에게 베풀며 살 수 있다는 생각에 돈을 많이 벌 수 있는 직업을 꿈꾸기 시작했다. 더 나아가 좀 더 조직적으로 사회에 공헌하기 위해 재단을 만들어야겠다는 막연한 목표가 생기기 시작했다. 이즈음에 변리사라는 직업도 처음 접하게 되었지만 재단을 만들 정도로 큰돈을 벌기 위해서는 반드시 창업을 해야겠다는 생각을 하게 되었고, 결국 나는 의대 열풍이 한창일 때 공대 쪽으로 진로를 잡게 되었다.

현실과의 타협

대학교 입학 후에도 창업 및 발명 동아리에서 활동을 했으며 창업과 관련된 강의를 많이 수강했다. 한 번은 후이즈 이신종 대표님의 특강을 들은 적이 있는데 창업에서 실패할 확률을 줄이려면 어떠한 형태로든 사회 경험을 많이 한 후에 창업할 것을 추천한다는 조언을 들었다. 그 당시 이신종 대표님의 강의가 여러모로 내게 참 와닿았던 것 같다. 언젠가는 창업의 길을 걷되 다양한 분야의 사회 경험을 해보는 쪽으로 진로를 다시 잡게 되었고 여러 기업들의 아이디어를 많이 접할 수 있는 변리사라는 직업에 다시 한번 매력을 느끼게 되었다.

변리사? 로스쿨? 의학전문대학원?

2011년 군대를 제대하고 내가 선택할 수 있는 옵션은 상당히 많은 편이었다. 창업을 염두에 뒀기에 변리사 시험을 1순위로 생각하고 있었으나 로스쿨이나 의학전문대학원 진학에 대한 고민도 많이 했었다. 직군별 평균 연봉을 고려하자면 의학전문대학원을 선택하여 의사가 되는 것이 정답이었겠지만, 그때는 무슨 자신감이었는지 의학전문대학원을 준비할 경우 최종 전문의를 따기까지 소요되는 약 10년이란 시간이 너무나 아깝게 느껴졌다. 또한 변리사를 2년 만에 합격하는 것이 나의 목표 달성에 가장 효율적인 선택지라고 생각했고, 직업 적성도 변리사가 나와 가장 맞을 것 같다는 판단이 들었다. 다행히 2년 만에 변리사 시험에 합격을 했고, 변리사 합격 후 7년 뒤인 작년 초에 특허법인을 설립했다. 향후 5년 내로 벤처 기업을 설립하거나 유망한 벤처 기업에 대한 신규 투자를 목표로 하고 있다. 재단 만들기에 대한 꿈은 아직도 진행 중이다.

변리사는 무슨 일을 하나요?

불과 몇 년 사이에 지식재산권에 대한 사람들의 관심과 상식이 상당히 높아졌음을 많이 느낀다. 변리사 시험에 처음 합격했을 때만 하더라도 변리사가 어떤 일을 하는지에 대한 질문을 주로 많이 받았던 기억이 있는데 최근에는 저런 질문은 거의 없고 지식재산권과 관련된 실질적인 질문들을 많이 받는다. 특히 대학교 강의를 할 때면 특허에 대한 최소한의 상식을 갖춘 학생들이 참 많음을 느낀다. 첫째는 지식재산권에 대한 대학교 필수 교양 수업이 많이 개설된 영향이 상당히 큰 것 같고 둘째는 벤처 창업에 대한 학생들의 관심이 높아진 부분이 상당히 크다고 생각한다.

한편, 2011년부터 시작된 애플과 삼성 사이에서 벌어진 세기의 소송 덕분에 일반인들도 변리사라는 직업에 대하여 "특허를 포함한 지식재산과 관련된 업무를 진행하는 직군"으로 조금씩 인지하기 시작한 것으로 보인다. 그전까지는 기술을 다루는 연구기관, 대기업 및 대학교 관계자가 변리사의 주요 고객들이었고, 대부분의 사람들은 지식재산권의 중요성을 다소 간과하는 경향이 강했다. 2010년대 초반까지만 해도 온라인상으로 게임이나 영화 등을 불법으로 다운받는 것이 당연하게 여겨졌고, 중소기업의 주요 기술들을 일부 대기업들이 자유롭게 쓰는 일이 비일비재했다. 그러나 삼성과 애플의 소송을 기점으로 대한민국 지식재산 분야의 대지각변동이 일어났다고 해도 무방하다고 할 수 있다.

정부 차원에서도 특히 지난 10년 동안 중소기업이나 새롭게 창업하는 예비창업자에 대하여 지식재산권과 관련된 교육과정 개설에 많은 투자를 하였으며 기업의 기술 보호 및 컨설팅을 위한 지원사업 또한 상당히 많이 확대하였다. 또한 지식재산권이 건물이나 토지처럼 가치를 평가할 수 있는 대상으로서 사고 팔거나 담보의 대상이 될 수 있도록 법적 보완 및 많은 연구 용역들이 진행되었다.

최근 10년간의 지식재산 시장의 대내외적 변화로 인해 변리사의 업무영역 또한 상당히 다변화되었고, 변리사들 또한 기본 업무영역인 지식재산권 출원 업무를 넘어서 가치평가, 기술이전, 투자연계, 정부사업 등 전문성을 갖추기 위해 공부해야 될 양이 몇 배로 늘어났다. 이하 변리사의 주요 업무에 대하여 핵심 위주로 살펴보도록 한다.

지식재산권(특허, 상표, 디자인, 저작권) 출원, 심판, 소송 등

지식재산권 출원 업무는 변리사의 가장 기본적인 업무이며, '출원'이란 특정 권리를 보호받기 위해 특허청 심사관에게 나의 권리가 상세하게 작성된 법률 문서에 대한 심사를 요청하는 것을 의미한다. 심판, 소송, 가치평가 등 파생 업무영역은 모두 출원 업무로부터 시작되며, 따라서 출원을 위해 특허, 상표, 디자인 명세서를 작성하는 능력이 탁월한 변리사일수록 파생되는 업무에서도 두각을 나타내는 경우가 많다. 많은 사람들이 간과하는 점 중 하나가 유능한 변리사란 기술을 잘 아는 변리사가 아니라 국어 능력이 좋은 변리사라는 점이다. 고객이 설명하는 기술 내용을 고객 이상으로 잘 이해하고 있더라도 이를 명세서에 명확하고 간결하게 표현하는 능력이 떨어진다면 실력이 좋은 변리사라고 할 수 없다. 많은 신입 변리사들이 수습 기간을 거치면서 본인 실력에 대한 회의감을 느낄 때가 많은데, 대부분 국어 능력과 변리사 합격을 위한 수험 능력 사이에 큰 괴리가 있다는 점을 깨달을 때에 해당한다.

심판 및 소송은 출원에 의해 등록된 권리들에 대한 행정적 사법적 처분이 필요할 때 수행되는 절차이다. 대표적으로, 등록된 권리를 무효화시키기 위한 무효심판이나 등록된 권리를 침해한 상대방에 대하여 법적 조치를 취하는 침해금지소송 등이 있다. 쉽게 설명하자면 출원 절차는 나의 아이디어를 권리화하는 과정에 해당하고 심판 소송 절차는 권리화된 아이디어의 지위를 논하거나 권리화된 아이디어를 행사하는 과정에 해당한다. 심판 및 소송은 수많은 판례와 심사지침을 기반으로 한 논리 전쟁에 비유할 수 있으며 출원 업무보다 더 많은 시간이 소요되지만 당사자의 사업 성패가 달린 만큼 더 큰 긴장감과 지적 희열을 느낄 수 있는 부분이 있다.

특허가치평가

사업환경이 다변화되고 산업이 고도화됨에 따라 핵심 기술 및 아이디어만으로 작은 기업이 글로벌 대기업으로 성장하거나 기업의 매출액 증가에 핵심 역할을 수행하는 사례가 많이 늘어나고 있다. 이에 따라 권리화된 특허권이나 상표권의 실질적인 가치를 객관적으로 산출해야 될 필요성이 높아졌고 이와 관련된 가치평가 시장이 미국 및 독일을 중심으로 전 세계적으로 확대되고 있다. 한국 특허청 및 변리사 협회 또한 약 10년 전부터 특허가치평가 시장 확대를 위한 정부 사업 확대 및 가치평가모델 확립 등을 적극적으로 수행해왔다.

대한민국은 전세계에서 4번째로 지식재산권 출원을 많이 하는 국가이며, 국가에서도 적극적으로 특허 및 상표 출원을 장려하고 있다. 더불어, 정부 입장에서는 무수히 많이 등록된 권리를 활용할 수 있는 방안에 대하여 많은 고민을 해왔으며 등록된 지식재산권도 하나의 재산권이라는 점에 착안하여 금융시장 활성화에 기여할 수 있도록 많은 연구 용역을 진행하였다. 일명 동산담보채권의 활성화를 위해 정부는 지식재산권을 전면적으로 내세워 특허청과 금융위원회 사이의 협업을 주선하였고 현재는 등록된 특허권을 담보로 하여 자금 대출을 제도적으로 보장받을 수 있도록 여러 가지 대출 상품이 출시되고 있다.

한편, 특허가치평가와 관련하여 변리사 협회와 감평사 협회와의 업무영역 다툼이 현재진행형이다. 다만 지식재산권의 특수성과 변리사법 제2조를 고려할 때 특허가치평가에 있어서 결국 변리사가 주도적인 역할을 할 수 밖에 없다고 판단된다. 특히, 특허청은 2021년 하반기부터 다수의 특허법인에 대한 가치평가기관 지정 확대를 계획하고 있으며 향후 가치평가 시장이 비약적으로 확대될 것으로 예상된다. 바꿔말해, 앞으로 변리사 시험에 합격할 예비 변리사들은 특허출원처럼 가치평가를 기본 업무로

__ 나는 변리사다

서 수행하게 될 것이다.

기술이전

특허권, 상표권, 디자인권 및 저작권 등은 하나의 재산권으로서 부동산처럼 사고팔 수 있다. 아직까지 기술이전 시장이 미국처럼 활성화된 상태는 아니지만, 기술이전과 관련된 정부지원사업과 가치평가 시장이 점점 커짐에 따라 기술이전 시장도 더불어 성장하고 있으며, 현재는 공공기관 및 산학이 주도적으로 시장을 선도하고 있다. 기술이전은 R&D나 기술확보 이외에도 기업 재무 안정화 및 절세 목적으로도 많이 활용되고 있으며 변리사라면 반드시 관심을 가져야 될 분야 중 하나이다.

정부지원사업

특허청, 중소기업벤처부, 과학기술정보통신부, 산업통상자원부, 문화체육관광부 등 대부분의 주요 행정 기관과 지방자치단체를 통해 천문학적인 자금이 시장에 풀리고 있다. 이 중 상당수의 정부지원사업은 창업 기업이 도약하기 위한 자금 및 컨설팅 용역을 제공하는 경우가 많다. 이러한 컨설팅 용역 중 지식재산권과 관련된 용역 비중이 상당한 편이다. 다수의 특허사무소들은 이러한 정부지원사업 수행을 통해 업무영역을 더 크게 확장하기도 한다.

변리사 합격 후 진로?

변리사 합격을 위한 노하우나 수험생활에 대한 정보는 온라인이나 주변 지인들을 통해서 많이 접할 수 있다. 그러나 실제 변리사 합격 후의 업무 관련 정보는 상당히 희귀한 편이다. 나 또한 변리사 시험에 도전하기 전에 변리사에 대한 궁금증을 해소하기 위해 여러 특허법인이나 법무법인에 근무 중이신 선배 변리사님들을 직접 찾아뵙거나 메일을 따로 보내어 궁금증을 해결한 적이 있다. 누군지도 모르는 한 학생의 간절한 질문에 답변을 주신 변리사님께는 아직도 감사한 마음이 크게 남아있다. 그렇다면 도대체 대한민국 변리사들은 어디서 무얼 하고 있길래 관련 정보가 코빼기도 보이지 않는 것일까? 내가 만약 변리사에 합격한다면 후배들에게 변리사에 대한 상세한 정보를 남겨줘야겠다고 마음먹은 적이 있다. 그러나 나 또한 합격하여 실무를 한 후에야 변리사에 대한 정보가 왜 이리도 부족한지에 대하여 어렴풋이 이해하게 되었다.

변리사 시험 합격자 수는 1년에 약 200명으로 타 전문 직군에 비해 수가 적은 편이다. 또한 변리사들의 대부분은 공대생들이라 그런지 특유의 집단 성격을 가진다. 일단 상당히 이성적인 편이며 팩트를 중요시한다. 개인주의적 성향이 강하기 때문에 기수에 따른 서열도 거의 찾아볼 수 없으며 선후배 사이에 끌어준다는 개념이 거의 없다. 마지막으로 상당히 바쁜 편에 속하

_ 나는 변리사다

는 직군이기에 합격 후 고용변리사로 근무할 때는 일에 치여 사는 경우가 많다. 바쁜 업무, 업계 내에 부재한 '라인'이라는 개념, 변리사 업무에 대한 깊은 고민보단 현재의 업무 자체에 집중하는 성향으로 인해 후배들을 위한 값진 정보가 만들어지기 쉽지 않았으리라 판단된다. 이번 기회를 통해 변리사를 희망하는 분들에게 변리사 합격 후의 진로에 대하여 최대한 상세하게 소개하고자 한다.

실무수습 시 사무소 선택

변리사 시험에 합격하면 약 일주일 남짓 기간의 기쁨을 맘껏 만끽한 후에, 1년간의 실무수습을 위한 사무소 컨택 고민에 잠을 못 이루기도 한다. 대부분 국내 업체를 상대하는 국내 아웃고잉 사무소를 갈 것인지 해외 업체를 상대하는 해외 인커밍 사무소를 갈 것인지에 대하여 주변 선후배 및 동기들과 치열하게 고민한다. 예를 들어, 국내 사무소는 삼성이나 LG 같은 국내기업 특허업무를 담당하는 사무소에 해당하며 해외 사무소는 애플이나 페이스북 같은 해외기업 특허업무를 담당하는 사무소에 해당한다. 국내 사무소는 신규 명세서 작성을 포함한 출원 업무 전반을 주로 담당하며 해외 사무소는 해외에서 이미 작성된 명세서를 번역하여 국내 특허청에 출원하는 업무를 담당한다. 즉, 명세서 작성 등 실질적인 출원 업무를 맛보려면 국내 사무소를 가는 것이 좋다. 위에서 언급한 것처럼 변리사의 기본 업무는 출원 업무에 해당하며 모든 파생 업무는 출원에서부터 시작된다. 출원 업무에 대한 경험 없이도 파생 업무를 수행할 수는 있지만 출원 업무는 기본기에 해당하기 때문에 순서에 맞게 커리어를 쌓아나가는 것이 바람직하다고 생각한다.

해외 사무소는 국내 사무소를 경험한 후에도 이직이 용이하지만 해외 사무소에 먼저 취업을 할 경우 추후 국내 사무소로의 이직은 쉽지 않은 편이다. 한편, 개업을 생각하는 예비 변리사분들은 필히 국내 사무소를 경험하는 것을 추천한다. 개업 변리사의 주 수입 중 하나는 특허나 상표 출원이다. 특허 명세서 작성 능력이 뒷받침되어야 영업도 자신 있게 할 수 있다. 개업 변리사의 삶에 대하여는 다음 목차에서 자세히 소개하도록 한다.

해외 사무소에서 변리사 생활의 첫발을 내딛은 선후배 변리사님들께서는 다른 의견을 가질 수도 있다. 다만 나는 변리사 준비를 할 때부터 개업을 염두에 두기도 했었고 국내 사무소와 해외 사무소를 모두 경험한 결과 국내 사무소부터 다니는 것이 특허 업무의 전체 프로세스를 파악하기에 좀 더 효율적이라는 판단을 내린 것이다.

한편, 수습변리사의 초봉은 약 5천만 원부터 시작하며 5-6년 차부터는 능력에 따라 억대 연봉을 받는 경우가 많다. 자본주의 사회에서 연봉 액수는 매우 중요한 요소 중 하나이지만 결국은 어떤 사무소에서 어떤 업무경력을 쌓았는지가 더 중요하다. 팁을 드리자면 가급적 대기업이나 대학교 산학과 같은 큰 업체를 상대하는 특허사무소에서 업무를 배우는 것을 추천한다.

기업 및 공공기관 등 탈 특허 사무소에 대하여

국내 사무소든 해외 사무소든 1년 이상 다니게 되면 엉덩이가 들썩이는 경험을 많이 하게 된다. 주변 합격 동기들을 통해 동기들 각각이 소속된 사무소에 대한 적나라한 평가를 여과 없이 듣게 되며 잠시 변리사 업계에 대한 회의감을 많이 느끼기도 한다. 출원 업무가 상당히 고된 부분이 있기 때문에 힘든 사무소 생활로부터 탈출하기 위해 기업체나 공공기관 등으로의 이직을 꿈꾸기도 한다.

결론부터 얘기하자면 일반 국내외 특허 사무소를 떠나 기업체나 공공기관 등으로의 이직에 대하여 상당히 긍정적으로 평가한다. 국가 공인 자격증이 빛을 볼 수 있는 순간이기도 한데 생각보다 정말 다양한 분야에서 실무 경험이 많은 변리사에 대한 수요가 넘쳐난다. 상당수의 변리사들은 특허 사무소에서 수행하는 한정된 업무 영역이 변리사의 전부라고 생각하는 경향이 있다. 사실 특허 사무소는 업무가 다소 고되기는 하지만 근무하는 변리사들을 온실 속 화초와 같이 만들어버린다. 그러나 한 번이라도 온실로부터 벗어나면 기존에 전부라고 여겼던 세상이 사실 섬나라에 불과했다는 사실을 깨닫게 된다. 탈 특허 사무소란 말 그대로 전통적인 특허업무를 수행하는 특허사무소 이외의 업체로 이직하는 것을 의미한다. 대표적으로, 대기업 인하우스, 공공기관, 은행, 대학교 산학으로 많이 이직하며 최근에는 VC(벤처 캐피탈) 심사역으로도 많은 변리사들이 진출하고 있다. 다만, 국내외 특허 사무소에서 최소 3년 이상의 경력을 쌓고 탈 특허 사무소 하는 것을 추천한다. 대기업이나 공공기관 등에서 변리사를 많이 뽑는 이유는 특허 사무소에서의 실무 경력이 필요하기 때문이다. 탈 특허 사무소를 하여 빛을 보기 위해서는 풍부한 실무 경험이 뒷받침되어야 한다.

　　대기업 인하우스로 이직할 경우, 한 기업의 고급 특허 전략을 하나부터 열까지 모두 경험하게 되며 대기업과 연결된 특허 사무소를 관리하는 소위 '갑'의 역할을 수행하게 된다. 공공기관의 경우, 공공기관마다 성격이 너무 상이하여 일반화할 수는 없으나 대기업 인하우스와 비슷한 역할을 요구하는 기관도 있고 정부사업 운영 역할을 요구하는 기관도 있다. 은행의 경우, 담보 대출과 관련된 업무를 주로 진행하는데 기존 변리사 업무와는 전혀 다른 일을 수행하며 상당히 많은 업체를 상대하게 된다. 대학교 산학의 경우, 대학에서 출원되는 특허를 관리하거나 지식재산권과 관련된 다양한 사업들을 직접 수행하기도 하며 학생 창업자 발굴 및 투자업무까지 담당하는 경우가 있다. 어떠한 직군으로 이직을 하더라도 사람을 만나는 일이 굉장히 잦아지며 주변 사람들과의 협업이 많아진다. 특허 사무소에 근무할 때는 주어진 업무만 수행하는 수동적 역할에 머물렀다면 탈 특허 사무소를 하게 될 경우 능동적인 역할이 요구되는 경우가 많

　　　　　　　　　　　　　　　　　_ 나는 변리사다

다. 또한 능동적으로 업무를 수행할수록 본인의 가치는 더욱 높아진다.

나는 국내 사무소와 해외 사무소를 차례로 경험한 후에 한국발명진흥회라는 공공기관을 다음 회사로 선택했다. 기존 사무소에서는 특허를 생산하는 역할만 했기 때문에 등록된 특허를 활용하는 업무를 경험해보고 싶었다. 한국발명진흥회에 근무하면서 다양한 정부지원사업들을 운영 및 관리했는데, 일 예로 등록된 타 분야 특허를 제품R&D에 활용하는 방법론을 활용하는 사업과 특허를 평가하여 기업의 공공시장 진출을 돕는 사업 등을 운영했다. 이외에도 기술이전 업무도 일부 수행하였다. 개인적으로 한국발명진흥회 근무는 나에겐 인생의 전환점 중 하나라고 평가할 수 있다. 지식재산권 시장을 좀 더 거시적 객관적인 관점에서 바라볼 수 있게 되었으며 다수의 공공기관, 대학교 산학, 대기업 담당자들과의 인맥도 상당히 넓어지게 되었다. 더 나아가 지식재산권 분야는 아직도 시장이 성장 중 이라는 판단까지 하게 되었다.

개업변리사의 길

개업하지 않은 변리사는 있어도 개업을 꿈꿔보지 않은 변리사는 없을 것이다. 개업은 변리사를 포함한 전문 자격증 소유자들의 작은 특권이기도 하다. 일반 사업에 비해 개업에 소요되는 비용이 적고 진입장벽도 비교적 낮은 편이며, 업계 내에 경쟁이 점점 치열해지는 부분은 있으나 일반 창업에 비하면 매출 발생이 수월한 편이다. 한편, 변리사 개업 시장에 대한 실질적인 정보들은 저년차 변리사들의 진로 정보보다도 더 부족하다. 그러다 보니 언론에서 종종 언급되는 전문 직군들의 극단적인 폐업 사례에 겁을 먹고 개업의 길을 포기하는 경우도 많다.

첫 개업은 생애 첫 10m 다이빙과 비슷한 부분이 있다고 생각한다. 인간이 가장 공포를 느끼는 높이가 10~12m로 알려져 있다. 나도 2년 전 여행에서의 첫 10m 다이빙의 기억이 생생하다. 뛰어내리기 전에는 엄청난 긴장과 함께 온갖 상상을 하게 되지만 막상 뛰어내리면 잠시 짜릿할 뿐 별게 없다는 것을 깨닫게 된다. 안전 수칙만 지킨다면 다칠 염려도 없다. 개업도 마찬가지라고 생각한다. 가장 중요한 것은 자신감, 실력 그리고 공감 능력이라고 생각한다.

자신감은 실력으로부터 비롯되며 실력은 개업 전 변리사로서 쌓아온 지난날의 축적된 경험의 총집합이라고 할 수 있다. 공감 능력은 다양한 의미를 내포하고 있으며 누군가는 영업력이라는 표현을 쓰기도 누군가는 화려한 언변으로 해석하기도 한다. 다만 나는 공감 능력을 문자 그대로 고객의 입장에서 객관적인 상황과 감정적인 상황을 모두 고려하여 그에 적합한 솔루션

231

을 제시해줄 수 있는 능력이라고 생각한다. 실력이 부족하면 언젠가는 밑천이 드러나고 공감 능력이 부족하면 아무리 실력이 좋아도 사람들이 찾지 않는다. 소위 '인싸'기질이 다분하고 리더 역할을 해온 사람이 개업해서 성공할 것이라고 많이들 생각하지만 고객들은 오히려 조용하지만 공감 능력이 더 좋은 분들을 선호하는 경향이 높다.

개업의 장점은 분명하다. 내가 일한 만큼 돈을 벌 수 있으며 시간 조절이 굉장히 자유롭다. 주변에 월 5~600백의 수입으로 시간적 여유를 즐기며 사시는 분도 계시며 굉장히 바쁘게 활동하시면서 월 수천만 원의 수입을 달성하시는 분들도 계시다. 개업 변리사들은 겸직 제한이 없기 때문에 시간과 체력만 허락한다면 강의나 심사 등을 통해 부수입을 올릴 수 있는 점도 큰 메리트 중 하나다. 또한 업무 특성상 고객 기업의 핵심 기술이나 경영사항(투자연계, 정부사업연계 등)까지 상담해주는 경우가 많다 보니 기업 대표님으로부터 CTO와 같은 이사직 겸직을 제안받거나 간혹 해당 기업에 대한 지분 투자를 할 기회가 주어지기도 한다. 실제로 유망한 벤처 기업 고객사에 대한 초기 지분 투자로 큰돈을 버신 분들이 주변에 꽤 있다.

개업 성공에 왕도는 없다고 생각하며 성공의 기준 및 성공에 이르는 방법은 대표마다 각양각색일 것이다. 위에서 설명된 개업 변리사의 길도 무수히 많은 길 중 하나를 안내한 것에 불과하다.

맺음말

직업 선택은 쉽지 않다. 모든 것이 완벽한 직업이 없기 때문이다. 그래서 유행에 따라 직업 선택의 시기에 가장 가성비가 좋은 직업을 선택하는 경우가 많다. 그러나 직업의 가치도 주식과 비슷하게 시기에 따라 조금씩 변화한다. 공포에 사서 환희에 팔라는 주식 명언처럼 직업도 유행 따라 가성비 맞춰 선택할 경우 나중에 후회하는 경우가 많다. 따라서 본인이 진심으로 하고 싶은 직업을 선택하는 것이 가장 바람직하다.

선택에 도움이 될 수 있도록 변리사란 직업에 대하여 최대한 많은 내용을 소개하려고 노력하였다. 특히 합격한 변리사의 관점에서 다양한 정보를 제공할 수 있도록 작성하였다. 또한 변리사를 꿈꾸고 있거나 변리사에 대한 궁금증을 가진 독자들이 본 글을 통해 간접적으로나마 합격한 변리사의 입장이 되어 보다 생생하게 변리사 업을 경험할 수 있었다면 "나는 변리사다"의 목적은 완전히 달성된 것이나 마찬가지이다.

인생은 선택의 연속이다. 지금의 나는 과거의 내가 수없이 많은 선택을 통해 만들어낸 결과물이다. 독자들 각자가 꿈을 달성하기까지 결정 내릴 수많은 선택들에 본 글이 조금이라도 도움이 되길 바란다. 나 또한 어릴 적 꿈을 달성하기 위해 오늘도 내일도 계속해서 열심히 달릴 예정이다.

나는 라이브 커머스 하는
영유아 교육전문가다

김은아

7개월 아기들에게 왜 책이 중요할까요? 아이랑 하루에 놀이하는 시간이 있나요? 문화센터의 처음으로 오기 시작하는 7개월의 대부분의 아기는 엄마, 아빠를 비롯한 주위 사람과 낯선 사람을 구별하기 시작한다. 따라서 아이를 데리고 사람들을 많이 만나야 낯가림을 하지 않고, 새로운 세상에 호기심이 생기고 환경에 적응할 수 있다. 엄마가 안지 않아도 혼자 앉을 수 있고, 마라카스를 두 손에 쥐고 흔드는 정말로 경이롭고 귀여운 모습을 매일매일 볼 수 있다는 사실이 무거운 교구쯤이야. 먼 길 따위가 문제가 되지 않았다. 선생님이 책을 읽어주면 큰 소리로 이야기하면 깜짝 놀라고 슬픈 얼굴을 하면 표정을 읽고 우는 아이들 내가 매 순간 살아 있음을 이렇게 지능이 발달하고 있는 아이들을 가르친다는 사실이 너무나 행복했다.

그런 아이들에게 첫 번째 선생님이 되어서 가르쳐야 하는 게 무엇일까? 피아제는 '아이의 자발적 놀이가 동기유발, 불안에 대처하는 방법, 자아개념 형성과 같은 통합적 지적 발달에 지대한 영향을 미친다고 했다.' 놀이하면서 세상을 알아가는 과정을 이끌어 주는 선생님이 되고 싶었다.

__ 김은아

- 나의지 창의연구소 소장
- 문화센터 영유아 오감놀이 전임강사
- 4차산업혁명 3D메이커스 지도사
- 종이접기 지도사, 영어동화구연지도사
- 동화구연가, 복화술,손유희지도사,
- 아동미술 지도사, 가베, 은물지도사

pd2005@hanmail.net
instagram ID : gong_li_market,
mong_geul_euna,
dino_mama_edu
010-4512-5021

나는 라이브 커머스 하는
영유아 교육전문가다

강사를 시작하게 된 배경

나는 사람들의 이야기를 듣고, 처음 본 사람들의 이름을 잘 외우는 아이였다. 유치원이나 학교에 아이를 보내면 친구 A는 오늘 뭘 했고, 어떤 일들이 있었는지 선생님은 오늘 무슨 옷을 입고 왔고 무슨 말을 했는지 말하는 아이를 본 적이 있는가? 나는 유치원 다닐 때부터 그러한 아이였고 초·중·고 대학교에 다니면서도 나 자신의 학습도 중요했지만, 사람들을 관찰하고, 사람들과 같이 어울리는 것을 좋아하는 아이였다. 초등학교 중학교 줄곧 임원을 했었고, 고3 때는 손을 들어서 서로 미루던 임원을 할

237 _ 나는 라이브 커머스 하는 영유아 교육전문가다

정도로 사람을 좋아했다. 대인관계가 좋은 사람, 처음 보는 사람과도 앉아서 대화를 나눌 수 있는 성격을 가졌었다. 이런 성격을 가진 분들에게 추천하는 직업이 강사이다.

나는 이 글을 통해 '어떤 분야의 전문가라서 강사를 시작하는 게 아닐 수도 있다.'라는 오직 성격에만 초점을 맞추어서 직업을 고른 조금은 '색다른 직업 이야기'를 들려주고 싶다.

어떠한 분야를 좋아하고, 더 잘하고 싶어서 열심히 하다 보니 성과가 나서 사람들에게 알려줄 기회가 생긴다. 그 계기로 인해 사람들에게 이해를 더 잘 시키는 방법을 찾다가 강의에 대한 욕심이 생겨서 그것이 하나의 직업이 되기도 한다는 사실이다.

대학교 3학년 때 명절 아르바이트로 전통주와 건강식품 판매를 했다. 그때 5일간의 매출이 높았었다. 많은 사람 속에서 물건을 파는 것도 즐겁고, 단기 아르바이트사원이지만 판매를 위한 아침 미팅도 재미있었다. 그때쯤 대학교 총 동아리 연합회 회장도 하고 있었다. 늘 사람들과 어울리기 좋아했고, 다들 판매를 힘들어하는데 나는 하나도 힘들지 않았다. 그런 판매 일을 대학교를 졸업하고도 계속했다.

학교에서는 임원을 했으니 추천서를 써주겠다 했지만, 회사에 들어가야겠다는 마음이 없었다. 경영학과 졸업생은 으레 은행에 취업을 많이 하였지만 '그물에 걸리지 않는 바람' 같은 자유로운 생활을 좋아했던 나는 혼자서 일하는 자유롭고 보람찬 직업을 가지고 싶었다. 지금은 다양한 일을 하는 사람을 N잡러로 칭해지지만 15년 전에는 그런 말이 없었다. 그냥 늘 바쁜 사람이었다.

영유아 강사 직업 소개

보통 강사의 시작은 영유아 프로그램을 가르치는 기업에 파견 강사로 취업을 한다. 강사가 되면 주3일에서 주5일 정도 자신의 거주지에 가까운 문화센터에서 수업하게 된다. 수업 대상층은 9개월부터 48개월 정도 아이가 수업의 대상이 된다. 수업의 시작은 보통 매일 10시에 시작하고, 수업 시간은 40분이다. 영유아와 부모님이 같이 수업을 듣는다. 수업의 흐름은 프로그램마다 차이는 있지만 만남의 어색함은 첫인사인 율동을 하면서 즐거움으로 바꾸고, 율동과 신체를 자극하는 마사지나 마라카스를 흔들기를 한다. 48개월처럼 큰 친구들은 책이나 말놀이, 동화구연으로 이야기를 시작한다. 예를 들어 48개월의 큰 개월 수 친구들은 수박에 관한 동화를 듣고, 수박 교구로 수박의 특성을 이해한다. 수박을 사용해서 수박화채를 만들어 보고, 수박씨 수를 세어보기도 하고, 수박 옮기기 등 동화에 나오는 활동을 한다. 그러면 아이들에게 동화에 대한 기억이 오래 남고, 동화 속의 문제를 해결하는 능력도 생긴다. 7, 8개월 영아들은 말을 아직 하지

__ 나는 라이브 커머스 하는 영유아 교육전문가다

않지만, 수업을 들으면서 언어적 자극을 받고, 언어발달과 신체발달을 한다. 더불어 15명 정도의 아이와 학부모들 사이에서 사회성도 향상된다.

문화센터 강사의 수업내용과 일의 보람

창의 융합형 인재를 키워내는 것이 4차 산업혁명에 대비하는 교육목표이다. 거기에 부합하는 것이 '디자인 싱킹'과 '메이커스'이다. 나는 이것을 결합한 교육을 유아들에게 놀이로써 교육을 해서 낯설지 않게 수용되는 수업 모델을 만들고 싶었다. 최근 강의 트렌드가 하나의 주제를 가지고 구성원이 다양하게 협업을 해서 수업 내용을 융합하는 것이 특징이다.

　수업 하나를 예로 들자면 다음과 같다. 학습할 책은 '비가 내린다.'라는 책이고 그 책의 수업내용은 다음과 같다. 수업대상은 24개월, 3살 아이들에게 빗소리를 들려준다. 마라카스. 씨 셰이커로 빗소리를 들려주고 곡물로 촉감 놀이를 하고, 아이들에게 작은 우산에 쌀을 뿌려보도록 유도해서 비가 오는 다양한 소리를 듣게 한다. 또는 미술 놀이로 케첩 플라스틱 튜브에 물감을 풀어서 넣고 비닐을 벽에 붙여 놓고 그 위에 플라스틱 튜브를 눌러 보도록 지도해서 빗물이 떨어지는 듯 미술 활동도 하고 또는 잭슨 폴락의 그림처럼 흩어뿌리기도 해본다. 수업 대상이 올라가 초등학교 3학년 정도가 되면 같은 책을 읽고 비가 오면 생각나는 물건들을 생각해서 3D 펜으로 우산과 장화를 만들어 보기도 하고 수업을 확장해서 '디자인 싱킹' 기법을 더해 '우산의 더 좋은 기능이 어떤 것이 있으면 좋을까?' 하는 주제로 기능성 우산을 같이 만들어보기도 한다. 같은 책이지만 대상 연령과 수업 교구에 따라 전혀 새로운 수업을 할 수 있게 된다.

왜 굳이 영유아 강사였을까? 사람들 좋아하고 어린아이들을 특히 좋아했다. 경영학과 졸업생이 영유아 강사가 된 계기는 학습지 선생님으로 1년 차가 지나갈 무렵 구인 공고를 보고 본사가 서울에 있는 문화센터 강사를 양성하는 회사에 들어갔다. 교육에 관한 전공지식이 없으니 선임 강사를 따라다니며 강의 내용을 녹음하고, 강의내용을 암기하고, 실제 수업에 보조강사로 들어가고, 집에 와서는 유아교육의 전공지식을 공부했다.

언어가 또래 아이들보다 느리다며 걱정하시는 어머니가 수업을 들으면서 아이의 잠재력이 보이고 언어가 발달하는 모습을 같이 뛸 듯이 기뻐했고, 언어만이 아닌 사회성이 발달하면서 언어가 터지는 경우도 보았고, 아이들이 언어의 발음 좋아지는 과정과 아이들이 처음에는 눈과 손의 발달이 느렸지만 교구를 꼭 잡고 활동하는 모습, 일주일마다 성장하고 발달하는 모습이 정말로 대견하고 매주 경이로운 발전에 감사한 마음이 들어서 강사의 삶이 너무나 좋았다.

__ 나는 라이브 커머스 하는 영유아 교육전문가다

드디어 수습 기간을 마치자 문화센터에 전임강사로 강의를 할 수 있게 되었다. 나는 '수업에 오는 아이를 한 번씩 더 많이 눈 맞추어주고 안아주자.' '엄마들이랑 쉬는 시간에도 이야기하자.' '카카오톡 친구를 맺어주시면 소통을 하자였다.' 그때 다른 강사들은 나보고 '유별나다.' '선생님이 신비감이 없으면 안 된다.'고 충고를 했지만 나는 나의 신념대로 소통을 하면서 실제 육아에 대한 정보도 많이 얻고, 교육에 방향도 배우고 아이랑 같이 오는 엄마들의 성향 파악도 했다. 지금 생각해 보면 그것이 나의 지금의 나의 소중한 자산이다. 지금에는 인스타로 젊은 엄마들에게 목표 대상 중심 마케팅하는 것을 그때 내가 하고 있었다.

12개월부터 48개월 세상에 와서 만나는 첫 선생님 엄마 아빠 다음으로 이모보다 더 자주 만나는 사람, '엄마의 아기 띠를 채워주는 사람'이 된다는 사명감으로 주 5일 수업을 즐겁게 진행하던 눈이 많이 오던 연말, 교통사고가 날 뻔했던 적이 있었다. 그리고 그다음 날은 사고에 놀라서인지 심한 장염이 걸렸다. 그래서 강사라는 직업을 다시 생각해 보게 되었다. 많은 교구를 날라야 하고, 운전도 만만치는 않지만 강사라는 직업을 포기할 수는 없었다. '영유아 수업 오는 아이들의 성향에 맞는 책 선정과 영유아 보육의 어려움을 엄마들이랑 대화를 하자.'라는 생각을 하게 되었고 지금의 컨설팅이라 부르는 일을 하게 되었다.

아이들은 처음에는 책을 읽지 못한다. 책과 처음 친해질 때는 입으로도 빨아보고 책을 쌓아놓고 그 위를 걷기도 하고 책을 도미노처럼 쓰러뜨리기도 한다. 그래서 생각해낸 단어는 '북킨쉽 프로그램'이었다. 새로운 돌파구를 찾으려고 동화책과 처음으로 스킨쉽 한다는 뜻의 '북킨쉽' 프로그램을 만들었다. 북킨쉽은 문화센터 수업을 수강하는 엄마와의 상담을 통해서 만들어진다. 책 놀이 강좌에 일상의 육아 팁과 관련 동화책 소개를 했고, 더 잘하기 위해 본격적으로 동화 구연 자격증을 따고, 동화구연과 컨설팅 실력을 키우는 연습 시간을 만들고자 맘 카페를 통해 프로그램 해당 연령 대상 엄마를 모집해서 집집마다 책을 읽어주는 일을 하였다. 가정마다 구비한 동화책이 모두 다르니 책의 내용 습득과 교과 연관성과 책의 흐름이 분석이 되고 어머니들은 대하는 컨설팅 스킬도 늘어났다.

영유아 강사로서 아동 심리와 아동 미술을 더 심도 있게 공부하고 싶어졌다. 사이버 대학 관련 수업을 들으면서 아동 미술을 접목시켜서 '책 놀이 프로그램'을 만들었다. 강사의 시작은 영유아 프로그램 콘텐츠 회사에 파견 강사였는데 개인 회사를 차리면서 수업에 쓰는 교구를 직접 만들어야만 했다. 그러면서 교구 만드는 스킬이 좋아져서 요즘은 어린이집이나 유치원에 교구 대여도 하고 있다.

직업을 '영유아 독서강사', '오감놀이 강사'를 하겠다. 하고 실력을 쌓아서 아마 구직을 했었다면 나는 기회를 못 얻었을 것이다. 2005년도에는 문화센터도 갓 생기기 시작할 때이고 영유아가 단체로 문화센터에 모여 수업을 받는다는 개념도 없던 시

__ 나는 라이브 커머스 하는 영유아 교육전문가다

절이었다. 나도 그때 '교구 수업 자격증'이 있었지만, 고가의 수업을 개인적으로 하는 프로그램이 많았다.

강사료는 처음의 강의를 할 때는 수강생이 12개월 아이와 그의 보호자들이 한 팀으로 3달에 10만 원 정도를 수강료로 내고 수업을 들으면 문화센터에서 50%를 공제하고, 그 50%에서 파견하는 회사에 40%나 50%를 주고 나의 강의료가 3달의 수업이 끝나면 비로소 나에게 입금이 된다.

초기에는 수업의 홍보와 나의 대한 인지도가 없기 때문에 수업이 많이 없어서 생활고에 시달렸다. 그때는 시작 단계라 아동 미술 자격증, 동화 구연 자격증을 따거나 유아교육에 필요한 교육을 찾아서 들었기에 생활하기가 팍팍했다. 처음에는 정말 힘들었다.

3달 만에 받은 수업료에 만만치 않은 교통비를 내가 감당했기에 5일 수업에 하루 4타임 정도 한다고 하면 한 달에 내 수입이 100만 원에서 150만 원 수준이었다. 강의 실력이 쌓이고 3년차 정도가 되자 수강생도 많아지고 인지도가 올라갔다. 수업 준비하는 시간이 줄어들기에 부수입을 생각할 수 있는 때가 왔다. 그때 다양한 분야로 부수입이 생길 수 있도록 노력을 했다. 예를 들면 수업에 아이디어를 얻어서 수업 후에 더 필요한 교구를 알려드리고, 수업에 이해도와 완성도를 높이기 위해 내가 했던 공부를 부모님들과 나누면서 더 큰 수입을 만들어 나갔다.

강사로서의 고민으로 시작한 협업들

매주 마다 아이디어를 얻어 가르치고 싶은 수업목표에 어울리는 책을 선정하고 교구를 만들거나 구매를 해 수업 시연을 해본다. 그러한 일과를 3년 정도 했다. 혼자 창업을 해서 일을 하다 보니 주제에 대한 다양한 기획을 해야만 했다. 그래서 호기심이 생기면 즉시 실행해 보는 습관이 생겼다.

영유아들에게 하는 교육이지만 뭔가 늘 새로운 것을 가르쳐 주려고 하는 내가 진정한 호모루덴스(놀이하는 인간)와 호모파베르(만드는 인간, 창조하는 인간)라는 생각이 들었다. 그런 생각이 꼬리와 꼬리를 물다 보니 새로운 산업혁명에 자신의 상상을 창의적으로 구현하는 과정이 필요 했었고, 손수 글루건을 사용해서 교구를 만드는 것보다 뭔가 획기적으로 교구를 만드는 것이 필요하다고 생각했었다.

또한 나는 늘 가르치는 일을 하며, 특히 수업 시간에 잠시라도 나의 말이 들리지 않으면 대부분에 어머니들이 '수업이 지루하다. 선생님이 애착이 없으시다.' 생각하시기에 말을 잠시도 멈출 수가 없었다. 40분간의 문화센터 수업의 특징은 학습이지만 쇼 같은 분위기로 수업을 이끌어야 한다는 강박을 조금 누그러뜨리고 싶었다.

어느 순간 내가 사람들 속에서 말을 독점한다는 생각이 들었다. 무엇인가 내가 자신이 없는 분야를 배우게 된다면 경청하는 힘을 키우게 되지 않을까라는 생각으로 3D프린터를 배웠고 그다음 해에는 여성가족부에서 주관한 '3D프린터 지도사' 자격 증을 취득하고, 방과후 강사 선생님 8명과 창업을 했다. 사회적 경제 속에서 교육의 격차가 없는 신기술 교육을 하고 싶었기에 너무나 열정을 다했다.

3D 설계보다는 공공기관과 소통하며 업무 처리하는 방법 과 늘 혼자 일을 하던 내가 팀원과 또는 기관과 협업하는 능력을 배우고, 영유아의 부모님 대상 강의에서 성인들 대상으로 강의 를 하거나 발표하는 능력을 배웠다. 하지만 기업 운영을 하는데 신념과 현실의 괴리감을 느끼고 본업인 영유아 전문 강사로 돌 아왔다. 학부 과정에서 경영 전반을 이론으로만 배웠는데 사회 적 기업 창업 팀에서 활동하면서 이론을 경험으로 체화를 했다.

협업 과정에서 1인 기업이 나의 적성에 맞는다는 판단을 했지만 한편으로는 강의에 대한 의논을 하거나 수업에 관한 이 야기할 단체에 속하고 싶다고 생각했다. 연대해서 일해보고 싶 다는 마음으로 단체의 장을 경험한 나는 나 하나로의 발전으로 세상을 변화시킬 수 있다면 혼자라도 괜찮다는 확신이 들었다.

좋은 의도이긴 하지만 기업을 이끌기 버겁다면, 속도가 나 지 않는다면, 또는 구성원의 이익을 모두 챙기기 힘든 사업이 라면 1인 기업가들과 연대를 하는 것이 낫다는 생각이 들었다.

1인 기업은 항상 일하고 있다. 소속된 직원들은 맡은 일을 하면 되지만 일인 기업은 모든 일을 혼자서 결정하고 실행해야 한다. 자기 자신이 경영전략도 세우고, 수업도 계발하고, 운전도 하고, 서류도 만들고, 마케팅도 해야 한다. "내가 아무것도 하지 않으면 아무것도 없다."라는 게 1인 기업의 가장 큰 단점이 아닐까라는 생각을 한다. 1인 기업을 꿈꾸는 그대들에게 자신의 길을 가면서 다양한 체험들로 자신을 부단히 닦아나가며, 하루하루 성장하고 싶다면 기꺼이 창업하라고 권하고 싶다.

영유아 강사라는 직업의 전망과 미래비전

점점 출생률이 줄어들지만 태어나는 아이들에 대한 관심이 증가하고 있고, 국가에서 영유아에 대한 예산도 늘리고 있어서 문화센터에서 강의뿐만 아니라 지방자치단체에 주민 센터나 아동 복지 센터에서도 강의의 수요가 늘어나고 있다.

앞으로도 다양한 교육 트렌드가 많이 생기기 때문에 강의수요가 무궁무진하다. 지역마다 아동 복지 시설에서의 영유아 수업이 개설되어 있기에 수업 프로그램 내용만 좋다면 늘 강의의 기회가 열려있다.

또한 부모님이 양육자인 과거보다 요즘은 조부모가 양육하는 아동도 많기 때문에 교육대상이 다양해졌다. 주 양육자가 누구냐에 따라 강의의 내용이 달라지기에 이 또한 기회가 된다.

출생률이 줄어들지만, 부모님들은 아이를 낳으면 과거보다 아이에게 투자하는 교육비가 늘어나고 있음으로 나는 영유아 강사의 전망이 밝다고 생각한다.

영유아강사를 꿈꾸는 그대에게 선사하는 시

제비꽃에 대하여

안도현(1961-)

제비꽃을 알아도 봄은 오고
제비꽃을 몰라도 봄은 간다.

제비꽃에 대해 알기 위해서
따로 책을 뒤적여 공부할 필요는 없지

연인과 들길을 걸을 때 잊지 않는다면
발견할 수 있을 거야

그래, 허리를 낮출 줄 아는 사람에게만

보이는 거야 자줏빛이지

자줏빛을 톡 한번 건드려봐
흔들리지? 그건 관심이 있다는 뜻이야

사랑이란 그런 거야
사랑이란 그런 거야

봄은,
제비꽃을 모르는 사람을 기억하지 않지만

제비꽃을 아는 사람 앞으로는
그냥 가는 법이 없단다.

강사라는 직업은 하루하루 최선을 다해야 하는 직업이다. 늘 색다른 사람들을 만나면서 짧은 시간에 그 사람들에게 도움 되는 격려를 해주거나 혹은 듣는 사람의 이야기를 진심으로 들어줘야 하는 직업이다. 정보 전달만 잘하는 강사는 정말 훌륭한 강사가 아니다. 내가 얼마나 관심을 가지고 수강생을 대하는지가 중요하다. 특히 말을 못 하는 어린아이는 어떻게 대해야 할까? 관심과 사랑을 바탕으로 관찰을 해야 하고 아이의 잠재성을 키우기 위해서 예민함과 정성이 바탕이 되어야 한다.

이 시를 나는 항상 마음에 새기고 있다. 각 각의 아름다운 꽃으로 태어난 아이들을 내가 이 시처럼 아이들을 대한다면 나는 오늘 하루도 성공했다고 생각한다.

1인 기업을 준비하는 중, 고등, 대학생이 읽어보면 좋은 책과 영유아 강의에 도움이 되었던 책

1인 기업가에게 추천하는 책

1. 그대, 스스로를 고용하라-구본형
2. 세월이 젊음에게-구본형
3. 숲에게 길을 묻다-김용규
4. 일생에 한 번은 고수를 만나라-한근태
5. 고수의 질문법-한근태
6. 승화-배철현
7. 정적-배철현
8. 보랏빛 소가 온다-세스고딘
9. 퍼스널마케팅-필립코틀러
10. 퍼스널브랜딩에도 공식이 있다.-조연심
11. 지식창업자-박준기 김도욱

12. 콘텐츠로 창업하라-조 풀리지

13. 백만장자 메신저-브랜든 버처드

14. 숫타니파타-석지현

15. 파리에서 도시락을 파는 여자-켈리 최

16. 여자를 위한 사장 수업-김영휴

17.언니의 독설-김미경

18.김미경의 리부트-김미경

1. 성취하는뇌-마르틴 코르테

2. 당신은 뇌를 고칠 수 있다.-톰 오브라이언

3. 절제의 성공학-미즈노 남보쿠

3. 핑크펭귄-빌 비숍

4. 라이브 커머스 성공전략-이현숙

5. 부자의 말 센스-김주하

6. 영향력을 돈으로 만드는 기술-박세인

문화센터 어머니들에게 추천해드리는 책

1. 0세 교육의 비밀-시치다 마코토

2. 아이의 행복을 위해 부모는 무엇을 해야 할까?-웨인 다이어

__ 나는 라이브 커머스 하는 영유아 교육전문가다

마지막 당부하고 싶은 말

앞으로 트렌드는 '사람이 무엇인가를 만들고, 판매하게 된다.'고 생각하면서 만들어서 파는 행위에 도움이 되는 방법을 모색하게 되었다. 그래서 라이브 커머스에 집중하게 되었다. 사회적 기업 창업 팀을 하면서 마케팅을 더 탁월하게 하고 싶다는 생각으로 이현숙 강사의 '라이브 커머스 성공전략' 책을 읽고 수업을 들었다. 수강한 학생들이 직접 시연하면서 판매를 했었는데 나는 최종 수강 우수자로 선정이 되었고, 대구 경북지역의 중소기업과 사회적 기업에 상품을 판매를 돕기 위한 활동을 시작했다. 강사는 늘 깨어 있어야 하고, 항상 나 자신의 발전뿐 만 아니라 주위에 사람들도 돌봐야 한다고 생각한다. '자기 주위를 사랑과 관심으로 가득 채우는 사람이 되는 것' 이 나를 더욱더 가치 있는 존재임을 잊지 않게 하는 단단한 마음의 씨앗이 되기도 한다. 1인 기업가로 나 혼자 무대에 서서 강의하다 보면 어느 순간에 외롭다는 생각이 들기도 한다. 자신의 일과 상관없는 일을 하는 내가 돌아가는 일을 한다고 생각되다가도 지나고 보니 그 일들이 미래의 나의 주요한 콘텐츠가 되기도 한다. 미래의 자산을 지금의 하루하루를 쌓으면서 산다고 생각하면 좋을 것 같다. 사람들 앞에서 말하는 것이 두렵지 않다면 누구든지 서로 가르치고, 그 가르치는 행위가 이타적 행위가 아닌 나에게도 또 다른 가르침이 돌아오는 삶을 살기 바란다.

나는 행복한
학교 전문상담(교)사다

김해숙

"상담 선생님~"하고 달려와 고사리 주먹손을 내밀 때면 자연스럽게 장단에 맞춰 주먹을 마주 댄다. 이런 순간마다 입 꼬리는 올라가고 함께 높아진 텐션에 어느새 목소리도 하이 톤이 되어있다. Wee 클래스 상담실을 찾아 주는 귀여운 꼬마 손님들이 있어 나는 오늘도 행복하다.

2006년 2월, K도 S 시에 최초로 '상담소'라는 것이 생겼다. K도 내 18개 시군들 가운데 시로서는 가장 후발로 여성 권익증진을 위한 가정폭력상담소가 생긴 것이다. 나는 이 상담소라는 공간에서 가정 폭력이나 부부 갈등으로 위기에 처한 피해자 상담을 시작으로 셀 수 없이 다양한 일들을 진행했다. (성폭력 상담, 법원에서 교육 이수 명령을 받은 가해자 상담, 이혼서류 대행, 이혼 법률 자문, 가정 폭력 및 성폭력 예방 교육, 성희롱 예방 교육, 양성평등 교육, 자원봉사자 교육 등) K도 내에서 타 시 지역과 비교하면 뒤처진 5~6년의 세월을 따라잡기 위해 상담에 대한 부정적인 인식에 맞서 싸우며 밤낮을 가리지 않고 일했다. 2009년 5월, 남편과 중학생이던 아들을 태운 채로 함께 교통사고를 당해 상담소 일이 마비되었고, 인근 D 시로 내담자들을 연계할 수밖에 없는 일이 발생되었다. 2011년 12월, 사고로 인한 장기 입원 중에 교육청 홈페이지에서 우연히 발견한 학교 전문상담(교)사 모집공고에 무언가에 홀린 듯 이끌려 지원하게 되었다. 2012년 4월, 운명처럼 다가온 기회를 잡은 나는 학교 전문상담(교)사가 되었다.

그렇게 10년에 가까운 세월을 지나온 2021년, 지금은 학교에서 아동 청소년 대상의 Wee 클래스를 운영하며 학교 상담에 집중하고 있다. 일전에 적극적으로 참여했던 지역사회 단체 활동은 S 시의 발전상황을 파악하기 위한 'S 시 번영회'와 정책 제안에 참여하는 '생활 공감 정책참여단'을 제외하고는 모두 접었다. 여러 활동 가운데 오직 두 가지만을 유지한 채, 학교의 주인인 아동 청소년들의 학교생활 적응과 학교생활 만족도를 높이기 위한 일에 전념하고 있다.

__ 김해숙

- S시 가정폭력상담소 소장 (2006.2. 개소)
- 사) S시번영회 상임이사(2019~)
- S시 생활공감정책참여단 대표(2019.1.~)
- K도 생활공감정책참여단 총무(2021.1.~)
- 영동 가족사랑 심리 상담연구 소장(2006.2.~)

sunsah6@hanmail.net
blog: https://blog.naver.com/sunsah6
cafe: https://cafe.daum.net/yglc
033-573-8146

나는 행복한
학교 전문상담(교)사다

나는 왜 학교 전문상담(교)사가 되었나?

순전히 하나님 인도하심

여고 시절 나의 꿈은 고아원 원장, 교사, 교수, 화가로 다양했다. 그중 고아원 원장의 꿈을 실현하기 위해 40대 초반에 한 단체의 장인 가정폭력상담소장이 되었나 보다. 마지막 직업으로 여기며 열정을 쏟았던 가정폭력상담소장의 꿈은 불의의 사고와 내부 사정으로 물거품이 되어버렸다. 이렇게 심신이 지친 나를 하나님께서 거두어 주셨고 오늘의 내가 있게 된 것이다.

전문상담(교)사에 지원할 때, 상담 인력이 부족하다는 것을 알고 있었기에 이렇게 기도했다. '하나님, S 시는 좁은 지역으로 상담 인력이 부족해서 고생했던 경험을 기억하고 있습니다. 상담인력 인프라가 부족할 터인데 아프고 부족한 저라도 쓰시려면 쓰세요.' 재입원을 앞두고 마치 선심 쓰듯이 기도하며 원서를 냈던 것이었는데, 하나님은 내가 재입원하는 것을 원치 않으셨던 모양이다. 나를 병원으로 보내시기보다는 다시 상담 현장으로 이끄시어 학교 전문상담(교)사로 사용해주셨다. 단지 상담 대상자가 일반 성인 부부나 가족들에서 학교 내 학생들이 주체로 변했을 뿐이다.

오히려 학교 현장에서 영이 맑은 청소년들을 만나면서 사람에 대한 상처로 지친 나 자신을 보듬어주시고. 감싸 안아주시고. 치유 받을 수 있도록 사랑해 주셨다. 40대 초반에 개소한 가정폭력상담소장이라는 일자리가 내게 주어진 천직으로 생각하며 열중했었다. 그러나 그것은 나의 욕심이었지 하나님 뜻은 아니었나 보다. 학교 Wee 클래스를 운영하도록 나를 사용해주신 절대자 하나님 그분께 다시 한 번 또 감사할 따름이다.

학교 전문상담(교)사로 입문하게 된 동기

중학교 2학년 때부터 3학년까지 내가 받았던 문교부 장학생에게 주어진 2년간의 장학금 수혜를 입었다. 그때 나에게 일러주신 사회 교과 담임 선생님의 말씀이 지금도 생생하다. "네가 지금 받은 것들을 기억했다가 꼭 그 사람에게 주는 것만이 보답이 아니다."라고 하셨던 그 말씀. 지금의 일을 잊지 않고 기억했다가 받은 사람에게 돌려주는 것도 좋은 일이지만 또 다른 나와 같은 처지에 있는 사람에게 온정이 전해진다면 끊이지 않고 나비 효과로 온정이 이어질 것이라고 하셨다. 내가 받았던 따뜻한 사랑을, 사랑이 필요한 그 사람에게 주면 된다고 마음의 부담을 덜어주셨다. 그래서 부담 없이 그 어떤 사랑이라도 달게 받고서 내게 주어진 여건이 된다면 받은 사랑에 배를 더해서 더 큰 사랑으로 보답하겠다는 마음가짐으로 살았다. 나는 이다음에 커서 성공하면 세상의 빛과 소금 같은 역할을 해야겠다는 다짐한 것도 아마도 그때가 시작이었나 보다. 지금도 그때 담임 선생님이 주신 그 교훈, 그 말씀을 부여잡고 삶을 살아간다. 그분은 나에게 따뜻한 선한 마음을 진정으로 달게 고맙게 받을 수 있는 넉넉한 마음을 키워주셨다. 나는 '그에 대한 보답은 사회에 다시 환원하는 것이다'라는 마음으로 곧 하나님이 나에게 주신 소명이라고 생각하며 꽉 붙잡고 살아왔다. 그래서 사회복지사의 꿈을 키웠고 사회복지학을 진학하게 되었다. 지도 교수님의 반대에도 불구하고, 상담이 더 잘 맞는다는 확신으로 가정폭력상담소를 개소하였다. 그렇게 가정폭력상담소를 개소하기 위한 2005년 가정폭력상담사와 성폭력 상담사 양성과정을 시작으로 상담은 시작되었고, 2006년 2월부터 본격적으로 상담사의 길은 걷게 되었다. 상담학을 전공으로 하지 않고 지역 발전과 사회 발전에 기여하고 싶다는 일념으로 의욕만 앞세워서 상담 현장에 뛰어들었기에 상담을 더 잘하기 위한 부가적인 공부는 계속되고 있다. 지금도 자기계발을 위한 상담 역량 강화는 현재 진행형이다. 그래서

__ 나는 행복한 학교 전문상담(교)사다

자칭 배움 중독자라고 칭한다. 지금 나의 마음은 퇴직 후 상담봉사자로 아니면 유익한 강좌를 개설해 명강사로 인생2막을 열고 싶은 마음이 있다. 그러나 하나님께서 어떻게 사용해 주실지? 쓰임 받을지는 미지수다. 다만 기도할 따름이다.

학교 전문상담(교)사가 되기 위한 학업

학부 전공을 정할 때부터 상담학 관련 학과인 사회복지학을 전공하고 싶었으나, 지리적 여건과 환경이 여의치 않아 편·입학을 할 수 없었다. 온전히 신입 입학을 결정하고 1998년 IMF가 터진 해 연말에 집 인근에 있는 가장 가까운 국립 K대학교 행정학을 전공하였다. 입학 전까지 열심히 산 내게 선물을 주듯 IMF라고 다들 허리띠 조를 때에 나는 학문을 선택했다. 내가 나에게 준 최대 선물, 새로 공부하는 대학교 생활은 학교 캠퍼스의 낭만도 만끽하면서 적극적으로 학교생활을 즐겼다. 상담을 잘하고 싶어서 전문성 강화 차원으로 상담심리학을 전공하게 되었다. 어떤 내담자를 만나느냐에 따라 그때마다 새로운 공부를 시작하는 나를 발견하게 된다. 스마트폰 중독인 것 같다며 자발로 찾아준 4학년 남아의 마음이 기특해서 중독 상담 전문가가 되었고 중독재활 상담학 석사학위를 받았다. 초등에서 5년여 동안 있다가 보니 매체상담 관련 역량강화 수료증으로 빼곡하다. 모래놀이, 미술, 원예, 색채심리, 도형, 버츄, 긍정카드, 타로, 만다라, 마그마….

좌충우돌 전문상담(교)사가 되기까지

지금도 여러 각각의 상담학회에 평생회원, 정회원 또는 준회원으로 활동하면서 상담자로서 갖춰야 할 자질을 겸비하기 위한 노력을 계속하고 있다. 한국 상담학회, 한국 상담심리학회, 중독상담전문가협회, 해결중심학회, 한국카운슬러협회, 가족상담협회, 한국형 에니어그램교육협회, 한국 미술치료협회, 모래놀이상담학회 등 상담전문가로서 자질개선을 위한 역량 강화는 꾸준히 받고 있다. 인생을 2막, 3막을 위해서라도 상담 전문가로서의 자질과 역량을 갖추어, 질 좋은 서비스로 내담자에게 보답하고 싶은 염원이 나의 소망이다. 그러나 다만 하나님께서 앞으로 어떤 상담자로 세워 주실지 기대와 소망을 담아서 기도할 따름이다. 전문상담사가 되기 위해서 인정되는 민간자격으로 가장 공신력 있는 것은 1순위 청소년상담사 2급 이상, 한국전문상학회의 전문상담사2급 이상, 한국 상담심리학회의 심리상담사2급이면 모집응시서류제출자격이 된다. 그러나 학교전문상담교사는 민간자격이 아무리 많다고 해도 자격이 주어지지 않고 전문상담교사2급이 있어야만 임용에 응할 수 있기에 학교전문상담(교)사가 되기 위해서는 상담학과를 우선 입학하여 교직이수를 해야 하는 것이 가장 빠른 지름길이다.

학교 전문상담(교)사가 되기 위해 가지는 마음가짐

한 분야에 10년 이상을 지속하게 되면 그 분야의 전문가라는 말을 듣게 된다. 그러나 나는 지금까지 15년 정도 상담을 했지만, 아직도 나는 나를 이상적인 전문상담(교)사라고 생각하지는 않는다. 여전히 이상적인 전문상담(교)사가 되기 위해 노력하고 있으며, 바람직하다고 생각하는 전문상담(교)사로서의 자질을 고민하며 내담자를[1] 사랑하는 마음과 나 자신을 잘 알고 타인을 잘 이해하며, 상담에 대해 욕심을 내지 않으려는 마음에 기틀을 두고 있다. 삶과 죽음의 의미를 찾듯이 내가 누군지를 끊임없이 질문하며 전문상담(교)사로서의 길을 묵묵히 가고 있다. 유종의 미를 거두고 싶다는 마음으로 나를 드러내지 않고 오직 내담자만을 생각할 뿐이다.

내담자를 사랑의 눈으로 보자

학교 상담(교)사는 내담자가 꺼내 놓은 보따리를 함께 풀어 보며, 내담자를 이해하고 내담자의 눈으로 보따리를 들여다볼 수 있는 능력이 필요하다. 내 그릇이 바다같이 넓어져 있어야 내담자가 흠뻑 빠져 한바탕 물놀이하듯이 여행을 즐길 수 있지 않겠는가? 내담자를 향한 긍휼과 사랑의 마음은 그 밑바탕이 되어야 한다. 상담에 임할 때 따뜻한 사랑의 눈으로 내담자를 바라보게

1   아동, 학생, 클라이언트

262

되면 내담자가 행한 어떠한 일들이 '그럴 수밖에 없었겠구나.'하고 온전히 이해하게 된다. '어떻게 그렇게 버틸 수 있었나요?', '어떻게 그렇게 행동할 수 있었나요?'하고 사랑의 눈으로 내담자의 걱정과 두려움으로 뭉쳐진 태산과 빙산을 바다와 같은 마음으로 녹일 수 있는 마력이 생긴다.

자기 통찰이 필요하다

학교 전문상담(교)사는 자기 안의 번뇌가 없어야 한다. 먼저 자기 이해, 자기수용, 자기 확신이 있어야 한다. 자신을 제대로 알기 위해 자기분석이 필요하다. 상담자의 문제 해결이 우선되어야 한다. 내담자를 만나기 전에 내 안의 갈등을 비워내야 하고, 상담하는 과정에서 내담자의 고통을 함께 비워 나가야 한다.

그러기 위해서는 신뢰할 수 있는 슈퍼바이저를 정하여, 주기적인 내담자 경험을 통해서 나 자신의 문제부터 해결해야하는 것이 우선되어야 할 필요가 있다. 그래야 내담자가 꺼내 놓은 문제를 객관적으로 바라보는 힘이 생긴다. 내담자의 문제가 상담자 자신의 문제가 되는 잘못을 저지르지 않기 위함이다. 내안에 문제가 있으면 내가 상담을 받아야지 어떻게 상담을 할 수 있겠는가. 그렇지 않으려면 슈퍼바이저를 통한 내담자 경험으로 때때마다 자기분석으로 통찰이 된 나 자신으로 다듬어 놓아야 한다.

오만함을 버려라

아무리 열심히 상담 수련을 했다 하더라도 모든 상담을 다 잘하기란 어렵고 힘든 일이다. 내가 완벽하게 해결할 수 있을 것이라는 오만함은 버려야 한다. 내 능력 밖의 일이라고 생각되는 사례는 언제든지 그 즉시, 그 내담자가 필요한 서비스로 내담자의 욕구 충족을 도와줄 수 있는 타 기관으로 연계하는 유연성을 발휘해야 한다.

학교 전문상담(교)사의 장·단점

	전문상담사	전문상담교사
장점	수업시수를 채울 필요 없음	정규직 / 교원
	상담에 집중할 수 있음	일반교사와 동일한 호봉제
	상담 대상자 선택의 자율성	상담 대상자 선택의 자율성
	독립적인 근무 공간	독립적인 근무 공간
단점	비정규직 / 공무직 직원	8시간의 기본적인 수업시수 요구됨
	전문상담교사 급여의 60%	
	독자적인 행정 업무가 요구됨	

현재 학교에는 Wee(위) 클래스에서 근무하는 두 직종을 만날 수 있다. 전문상담사와 전문상담교사로 구분되며 같은 일, 같

은 역할로 같은 현장에서 같은 길을 가고 있지만 자연스럽게 차이와 차별을 경험하게 되는 것이 현실이다. 앞으로 이 문제는 머지않아 누군가 책임지고 해결해야 할 뜨거운 감자로 급부상할 것으로 생각이 든다.

전문상담(교)사의 주 상담 대상자는 초, 중, 고등학생이다. 그래서 자신에게 적합한 대상자를 선택할 수 있다는 이점이 있다. 그러므로 전문상담(교)사로 임용되면 초, 중, 고등학교 구분 없이 어디든 자율적으로 내신을 내고 근무할 수 있게 된다. 한 기관에 최고 근무연수는 5년으로, 일반 교원들처럼 1년 이상이면 타 근무지로 내신을 쓸 수 있다. 그러나 이변이 없는 한 '상담'의 특성상 보통 4~5년 주기로 근무지 이동이 잦지 않은 편이며. 인사이동은 전문상담사나 전문상담교사나 별 차이 없이 대동소이하다.

전문상담사는 비정규직이지만 전문상담교사와 같은 업무와 역할로 다름이[2] 없다. 두 직종 모두 비교적 안정적이고, 독립적인 공간에서 아이들을 만나 상담에 집중할 수 있다는 점이 매력적이다. 또한, 담임이 교육을 책임지듯 Wee(위) 클래스 운영을 독자적으로 할 수 있다. 상담자의 역량에 따라 프로그램을 자율적으로 기획하여 다양한 형태로 상담실을 운영할 수 있다. 열의가 있다면 더 많은 프로그램을 개발하며 운영할 수 있을 것이다.

---

[2] 관리자의 마인드에 따라 미세한 차이가 있을 수 있으며, 역할수행이 다를 수 있음을 안내합니다.

＿ 나는 행복한 학교 전문상담(교)사다

K도는 2012년 상담인력을 대거 투입한 초기에 전문상담사는 전문상담교사를 대체하기 위해 임용되었다. 10년이 가까워진 지금은 더 이상의 신규 전문상담사 채용은 점차 없어지는 추세이며, 전문상담사가 퇴직한 자리는 전문상담(교)사로 충원되고 있다. 전문상담사와 전문상담교사는 비정규직과 정규직이라는 큰 차이가 있다. 전문상담사는 교육공무직, 전문상담교사는 교원으로 분류된다. 전문상담사의 급여는 전문상담교사의 급여와[3] 비교가 되는 큰 차이를 보인다. 어느 분야에서나 발생 되는 정규직과 비정규직의 차이라 보겠다. 그러므로 임용고시를 통한 전문상담교사로서의 준비가 해답이다.

학교 전문상담(교)사의 미래

내가 본 학교 전문상담(교)사의 미래는 대체적으로 밝다고 말할 수 있다. 수요적 측면이나 급여나 복지적인 처우에서도 자신 있게 추천할 수 있다. 어디까지나 필자의 주관적 견해이긴 하지만 가치가 맞고 그에 따른 목적의식이 자기 일에 맞는다면 뛰어들 만한 직업이다. 그러나 염두에 둘 것은 딱 하나가 있다. '상담 현

---

3   세부적인 급여 내역은 전국적으로 다를 수 있고 민감한 사항이라 정규직과 비정규직으로만 안내함을 양해드립니다.

장에서 가슴이 뛰며 즐겁고 희열을 느끼며 이 일을 내가 지속할 수 있을지?'에 대한 자문자답으로 자신 있게 예스라고 답할 수 있다면 진학해도 좋다. 타 분야에서와 마찬가지로 무엇보다 가장 중요한 것은 적성이다. 교육계에 남고 싶으면서 상담이 적성에 맞는다면 상담사의 길로 적극 권면한다. 그리고 자신의 학위 상태를 우선으로 점검하고 이렇게 문을 두드려 나아가면 된다. 고졸자라면 바로 학부 전공을 상담학과로 선택해서 진학하여 교직이수로 졸업을 먼저 하라. 학부졸업예정학년부터 바로 시험에 응시하는 방법과 학부에서 심리, 상담관련과목을 전공 혹은 복수전공이나 부전공으로 한 후에 교육대학원 상담교육학과를 졸업하면 자격증을 얻게 된다. 상담이 내게 잘 맞을지는 학과공부를 하면서 또 한 번 걸러질 수 있고 어떤 분야에서 일할지를 판단할 수 있을 것이다. 학부에서 검증되었다면 교육대학원을 졸업하고 2급 전문상담교사 자격을 받고 임용시험에 합격하면 학교 전문상담교사로 근무할 수 있게 된다. 꿈과 비전이 일치되고 목표가 주어졌다면 진로를 더 이상 헤매지 않고서 근무할 수 있는 학교 상담자의 길이기도 하다.

만약 교사 자격이 없다면

전문상담교사가 되고자 한다면 대학에서 상담학과를 거쳐 교육대학원을 졸업하라. 그러면 2급 전문상담교사 자격증을 취득할 수 있으며, 임용시험을 치를 수 있는 자격이 주어진다. 그렇게 임용시험에 통과하게 되면 학교나 교육청에서 또는 도 교육청 산하기관에서 근무할 수 있다.

근무하면서도 연 급여의 10%는 꼭 자기계발에 투자하라. 인생 제2 막을 위한 저축이다. 현장에서의 상담에도 실제로 큰 도움 될 것이다. 또 한 여러 민간자격증보다는 국가자격증인 임상심리사나 청소년상담사 자격증 취득을 추천하고 싶다. 자격증은 업무 수행과 인생 제2 막을 위한 보험이기도 하다.

우리나라는 대표성을 주장하는 학회나 협회가 너무 난무한 실정이다. 일원화의 필요성이 요구되는 시점이다. 그러므로 쉽게 따는 민간자격증은 언젠가는 정리될 수 있고 공신력을 잃게 되는 단점이 있다. 물론 임상을 통해 얻는 상담 수련은 유지되어야 하는 것에 동의하고 적극적으로 공감한다. 그러나 회원을 위한 학회나 협회가 아니고 돈벌이 수단으로 품위가 손상되는 상담학회라는 오명을 쓰면 안 된다고 생각하기에 마땅히 근절시켜야 할 문제이다.

국가자격증은 보수교육을 통해 자격증 유지를 할 수 있다는 장점이 있고 비교적 저렴한 비용으로 보수교육을 통해 역량 강화를 할 수 있는 기회가 주어지는 이점이 있다. 그리고 학위는 온·오프라인의 상담학을 전공하거나, 학점은행제로 상담학의 학점을 이수하여 교육대학원을 지원하는 방법도 있다.

만약 교사 자격이 있다면

학부 비전공자라도 2급 정교사 자격 취득 후 학교 근무경력 3년 이상이면, 상담 교육대학원의 졸업과 함께 1급 전문상담교사의 자격을 부여받을 수 있다. 예를 들어 영어 교사로 3년 동안 학교에서 근무한 경력이 있고, 상담 교육대학원을 졸업하게 되면 1급 전문상담교사 자격을 부여받게 되는 것이다. 그래서 영어 교사에서 상담교사로 전향하는 경우도 많이 있었다. 원어민처럼 영어 발음에 스트레스를 받는 영어 교과 선생님들이 대거 전문상담교사로 갈아타거나 진로상담교사로 전향하는 경우가 많았다.

학교 전문상담(교)사로서의 발자취

나의 학업

2009년 상담심리학 3학년으로 편입학했던 학위를 마치고 중독 재활상담대학원에서 상담심리학 석사학위를 받고 2021년 상반기 미술치료학 석사를 편입학해 지금도 학업의 끈을 놓치지 않고 자기계발에 힘쓰고 있다. 현재 미술치료학 석사과정은 마지막 4학기만을 남겨 놓은 상태이다. 이어서 박사과정까지 진학할지는 모호하지만 이미 마음은 박사과정을 목표지점으로 정하고 있는 내 마음을 엿보게 된다. 그래서 나는 나를 자칭 배움 중

독자라고 칭한다. 나는 학부 전공 세 개(정보처리, 행정, 상담심리)학과, 석사전공 3개(사회복지, 중독재활상담, 미술치료)학과로 배움의 영역이 다양하다. 그 외에도 경영학, 종교심리학, 유아교육학에서도 기웃거렸었다. 상담 현장에서는 학문적이던 삶의 현장 경험이던 내가 직간접적으로 접했던 다양한 경험을 했던 것들이 상담의 폭을 넓힐 수 있었고, 상담사례를 접할 때면 다양한 시선으로 볼 수 있도록 하는 데에 자양분으로 녹아있다는 것을 늘 실감한다.

자격증 취득

상담에 필요한 해당되는 자격증은 수도 없이 쇼핑했다. 자격증 취득을 수집하듯이 수료하였기 때문에 쇼핑이라고 표현했다. 나에게 상담자격증 쇼핑비용은 일반인들이 취미생활을 추구하고 유지하는 비용과 비슷한 수준이다. 2005년부터 시작된 상담관련 자격증 및 각 종 수료증은 조금 과장하여 표현한다면 열손가락 중에 다섯 번을 꼽아도 부족할 것이라고 생각한다.

> 가정폭력상담사, 성폭력상담사, 사회복지사, 자기주도 학습지도사, 유아체육지도사, 상담심리지도사, 심리상담사, 미술심리상담사, 가정문화지도사, 에니어그램 전문강사, 에니어그램 전문상담사, 에니어그램 청소년상담사, 에니어그램 코칭일반강사, 자살예방교육사, 자살예방상담사, 서번트 리더십강사, 양

성평등예방 전문강사, 성희롱예방 교육전문강사, 성매매예방 교육전문강사, 집중력교육 전문가, 중독상담전문가, U&I학습 상담전문가고급Ⅱ, U&I진로상담전문가고급Ⅱ전문상담사, 학교상담전문가, 도형심리상담사, 인성교육지도사, 버츄FC 해결중심상담사, 만다라 심리상담사, 재활강사, 푸드아트 심리상담사, 색채심리상담사, 에니어그램, MBTI, MMPI, TCI, 한국 웩슬러 지능검사, 문장완성검사(SCT), 교육유형검사

일하면서 힘든 점(애로점)

학교 전문상담(교)사로서의 역할과 일적인 면에서는 나는 힘들다는 마음이 들지 않는다. 다만 상담분야에서는 내가 최고라는 자부심으로 일을 하고 있기에 재미가 있고 즐겁다. 그래서 때론 오해를 살 때가 있다. 그럴 때가 가장 힘이 드는 때인 것 같다. 예를 들어서 구두로 사전에 상의하지 못하고 일을 추진했을 때, 실컷 일을 해놓고도 '잘했다' '수고했다'라고 칭찬받거나 인정받지도 못할 때다. 일을 빨리 해결하고 잘 진행하고 싶은 일념에 전자 문서를 바로 올려서 관리자에게 오해를 사는 일이 종종 있다. 관리자를 무시해서도 무시했다는 느낌을 주려는 취지가 아니었음에도 관리자가 감정이 상해하면서 상담자를 믿지 못하고 '그 일을 왜 하느냐' '굳이 해야 하느냐?'하면서 상담자의 마음을 알아주지 않을 때, 그때에 좌절감을 느낀다.

___ 나는 행복한 학교 전문상담(교)사다

상담자로서 보람된 점

고개를 푹 떨구고 상담실을 방문했던 아이가 상담이 종료되면 활짝 웃으면서 상담만족도를 높게 쳐 줄 때, 10점이 만점이라고 기준점을 얘기해도 '만점, 100점, 하늘만큼 땅만큼'이라고 말하면서 함박웃음을 짓고 사라 질 때이다. 2년 전 일이다. 6학년 남아가 언젠가는 일본으로 가족여행을 갔다가 아픈 상담 선생님을 기억해서 동전 파스를 사 왔을 때 감동과 보람을 느꼈다. 중식시간이 되면 원거리에서도 상담 선생님~을 외치며 달려와서 가슴에 안길 때, 때로는 하이파이브, 주먹 파이브, 눈짓, 몸짓으로 오가는 교감으로 서로 사인을 주고받을 때에 행복함과 뿌듯함을 느낀다.

기억나는 사례와 아쉬운 점

초등학교는 1학년과 4학년 때에 학생 정서행동 특성검사를 매년 실시한다. 검사결과, 관심군 우선이나 일반에 들면 관리 대상자로 구분하여 집중적으로 상담실에서 관리를 한다. 그런데 상담에 대한 보호자의 잘못된 인식으로 검사를 제대로 임하지 않아 관리 군 대상자에서 빗겨나가는 사례가 종종 있다. 타인의 이목을 두려워한 나머지 심층평가를 놓치고 내 자녀의 상태를 바로 받아들이지 못하여 학생의 학교 부적응을 초래하거나 왕따를 경험하게 하는 경우를 볼 때면 상담자로서 아쉬움을 가장 크게 느낀다. 제때에 제대로 걸러져서 보호자의 동의하에 조기 상담으로 병원 진료와 병행하거나 상담을 의뢰한 케이스는 100% 성공했다고 자신 있게 말할 수 있다. 학교생활 적응을 잘해서 학교생활 만족도와 행복지수를 높이는 예방 상담에 성공하게 될 텐데 하는 아쉬움으로 마음이 아플 때가 많다.

학교 전문상담(교)사의 길을 걷고자 하는 그대에게

이런 사람에게 추천

> 가. 아이들을 좋아하고 사랑하는 사람.
>
> 나. 상담 후에도 에너지를 뺏기지 않고 오히려 힘이 나는 사람.
>
> 다. 가치 중심으로 삶의 의미를 찾고 변화를 추구하는 사람,
>
> 라. 프로그램을 기획하고 상담하는 것이 놀이처럼 즐거운 사람
>
> 마. 내담자의 삶의 변화에 의미를 부여해 줄 준비가 되어 있는 사람
>
> 바. 넓은 도량으로 품어줄 수 있는 마음으로 새싹 틔움에 흥미를 느낄 수 있는 사람
>
> 사. 끊임 없이 'Who am I?'를 외치며 자아를 찾고자 하는 사람.

__ 나는 행복한 학교 전문상담(교)사다

이런 성향을 1개 이상이라도 갖고 있다면 그 명분을 붙잡고 가치를 찾으면서 즐겁게 직장 생활을 할 수 있으리라는 생각이 된다. 그런 사람이라면 학교 전문상담(교)사의 길을 권하고 싶다.

10년 후 학교 전문상담(교)사는

앞으로의 학교전문상담(교)사의 자리는 계속 창출되리라고 생각 한다. 지금은 학생 수를 기준으로 하여 학교전문상다(교)사가 배치되어 있지만 앞으로의 추세는 변동이 있을 것으로 본다. 1 학교 1 학교전문상담(교)사 배치를 주장하고 싶다. 교육받을 권리와 의무가 있는 것처럼 상담 받을 권리와 의무를 줘야하기 때문이다. 큰 학교 학생에게만 상담 받을 권리를 주는 것은 불공평하다. 오히려 작은 학교에서의 골이 깊은 상담사례가 더 많이 발생하고 있음을 간과해서는 안 될 것이다. 2020년부터 2021년 상반기가 지난 지금, 코로나19로 비대면 출석으로 인한 학생 정서행동문제는 점점 더 심각해져 가고 있다. 학교전문상담(교)사의 역할이 커질 것으로 예측해 본다며. 10년 후 학교전문상담(교)사는 학교 어디에든 모두 자리매김하고 있을 것으로 전망이 된다.

글을 마치며

글쓰기에 앞서 상담전문가와 학교전문상담(교)사의 직종을 놓고 고심하다가 현직에 있는 학교전문상담(교)사로 정하게 되었다. 내가 사용한 학교전문상담(교)사는 두 직종을 동시에 알리는 것도 좋겠다고는 생각에서이다. 두 직종의 공통점을 토대로 앞으로 사라질 추세에 놓인 학교전문상담사의 길이 아닌 학교전문상담교사를 염두에 두고 진로를 준비하길 바라는 마음이 크다. 나와 같은 좌충우돌 우회하는 길로 시간을 낭비하지 않았으면 하는 마음도 있다. 바로 찾은 진로로 직진했으면 좋겠다는 마음도 보탠다. 조금이나마 직업을 찾는 이들에게 도움이 되었으면 하는 마음을 전하며 이 글을 마친다. 모두 사랑하고 축복합니다.

나는 신토불이
공무원이다

김순복

결혼 후 공무원의 뜻을 품고, 28년간 공직에 몸담으며, 다양한 민원서비스 업무를 담당하였고, 퇴직을 2년 앞두고 있다. 공무원으로 대민 서비스의 최일선에서 다양한 업무를 수행하였다. 과거의 공무원과 현재의 공무원 사이에서 아직도 좌충우돌하지만, 공직사회에도 변화의 바람이 불고 있고, 선후배 간 소통을 통해 대민행정의 최일선의 봉사자로, 직업인의 직장인으로 공무원을 선택하기 바라며 글을 썼다.

공무원에 대한 생각은 지극히 개인적인 의견임을 밝힙니다. 보고서만 쓰다가 글을 쓰려니, 행정용어가 나도 몰래 튀어 나왔고, 다소 투박하지만 공무원을 시작하려는 사람들에게 도움이 되었으면 하는 바람입니다.

___ 김순복

totori63@naver.com

blog: https://blog.naver.com/totori63

010-3341-4197

나는 신토불이 공무원이다

나는 어쩌다 성실한 공무원, 신토불이 공무원이 되었나

공무원이 된 이유는 남들이 보면 웃을 일 일인지도 모른다. 큰아이가 7살 때 동생이 초등학교 5학년이었다. 그 당시 나는 미용실을 차리기 위해 미용실에서 보조로 일하고 있었다. 어느 날 친정어머니가 동생의 학교 운동회라고 모두 형제들을 불러 모았다.

우리 형제들은 모두 8남매로 어머니의 말씀을 잘 따르는 편이었다. 동생 운동회에 맞추어 각자 하나씩 음식을 해서 학교 운동장으로 갔다. 운동장에 도착하여 자리를 잡고 가지고 온 음식을 하나씩 꺼내 놓고 먹고 있었다.

그러다 우연히 본부석 쪽을 보게 되었다. 본부석에는 잘 차

려입은 학부모들이 선생님들과 모여 우리가 보지도 못했던 음식을 먹고 있었다. 우리의 음식은 밤 삶은 것과 고구마와 밥통에 가득 담긴 밥과 김치가 전부였다. 그러나 본부석의 음식은 튀김과 떡 등 잔칫상 같았다.

차려진 음식을 다 먹은 후에야 운동회의 오후 게임이 시작되었다. 동생의 게임에는 나이가 있으신 어머니를 대신해 동생이 참가하고 있었다. 난 여전히 본부석의 학무모들한테서 눈을 떼지 못하고 있었다. 우리는 땡볕을 피해 나무 그늘을 찾느라 이리저리 뛰고 있는데, 본부석 학부모들은 텐트가 쳐진 의자에 앉아서 운동회를 관람하고 있었다.

그 광경을 보자 나는 순간, 내가 학부모가 되었을 때 소위 말하는 동네 유지가 되지 못한다면 지금 어머니처럼 본부석에 앉지도 못하고, 그늘을 찾아 이리저리 옮기어 다녀야 한다는 생각이 들면서, 옆에서 흙장난하는 딸아이를 쳐다보았다.

딸아이의 모습을 보자, 아이가 학교에 가서 운동회에 참석했을 때, 그럴듯한 명함을 내밀고 싶었다. 지금 하려고 하는 미용실보다 더 근사한 일을 하고 싶었다(지금은 미용사가 전문 직종으로 우대받았지만, 당시는 그렇지 못했다).

잠을 설쳐가며 고민을 했다. 어떤 직업을 가지고 있어야 아이의 엄마로 체면이 설까, 집에 돌아와서도 고민에 고민을 더했다. 순간 탁 하는 생각이 떠올랐다. 고등학교 시절 내내 아버지는 여자는 공무원이 최고라며, 꼭 공무원이 되라고 하시던 말씀이.

공무원이 되길 바라셨던 아버지의 바람을 헌신짝처럼 내팽개치고, 나는 고등학교를 졸업하자마자 바로 결혼을 해 버렸다. 당시에는 다양한 직업에 대한 정보도 없었고, 아버지의 말씀도 그랬고, 주위에서 공무원 하는 사람을 보면 정시에 출퇴근하는 공무원은 육아에도 좋은 것 같다는 생각이 들었다.

무엇보다 공무원이 되어서 아이의 가정환경 조사서에 어머니의 직업란에 공무원이라고 기재하고 싶었다.

하지만 고등학교를 졸업한 지 12년이나 지났고, 그동안 책이라고는 미용사 자격시험을 위해 필기시험 공부하느라 책을 본 이외에는 신문조차도 본 적이 없는 내가 공부를 한다는 것은 어려웠다.

마음은 공무원이 다 되었지만, 공부하는 것을 차일피일 미루고 있었다. 그러던 중 집으로 보험설계사가 찾아왔다. 보험설계사는 보험 가입을 권유하기 위해 미끼 상품으로 운세를 봐주겠다며, 생년월일을 가르쳐 달라고 했다. 전산에 생년월일을 넣어, 운수를 뽑아보는 것이 대유행이었던 시절이었다.

친정아버지가 점에 미쳐 재산을 탕진한 적도 있어서, 점이라면 아예 거들떠보지 않던 내가, 그럼 재미라도 봐 볼까? 하며 생년월일을 알려주었다. 보험설계사는 1주일 후 운세와 사주를 뽑아 들고 찾아왔다. 그런데 우연인지, 운명인지 프린트물에는 내가 공무원이 된다고 기록되어 있었다.

공무원 시험을 본다는 이야기를 한 적도 없었는데, 기계 따위가 어찌 이리 내 맘을 잘 알고 있을까? 아니면, 나는 공무원이 되도록 세팅된 것인가? 가슴이 뛰었다. 그리고 공부를 하면 될 것 같았다.

그 이후 아이가 학교에 들어갔을 때 부모의 직업란에 그럴 듯한 직업을 써넣기 위해서 하고자 했던 공무원이 되었다. 내가 공무원이 됨으로써, 아이가 학교 들어가 3학년이 되어서 가정환경 조사서에 모의 직업란에 공무원이라고 정성 들여 적어 보냈다. 지금은 대부분의 엄마가 직장을 다니지만 30년 전에는 직장 다니는 엄마들이 거의 없었기 때문에 어깨가 올라가는 기분도 느꼈다.

공무원시험에 합격하고 첫 출근날 발령장을 받고, 인사부서에 인사하러 갔다. 인사 담당 계장님이 결혼해서 공무원이 된 사람이 처음이라며, 격하게 환영을 해 주었다. 하지만 지금은 많은 사람이 결혼과 상관없이 공무원으로 일하고 있다. 공무원 정년은 만 60세이지만 58세에 공무원을 시작하는 사람도 있다.

공무원이 된 후, 법률과 지침에 따라, 선배님들의 지도에 따라, 민원인의 눈높이에 맞추어 성실한 공무원이 되었다. 이런 공무원을 사람들은 신토불이 공무원이라고 불렀다. 신토불이 공무원은 철밥통, 복지부동보다 더한 부정적인 표현으로 몸과 내가 딱 한 몸이 되어 일하지 않는다는 의미로 신토불이 공무원이라 불렸다.

그렇다면 신토불이 공무원은 무엇을 할까?

공무원은 직급 사회로 9급, 7급, 전문직 등 응시 직급에 따라 업무의 강도가 달라진다. 나는 9급 공무원으로 시작하였다. 9급 공무원이 발령을 받아 하는 일을 중심으로 적어 본다.

9급 공무원으로 발령을 받으면, 자치단체별로 차이는 있지만, 대민업무를 담당하는 주민자치센터나 각 과로 배치된다. 주민자치센터에서는 대민업무의 기본이 되는 주민등록, 여러 가지 증명 발급(인감증명, 주민등록 등초본, 가족관계증명서 발급) 등 행정의 기초가 되는 업무를 맡게 된다. 그리고 시청의 각 과로 배치되어 일반 서무 업무를 습득하게 된다.

공무원이 하는 일은 우리가 태어나서 죽을 때까지의 모든 일에 관여되어 있다, 태어나서 출생신고를 한 후부터 일생에 걸쳐 우리 생활과 아주 밀접한 관련이 있는 일들이다. 초등학교 들어갈 때 입학통지서 교부도 해야 하고, 만 17세가 되어 만드는 최초의 신분증인 주민등록증 발급 등등 사망 신고할 때까지 사회생활에 필요한 모든 일과 연관이 있다, 사회복지, 환경, 보건, 토목, 건축, 관광, 재해, 병역, 민방위, 해양수산, 도서관, 등등 수많은 일을 한다.

행정의 일들이 공무원 시합에 응시할 때 직렬을 보면 대충 알 수 있고, 직렬에 맞게 응시하고, 직렬에 맞는 일을 하게 된다. 이외 재해가 발생하면 전 공무원 동원령이 내려 재해 현장으로 달려가기도 한다.

산불이 나면 불 끄러 가고, 수해가 나면 도랑 치우러 가고, 하수구 막히면 뚫으러 가고, 심지어 자기 집 앞 눈 안 차원이라고 난리 치는 민원 생기면 현장도 살피고 때에 따라서는 눈도 치운다. 눈 와도 나가고, 비 와도 나가고, 바람 불어도 나가고, 태풍 불어도 나가고, 늘 달려 나가야 한다. 그래서 단거리 달리기 선수가 다 되었다.

공무원은 9시 출근해서 '땡' 하면 퇴근한다고 생각하는데 그렇지도 않다. 물론 '땡' 하면 퇴근하는 경우도 있다. 부서에 따라, 맡은 업무량이 다르고, 재해 등 특별한 일이 발행하지 않으면 말이다. 공무원이 비상 걸리면 최대 1시간 이내에는 현장에 도착해야 하므로. 어쨌든 멀티 플레이어가 되어야 한다.

그래도 이런 일 공무원이 아니면 못해 보는 일이다. 힘든 일이지만 공무원이기 때문에 할 수 있는 일이기에 자부심이 생긴다.

행정직 공무원 30년 차의 장점과 단점

공무원은 일단 합격해서 발령장을 받으면 웬만해선 잘릴 일이 없다. 업무 이외 법률에 저촉되는 사건을 저지르지 않고는 말이다. 그래서 우스갯소리로 적당히 하면 정년까지는 간다고 이야기한다.

하지만 공무원을 하는 이유는 월급을 받기 위해서라기보다는 사명감이 먼저라고 생각한다. 돈을 많이 벌려면 회사로 가든지, 사업을 하든지 하면 된다고 생각한다. 처음 공무원 들어 왔을 때 선배 공무원이 공무원 초임 월급은 "그 시대의 쌀 두 가마니 값이다"라고 했다. 첫 월급 타서 계산해보니 딱 월급이 쌀 2 가마니였다. 2000년도 9급 1호봉 급여가 38만 원이었던 급여가 2021년은 160만 원이지만, 그동안의 경제사정 등 물가상승을 따져 본다면 비교가 어렵다.

공무원들은 매년 년 초가 되면 정부에서 발표하는 급여 인상안이 초미의 관심사였다. 매년 공무원 급여는 한 자릿수인 2~3%로 오르다가 경제가 나빠지면 동결되기도 하였다. 급여는 호봉제에 따라 매년 정기 승급을 통하여 호봉이 올라간다.

최근 일반회사에 근무하다가 공무원으로 첫 월급을 받은 직원의 이야기에 따르면 돈으로 보자면 회사를 그만둔 것이 후회된다고 했다. 하지만 계급사회이긴 하지만 재난 상황이 발생하면 동료애가 발휘되기도 하고, 대민봉사자로의 일이 보람되고 일할 맛이 난다고 했다.

선배 공무원들 이야기에 의하면 예전에는 공무원 하는 것이 재미도 있고 보람도 있었다고 이야기한다. 하지만 지금은 재미가 없다고 이야기한다. 소도시의 공무원이었던 선배님들은 대민

___ 나는 신토불이 공무원이다

업무를 하러 마을로 나가면, 가족 같은 분위기였다고 한다. 아픈 어르신을 대신하여 약도 사다 드리고, 다음날 안부를 목적으로 방문하면 감자 한 톨이라도 먹고 가라며 내놓는 어르신들을 보며, 월급은 박봉이었지만 보람을 느끼기도 하고, 지역의 고민을 해결해 주는 해결사 역할도 하면서, 공무원 하면 신뢰를 하고 전폭적인 지지를 받았다고 한다. 하지만 지금은 행정적으로만 만나고 사무적으로만 처리해야 한다는 이야기가 있다. 말 한마디에 오해가 있을 수 있기 때문이다. 대민행정 서비스의 수요가 다양하기 때문이 아닐까 생각한다. 하지만 아직 지역 사회는 일부에 속하고 일할 맛이 난다.

월급 면에서는 부족한 면이 있겠지만 공무원 생활을 하다 보면 다양한 기회가 온다. 아이디어를 발굴해 기획하고 실행까지 할 수 있고, 특기를 살릴 수 있는 업무를 맡게 되어 전문가가 될 수도 있다, 업무에 탁월한 성과를 보여 특별승진과 전문 강사로 활약하는 사람도 있다. 지금 공무원은 자기의 특기를 잘 살린 보직을 받아 더욱 발전시켜 나가 수 있다.

그리고 주어지는 다양한 교육을 통해, 특기를 발견할 수도 있고, 연수 프로그램을 잘 활용하여 해외 연수나 국내 연수를 통해 자기 성장을 할 기회도 있다. 재직 중에도 시인, 소설가, 화가, 전문사진가 등등 개인 활동 영역을 넓혀간다. 물론 이런 자기발전의 기회를 퇴직 후에 하고 싶은 일로 자연히 연결이 되어 활동하는 공무원들이 늘어나고 있다.

예전에는 공무원 사회는 상하 관계가 뚜렷하여 감히 자기의 의견을 소신 있게 피력을 못 했다. 그래서 공무원 9급으로 들어가면 서기보, 2년이 지나면 8급인 서기가 되고, 다시 7급인 주사보가 된다, 여기서 8급을 '서기'라고 하는데 '서기'를 '서라면 서고, 기라면 긴다'. 7급 주사보는 '주는 사무 다 본다.' 라는 뜻으로 해석하면서, 윗사람이 하라는 대로 다 했다.

하지만 지금은 선배공무원들도 시대의 흐름에 따라, 적응하였고, 다양한 교육 기회를 통해 배우기도 하여 후배공무원들과 소통하려고 노력하기 때문에 상하 관계는 무너지고 있다. 그래서 업무를 추진할 때 서로의 의견을 다양하게 낼 수 있다.

소규모 도시에서 공무원을 하는 나의 입장에서 단점을 꼽으라면 문밖을 나가면 아는 사람들이 많아 늘 행동을 조심해야 한다. 잘못된 행동을 하거나, 민원에 휘말리면 순식간에 소문의 중심에 서기도 한다. 하지만 공무원은 품위유지 의무가 있기 때문에 어쩌면 감수해야 할 일 일 수도 있다.

얼토당토않은 민원을 제기하고, 서비스 요구도 늘어나지만, 여전히 지역주민들은 공무원들이 현장에서 애쓰는 것을 격려해주고, 간식을 사 들고 위문을 하기도 한다. 자신의 위치에서 최선을 다하는 모습은 주민들을 감동하게 하고, 나 역시 공무원으로서 자부심을 느낀다.

__ 나는 신토불이 공무원이다

공무원이 되기 위해서는?

공무원이 되기 위해서는? 공무원 시험에 합격해야 한다. 공무원이 되기 위해서는 국가직이든, 지방직이든 시험을 치러야 한다. 직렬에 따라 시험과목이 다르다. 직렬이 다르다는 것은 공무원 시험 합격 후에 전담하는 일이 달라진다는 것이다. 물론 공무원이 행정업무를 수행하는 것은 공통적인 것이지만, 사회복지직이면 사회복지 행정을, 건축 토목직이면 건축토목 관련 행정 일을 한다.

　나 같은 행정직은 감사, 공보, 축제, 재무, 경제지원, 직원복지, 의회 사무 등등 다양한 업무를 수행한다. 행정직인 나의 경우를 보면 현재는 도서관에서 도서와 관련된 일은 사서가 하고, 도서 관련 행정 일을 수행한다. 그러므로 어떤 분야의 업무를 수행하는 것이 본인의 적성이 맞은 지 직렬을 선택을 한 후 관련 시험 과목을 공부하면 된다고 생각한다.

　시험공부하는데 도움이 되었던 나의 경우를 보면 고등학교 졸업 후 책을 볼 기회도 없었고, 보려고도 하지 않은 내가 시험을 봐야 한다고 생각하니 앞이 캄캄했다. 게다가 한창 공부를 하는 학생들과 경쟁을 해야 한다고 생각하니, 이거야말로 캄캄한 어둠 속에서 빛을 찾아 헤매야 하는 건가 하는 생각이 들어, 남편의 벌어다 주는 월급만으로 살아도 충분하다고 생각까지 하였다.

　그래서 일단 선포를 했다. 마음 약해지지 않기 위해서 였고,

한창 자라나고 있는 딸에게 엄마도 하면 한다는 것을 보여 주고 싶었다. 포기한다면 앞으로 삶과 마주 설 딸에게 위로나 응원을 할 수 없겠다는 생각이 들었기 때문이다. 포기하지 않는 내 모습을 보여주고도 싶었다.

그러나 마음먹은 대로 공부한다는 것이 어려웠다. 전업주부로 살림을 하면서 공부를 해야 하는데 시간을 내는 것이 가장 힘들었다. 떨어질 때를 대비해서 핑계를 만들려면, 남편과 딸이 없는 시간에 공부를 하고 하지 않은 척을 해야 하는데, 공부할 시간을 만드는 것이 쉽지 않았다.

하루 이틀이 지나자, 내가 왜 시험을 본다고 했을까. 하는 후회가 밀려왔다. 그러던 차에 형부는 언니가 운전면허 시험을 본다고 하고선 필기 시험문제집만 사놓고 몇 년째 들여다보지도 않는다며, " 여자가 다 그렇지 뭐" 하며 빈정거리던 말이 떠올랐다. 아차 싶었다. 만약 내가 포기한다면? 똑같은 말을 들을 것이다. 그래서 몇 년이 걸리더라도 찬찬히, 천천히 해보자며 시험공부를 하기 시작했다.

다행히 집안에는 남편이 보던 행정직 교재들이 있었다. 공부를 시작하면서 불가능할 것로 생각했는데, 점차 근거 없는 자신감이 붙었다. 고등학교 다닐 때 공부를 해 두었던 것이 12년이 지난 후에 기억이 났고, 탄력을 붙게 해주었다.

시험공부를 하면서 "어른들 말씀이, 평생 공부는 고등학교 다닐 때까지 다한다."라는 말씀을 잘 따른 것이 합격에 중요한

___ 나는 신토불이 공무원이다

부분을 차지했다. 학교 교육에 충실한 덕분에 기본지식은 공부
하면서 기억이 났고, 틈틈이 책을 보며 이해력을 쌓았던 것이 공
부하는 데 탄력을 붙게 해주었다.

물론 지금은 시대가 달라져 공부하는 방식과 지식에 대한
범위가 달라졌을 수도 있다. 공부하는 방식과 지식에 대한 범위
가 달라졌다고 하면, 그것에 맞게 시험문제도 출제될 것이기 때
문에, 목표를 정하고 꾸준히 공부한다면 합격의 영광을 얻을 수
있을 것이다.

공무원이 되고 싶은 그대에게 하고 싶은 말

공무원이라는 직업은 정부 조직이 있는 한 없어지는 직업은 아
닐 것이다. 직업으로 공무원을 가지려면, 시험을 봐야 한다. 경험
에 비추어 보면, 고등학교 다닐 때 공부를 잘해 두면 시험 볼 때
유리하다. 기본지식을 베이스로 깔고, 책을 꾸준히 읽으면, 이해
력이 빨라져 시험 보는 데에는 금상첨화이기 때문이다.

그리고 왜 공무원이 되고 싶은지 확실하게 정립을 하는 것
이 좋다. 왜냐면 시간만 보내도 월급이 나오지만, 열정이 없으
면 좀비가 될 수도 있기 때문이다. 막말로 시체처럼 살기 딱 좋
은 직업일 수 있다, 하지만 그건 자기 자신을 망치는 지름길이기

때문에 먼저 왜 공무원이 되고 싶은지 결정을 하는 것이 좋다.

대민행정서비스를 하다 보면 다양한 민원인을 만나게 된다. 심지어 사소한 말실수를 꼬투리 잡아 물고 늘어지면 스트레스가 이만저만이 아니다. 법대로 지침대로 처리하면 되는 거 아니에 요? 한다. 하지만 다양한 대민 서비스의 요구에 법대로, 지침대로를 이해시키는 일도 쉽지만은 않다.

그리고, 공무원이 되면 다양한 행정업무를 수행하게 되는데, 본인 적성에 맞기도 하고, 전혀 맞지 않는 업무가 있다. 또 다 같이 하지 않으면 업무의 성과가 나지 않는 일도 있다. 그리고 코로나 19나 대형 산불 등 재해가 발생하면, 지금까지 해본 업무와는 전혀 다른 업무를 해야 하고, 본연의 업무는 야근으로 돌리고 뛰쳐나가야 한다. 그래도 몸으로 때우는 일은 그나마 할 수 있다.

촌각을 다투는 상황이 발생하면 당황하지 않고, 빠르고 정확한 판단을 내려야 한다. 시민의 생명에 촌각을 다투는 일이기 때문이다. 잘못된 판단으로 시민의 생명과 재산에 손실을 가하는 일이 발생하여 문제가 되기도 한다. 물론 지휘체계가 있어, 선배 공무원들의 경험과 판단으로 큰일로 번지지 않고 대부분은 잘 마무리가 된다.

업무추진 중 시민의 재산과 관련된 에피소드 하나를 소개해 보려 한다. 공무원이 된 지 15년이 지난 후 부동산 관련 업무를 보게 되었을 때 일이다. 인수·인계받은 업무 중에는 부동산등기법을 위반하여 과태료를 체납하여 경매를 진행하여야 하는 업무가 있었다. 전임자는 공매를 진행하기 위한 사전 행정절차는 다 진행이 되었기 때문에 바로 공매 신청을 하면 된다고 하였다.

전임의 말을 믿고 공매 신청을 하였고, 낙찰되었다. 낙찰되어서야 당사자가 공매 신청이 된 줄 알았다. 사무실로 전화가 오고, 한바탕 난리가 났다. 본인이 알았으면 과태료를 내면 되는데 몰랐기 때문에 체납이 되었고, 겨우 몇십만 원 때문에 남의 재산을 처분하느냐며 항의가 말도 못 했다. 공무원을 더 하지 못하게 하겠다고 했다. 한마디로 모가지를 자르겠다고 했다.

민원과 통화를 끝내고, 관련 서류를 찾아보았다. 본인이 몰랐다고 적극적으로 항변한 부분에 대하여 찾아보았더니 민원인이 국외 거주자로, 친인척에게 우편은 송달되었고, 공시송달까지는 마친 상태였다. 그 과정에서 국외 거주자에게 송달하는 방법을 빠트린 것이었다.

하늘이 무너지는 것 같이 앞이 캄캄하고 현기증이 나면서 몸이 휘청거렸다. 담당 팀장님에게 보고도 드리지 못하고 전전긍긍하다가 퇴근을 하였다. 퇴근 후에도 미리 챙겨 보았더라면 하는 후회와 전임의 말만 듣고 일을 처리한 내가 한심하고 창피해서 죽을 지경이었다. 나의 실수로 민원인의 재산도 날아가고, 윗분들에게도 피해가 간다고 생각하니 이건 뭐 생각할 것도 없이 큰일이다 싶었다.

한편으론 업무를 제대로 추진하지 못한 불명예는 직장 내에서 전설이 될 것 같았다. 일을 처리하다 잘못되어 수사를 받거나, 심지어는 강제퇴직을 당하는 직원들의 이야기가 종종 회자된 뉴스를 보았고, 신규교육이 있거나, 비슷한 사건이 발생하면 그런 유의 이야기들은 늘 돌고 돌았다.

　무엇보다 나를 힘들게 했던 것은, 신규도 아닌 소위 업무에 짬밥이 있는 내가 실수를 했다는 것에 자책감이 들고 당장이라도 그만두고 싶었다. 며칠 동안 살은 몇 킬로씩 빠지기 시작했고, 얼굴은 점점 사색이 되어갔다. 평소 자신감 있게 처리하는 모습을 보이지나 말걸, 업무에 대해서 다 안다고 잘난 척이나 하지 말걸.

　고민 끝에 담당 팀장님에게 상황 보고를 했다. 팀장님은 "야!! 걱정하지 마, 그 돈 물어주면 되지!" 아!! 이렇게 시원시원한 상관을 봤나요? "물론 재산 손실금액에 대한 것을 보상해주고, 징계를 받으면 되지만 위로의 말을 들으니, 조금이나마 안심이 되고, 동료애에 눈물이 날 뻔했다.

　사건이 발생한 후 일주일 동안은 민원인으로부터 연락이 없었다. 이때쯤 전화가 와야 정상인데 오지 않게 되자 더욱 초조해지기 시작했다. 민원인이 어떤 상황을 만들어 가려고 그러는지 알 수 없다는 것이 더욱 불안했다. 하루하루가 피 말리는 순간이었다.

　아니나 다를까 일주일 뒤에 전화가 왔다. 민원인은 앞으로 승진도 해야 되고 공무원 생활이 창창한데 재산손실 부분에 대해서 보상만 해주면 없던 일로 하겠다는 것이다. 나는 순간 원

　　　— 나는 신토불이 공무원이다

하는 대로 해주고 민원을 종결시킬까 생각했다. 그럼 불안하고 예민해져 있는 상황에서 벗어나고, 미숙한 업무처리라는 오명을 벗을 수 있다는 생각도 들었기 때문이었다.

근 한 달 동안을 이 민원으로 제대로 먹지도 못하고, 자책하면서, 지옥 같은 생활이었기 때문에 솔깃하게 들렸다. 생각을 아무리 해봐도 별다른 방법은 없었다. 이쯤에서 공무원을 그만두는 일이 있어도 원칙대로 처리해야지, 그렇지 않으면 질질 끌려다니다 더 큰 문제가 발생할 것 같아 업무적으로 잘못한 일에 대해서 행정절차대로 진행하여 그에 합당한 보상과 행정벌을 받겠다고 말씀을 드렸다.

업무 처리 과정에서 생긴 착오와 실수에 대해서 원칙대로 처분을 받겠다는 결정에 잘 해결되었지만, 그때 생각하면 아직도 오금이 저리다. 이렇듯 공무원은 업무 하나하나에 책임이 따른다.

그리고 공무원은 "아니, 공무원이 그런 일까지 해" 하는 일까지 범위가 다양하다. 업무의 범위가 생각했던 것 이상으로 넓어진다. 실례로 코로나가 발생하자, 자가 격리자 관리, 시내 구석구석 방역, 접종 센터에서 종일 스캔하기, 코로나 임시 검사소에서 차량 진입 관리 등 상상조차 안 되는 일들을 맡아서 한다. 나의 업무와는 전혀 다른 업무를 담당한다.

워라밸을 꿈꾸어 공무원이 된다는 말도 어느 정도 맞는 말이기도 하지만, 전혀 아닌 경우도 많다. 업무 하나하나가 시민의 생활과 직결되어 있어, 막중한 책임감을 느끼고, 일하다 보면, 밤 늦게까지 혼자 사무실에 앉자 일하는 경우도 많다.

그러면 공무원이 된 것에 대해 회의감이 들고 그만두는 경우가 생긴다. 무엇보다 사명감을 우선으로 해야 하는 직업이기 때문에 반드시 내가 왜 공무원이 되어야 하는지를 결정하는 것이 좋다.

세상의 모든 일이 다 그렇지만, 한 번에 시험에 합격하면 좋지만 그렇지 않을 수도 있다. 시험을 보기 전 공무원이 왜 되고 싶은지 정립을 하고, 시험에 응시했으면 좋겠다.

다 아는 이야기 일지도 모르지만 공무원이 되겠다고 결심이 선후에는 포기하지 말고 꾸준한 노력으로 시험 준비를 해야 한다. 나는 고등학교만 졸업하고, 결혼한 후 시험에 응시했다. 시험을 보기로 결심한 후 볼펜 100자루를 다 쓰지 않으면 합격할 수 없다 는 생각으로 공부를 시작했다. 그리고 그동안의 사회경험과 틈틈이 읽은 책 덕분에 공부하는 것이 비교적 수월했다.

공무원을 하든 어떤 직업을 선택하든, 한 가지 목표를 정했으면 꾸준히 성실하게 노력해야 하는 것은 공무원 생활 30년 가까이하면서 체득한 변함없는 진리였다. 무엇이듯 목표를 설정하면 꾸준하게 실천하는 것이 가장 중요하다고 생각한다.

최근 들어서 공무원이 되고자 하는 사람들이 많아지고 있다고 한다. 그만큼 공무원이라는 직업이 국민을 위한 봉사자로, 공무원 생 활중 누릴 수 있는 복지혜택(자기개발, 육아휴직제도,

___ 나는 신토불이 공무원이다

연금, 복지포인트 등)은 매력이 아닐 수 없다.

공무원 시험 문제는 예전과 많이 달라졌을 수 있지만, 비단 공무원이 아니더라도 자신을 위해서 목표를 설정하고 꾸준히 노력하면 좋은 성과를 거둘 것이다.

지금 이 시각에도 공무원 시험을 위해 노력하고 있는 수험생들과 공무원으로 인생에서 성공하고 싶은 분들을 응원합니다.

나는 건강과 사랑을 전하는
쿵푸하는 사회복지사이다

우정희

나의 삶의 헌신은 사람들이 자유롭게 표현하며 살고, 스스로 힘을 갖게 하며, 내가 사랑하는 삶, 원하는 삶을 살아가는 것, 행복감을 경험하면서 가슴 뛰는 충만감으로 사는 것에 헌신이 있다.

- 우정희

자신의 내면의 목소리에 귀 기울이고 삶의 방향이나 세상에 헌신하고자 하는 것을 찾기를 바란다.

__ 우정희

- 청도재가노인복지센터 대표
- 명지대학교 사회복지학 석사졸업
- 미국로드랜드대학교 자연치유학 박사과정
- 한세대학교 사회복지행정학과 박사과정
- 강덕무관총본관(이재봉총관장) 쿵푸 우슈태극권 사범
- (사)대한우슈협회 우슈 공인 6단
- 서울시우슈협회 이사 / 동대문구우슈협회 수석 부회장
- 사전연명의료의향서 전문상담사
- 대한웰다잉협회 동대문지회장
- NLP Practitioner
- NLP Master Practitioner
- 이화여자대학교 평생교육원 한국시니어플래너 강사
- 디지털역량교육 강사 – 대면, 비대면
  공저 나를찾는여행 액티브시니어5 (2020, KSPCA) 밥북

sungwoo39@naver.com
blog: https://blog.naver.com/sungwoo39
youtube: https://www.youtube.com/watch?v=sdXZ9eM-87c
인스타그램 : 채널명) 힐링성장코치우정희
010-7799-3226

나는 건강과 사랑을 전하는 쿵푸하는 사회복지사이다

내가 어떻게 사회복지사가 되었을까?

이 글을 쓰자니 가슴이 먹먹해 온다. 내가 왜 사회복지사가 되었을까? 생각해보는 소중한 시간을 가지게 되었다. 먼저, 다른 사람들에게 손해 본 듯 살아야 한다. 라고 말씀하셨던 부모님의 영향이 있다. 봉사하고 나누고 살아오신 부모님 주변에는 늘 사람들이 넘쳐났다. 노래가사에도 있듯이 "누군가가 무슨 일이 생기면 달려가시는 부모님", "평생동안 지금도 변함이 없으시다." "부지런하고 효자이시며," "도둑질만 빼고 나머지는 다 해봐라" 하셨던 아빠의 말씀이 살아오면서 정신적인 지주가 되어주었다. 하모니카 다루는 솜씨가 얼마나 좋으신지 그 모습이 너무 좋아

보여서 하모니카를 배우기도 했었다.

아빠와의 많은 추억들 가운데, 명심보감, 논어, 소학, 추구, 서예 등을 툭하면 튀어나올정도 아셨던 분이시다. 한문의 중요성을 아셨던 덕분에, 초등학교 시절부터 한문을 배웠다. 직접 공책에 적어서 주시면 소리내어 읽고, 글로 쓰면서 암기하는 방식의 공부를 했다. "추구" 책이나 "상용한자 교본" 같은 것이었는데, 해가 뜨기 전이었으니까 새벽 5시나 6시 전후였던 것 같다. "천고 일 월명"이요. "지후 초목 생"이라. "춘래 이 화백"이요. "하지 수엽 청"이라. 뜻을 풀이해보면 "하늘이 높으니 해와 달이 밝고, 땅이 두터우니 풀과 나무가 자라도다. 달이 나오니 하늘이 눈을 뜬 것이요. 산이 높으니 땅이 머리를 든 것이로다." 라는 뜻이다. 막내가 눈뜨면 우리가 하는 것을 보고 고무래 정, 뜰 정 하고 따라하기도 해서 웃었던 기억이 난다. 이렇게 글을 쓰다 보니 아빠에 대한 감사함이 더욱더 크게 느껴진다.

낭독의 힘, 한자를 읽고 쓰고 해석하면서 풍부한 언어표현력이 키워졌고, 이해력이 키워졌겠구나 하는 생각이 들었다. 사랑이 커지고 감사하는 마음이 깊어짐을 느끼게 되었다. 아빠에게 한자를 배운 덕분에 고등학교 끝날 때까지 한자 공부를 하지 않아도 만점을 맞을 정도였다. 또, 초등학생 한자 지도를 하기도 했다. 중2 때 교복을 마지막으로 입었던 세대였는데, 학교 운동장에서 교복 치마를 접고 아빠에게 자전거를 배웠다. 성인이 되어서는 아빠에게 오토바이를 배우고 바로 시내를 돌아다녔던 경험. 사람은 태어나면 서울로 보내야 한다고 고등학교는 도시로 보내주셔서 부모님과 떨어져 지내기도 했지만 덕분에 독립심을 길러졌고, 일찍 철이 든 것 같다.

그리고, 할머니 할아버지의 영향을 들 수 있다. 감사하게도 어린 시절부터 사랑을 많이 받고 자랐다. 5살 무렵 할머니 집에 놀러 가면 토종 장닭이 내가 만만해 보였는지 쪼으려고 해서 무서워서 울 때면 할아버지가 손을 잡아주시며 같이 가도 그러는지 함께 가보자. 그러면서 손을 잡아주셨다. 그럼에도 불구하고 장닭은 눈치 없이 나를 공격하려고 했다. 그날 뻔하다. 저녁에 닭 백숙 신세가 되었다. 어린 시절 논두렁에 가면 키 작은 콩이 심어져 있었다. 할아버지는 논 두렁에서 콩을 한주먹을 뿌리채 뽑아와서 불을 지피고 앞뒤로 돌려가며 구워주셨는데, 뭔지도 모른 채 구운 콩을 먹고 입 주변이 까맣게 해놓기도 했다. 학교 다녀와서 큰 감나무를 쳐다보고 있으면, 할아버지는 정희 가 좋아하는 감나무 많이 심어놨다 크면 많이 따 먹어라 하셨는데, 지리산 부모님 농장에는 대봉감이 많이 출하되고 있다.

초등시절에는 간식이며, 먹을 거리가 풍부하지 않은 시절이었다. 밀가루로 야채를 넣어 어설프게 부침개를 하면 할머니께 혼날걸 알면서도 나는 꼭 할머니께 드리려고 남겨놓았었다. 학교다녀오면 바지춤에 넣어두었다가 주셨던 눈깔사탕(엄청 크다)의 추억과 옥수수 말린 것과 가래떡 뻥튀기를 해두셨다가 학교 갔다 오면 꺼내주셨던 할머니의 기억. 초등학교 5학년때 친

　　　　　__ 나는 건강과 사랑을 전하는 쿵푸하는 사회복지사이다

구들이 도시에서 왔다고 자기네랑 다르다고 놀려 울면서 집에 가는 모습을 할아버지가 보셨다. 누가 울렸냐. 누가 그랬냐고 하시면서 일하시다 말고 내 손을 잡고 학교로 쫓아가서 그 친구 혼내주셨던 일도 있었다. 할아버지는 수염을 길게 길렀는데, 호기심에 만져 보기도 했다. 또 식사가 끝나갈 무렵이면 정희야 누룽지 먹으로 와라. 하면 밥 먹다가 할아버지 밥상으로 달려가서 함께 누룽지를 먹고는 했다. 써도 써도 샘솟듯이 나오는 사랑의 기억들이다. 어린 시절 내가 본 세상은 부모님처럼 부지런해야 잘 사는구나. 모범이 되어야 존경받고 산다. 라는 생각을 했던 것 같다. 이처럼 어르신들을 좋아하는 내가 지금 노인복지를 하고 있는 것은 이상한 일이 아닌 것 같다. 어르신들을 좋아하고 삶을 행복하게 존중받으시면서 살아가시길 바라는 마음이다.

고등학교를 졸업하고 서울에서 남동생을 중학교, 고등학교 6년을 데리고 자취생활을 하면서 도시락을 싸고 학교에 보냈다. 6년이 지나고 고등학교를 졸업하고 보니 내 나이 27살이 넘어가고 있었고, 무거운 짐을 덜고 싶었을까? 지금도 생각나는 것은 휴우~ 이제 혼자 한 일 년은 혼자 살면서 쉬고 싶다라는 생각뿐이었다. 보람도 있었지만, 맏이에 대한 책임감으로 무겁게 살기도 했다.

이십 대 후반에 결혼을 했다. 순탄했던 결혼생활에서부터 갈등을 겪었던 삶의 순간들이 있었다. 인간관계나 소통에 의문과 의문들이 참으로 많았었다. 사람들은 왜 저렇게 말을 하고 행

302

동을 할까? 왜 내 맘을 몰라줄까? 그 이면에 어떤 성장 과정이 있었을까? 내 옳음의 입장에서 봤을 때 상대방은 틀리고 잘못되었다로 보이기도 했다. 사람들에게 기대감을 갖고 있었던 선입견들이 깨질 때 혼란스러움과 괴로움들도 있었다. 삼사십 대의 젊은 나이에 인생의 고비를 만나게 되었다.

사회복지를 하면서 나누고 나누고 하며 보람과 기쁨들도 만났지만, 정작 나를 돌보고 사랑하지 못했고, 인간관계에 지쳐 소진상태를 겪기도 했다. 나는 자수성가형 이다. 고등학교를 졸업하고 이십 대가 넘어가면 내 삶의 모든 책임은 내가 져야 한다고 생각했다. 그 이후에는 부모님을 힘들게 하면 안된다. 라는 강한 신념을 가지고 살아왔다. 어쩌면, 내 삶이 평탄하게 살아왔었다면 얻지 못했을 많은 경험들을 얻게 되었고, 여러 가지 어려움을 극복해가는 과정에서 힘들어보니 알게 되는 경험들이 있었다. 알게 모르게 갖고 있던 편견들도 돌이켜보니 많았다. 사람들이 왜 노력을 하지 않을까? 노력하면 잘 살 수 있을 텐데. 그런 마음을 갖게 하기도 했다. 그런데, 경제적 추락과 관계에 대한 추락을 경험하고 저 바닥에 떨어져 보니 그때부터 사람들이 다르게 보이기 시작했다. 이해가 되는 부분들이 더 많아졌다. 열심히 일해도 나아지지 않는 그럴 수밖에 없는 사회구조적인 부분들도 만나게 되었고, 나를 더욱더 사회복지인으로 이끌어 주었던 계기가 되었다.

사회복지사 라는 직업은 총체적인 학문이다. 사회복지를 선택하고 공부하며, 복지 분야에 일하면서 필요한 것들을 공부하기도 하고, 바쁜 일 정속에 시간을 더 자유롭게 활용하고 싶어 전산이나 IT분야를 더욱 공부하고 활용하게 되었다. 십여 년 이상을 대학교, 석사, 박사과정을 지내며 공부해왔고, 미국 로드랜드 대학교에서는 자연 치유 학을 공부하고 있다. 글쓰기를 하면서 인문학, 문예 창작 공부가 하고 싶어 대학교를 알아보고 있다. 특히, 사회복지는 지속적인 공부가 필요한 영역이다. 늦은 결혼 생활과 맏이로서 존경 받는 삶이 훌륭한 삶이라고 생각했고, 동생들한테는 모범이 되어야 한다는 생각을 하며 살아왔었다. 그러다 보니 나의 찌질한 모습들을 보이는 게 잘못된 일처럼 느껴졌고, 모르는 부분들은 어떻게든 공부하고 알아내서 동생들을 가르쳐줘야 한다는 생각을 하고 살아온 것 같다. 십 대 시절에는 외교관 방송인, 전 세계를 여행하는 여행자가 꿈이었고, 캠핑차를 사서 먹고 자고 하면서 "전 세계를 여행할 거야." "하는 꿈이 있었다. 팔십이 넘어도 에너지 있게 멋지게 일하고 있을 거야. 하고 선언했었다. 지금 생각해도 너무 멋진 표현이었다. 지금은 마음만 있으면 할 수 있는 게 너무도 많다. 고등학교 시절 정보처리학과를 졸업하고 대학에서는 방송영상학과와 사회복지학을 전공했다. 사회복지학과 석사를 했고, 현재 박사과정으로 한세 대학교 복지행정학과 와 미국 로드랜드 대학교에서 자연 치유학과 명리 체질 심리치료사를 공부하고 있다.

고등학교를 졸업하고 대학 진학을 못했다. 어떤 상황이 오더라도 대학교는 마흔 살 안에는 꼭 끝내자 하는 나름대로의 삶의 기준이 있었다. 늦은 결혼과 5년 만에 첫아들을 출산하고 직업을 가지고 있었는데, 지금 시작해야 마흔 살에 대학을 졸업하는구나. 그런 생각에 미치자 학교 진학을 할 수 있는 방법과 학과를 어떻게 선택하면 좋은지 정보를 수집하고 꿈과 비전을 생각하였다. 세 개의 과를 앞에 두고 고민 끝에 최종 사회복지학을 선택하게 되었다.

사회에서 외부로 보여지는 관점에서 볼 때 잘사는 사람들의 모델의 모습으로 살아갈 때는 관심도 없었고, 잘 몰랐던 사회적 약자 분들이 다르게 다가왔다. 예전의 나는 사회적 약자들을 볼 때 '왜 열심히 노력하지 않지? 열심히 노력하면 일어설 수 있을 텐데'하며 때론 무시하는 마음도 있었고, 안타까운 마음에 도와드리고 싶다는 두 가지 마음을 가졌었다.

학교를 알아보고 대학을 준비하던 그 시기에 내 삶은 바닥을 사정없이 내려치고 있었다. 경제적으로도 심리적으로도 어려웠을 시기에 나름 잘나갔을 때는 몰랐던 아픔과 어려움, 낮아진 자존감, 어려움을 주변에 말하지 못하고 어떻게든 혼자 힘으로 일어서보려는 마음이 있었다.

대학을 진학하려고 방법을 알아보니 한국장학재단이 학자금 대출을 해주고 있었다. 한국장학재단이 없었다면 지금의 내가 있었을까? 한국장학재단에 감사함을 전한다. 학기 때마다 학자금대출과 생활비를 백만 원 정도 같이 받았는데 대학 4학년 학기 동안 거의 다 대출받았다.

원금균등상환부터 이자만 납부하다가 만기에 원금 상환하는 것까지 대출을 받아서 대학을 졸업하고 나니 빚이 5천만 원이 넘었었던 기억이 있다. 사회복지사 라는 직업에 대해 자긍심을 가지고 있고, 존경받는 직업이다. 어떤 삶도 어떤 직업도 어려움들은 존재한다. 자신이 추구하는 가치와 방향이 맞게 가고 있는가가 중요하다고 본다.

경험하면 좋을 만한 것들

다양한 봉사활동 경험을 쌓아라. 내가 가진 자원을 찾아보고 봉사로 활용할 수 있다. 운동을 밥 먹듯이 해라. 라는 말이 있듯이 운동을 추천한다. 건강의 중요성을 알고 20대부터 다양한 운동을 해왔다. 그러나 채워지지 않는 늘 부족한 2프로가 있었다. 내면과 외면을 채워주는 쿵푸를 만났다. 갑자기 운동과 쿵푸를 얘기하나 싶겠지만, 평생 운동으로 만나서 자신을 위해서도 좋고 노인복지영역에서도 큰 도움이 되고 있다. 치매 타이치부터 재활에도 좋고 무리가 가지 않으면서도 코어근육을 잡아주고 기혈 순환과 움직이는 명상이기도 하다. 서울 동대문구 소재 전곡마을마당공원에서는 50년 전통 동대문구 청량리 소재 "강 덕 무관

총본관"이재봉 관장님을 만나볼 수 있다. 4년째 공원에서 쿵푸 태극권 동호회 분들이 나와 운동하실 수 있도록 공간을 만들어 주셨다. 연령대가 70을 넘으신 분들이 대부분이고 남녀노소 구분이 없이 누구나 할 수 있는 운동이다. 자연스럽게 균형감각을 키울 수 있고 기혈순환에 도움이 된다. 거동이 불편한 어르신들도 평생 할 수 있는 이로운 운동이다. 그중에 쿵푸와 태극권에 조합은 너무 재밌고 가치가 높다. 치매 타이치, 관절 타이치 등 재활프로그램으로도 유익하다. 몸에 무리가 가지 않고 장소에 구애가 없어 평생운동으로 적합하다.

요가 할 때는 요가로 봉사활동을 했다. 7년 넘게 했는데, 이때는 정신병원에 요가지도 봉사를 하였다. 승마를 배울 때는 장애인시설에 "말 태워주고 마음 열기" 십여 명 정도가 승마장 대장님 말차에 말을 4~5마리를 태우고 간다. 얼어붙었던 마음이 말을 타고 몇 걸음 떼기 시작하면 얼굴 표정이 바뀌는걸 볼 수 있다. 겁에 잔뜩 질렸다가도 우와~하는 탄성을 자아낸다. 얼굴엔 함박꽃이 핀다. 승마팀 그룹원들과 함께 페이스페인팅, 풍선아트도 같이 만들고 미술과를 나온 친구는 작은 소품을 이용하여 직접 그림을 그리면 목에 걸 수도 있고 가져갈 수 있도록 선물로 주기도 했다. 풍선아트 봉사하려고 책이랑 길쭉한 풍선 사서 길거리 다니다가도 기다리는 동안에 연습하고, 인터넷 뒤져서 만들어보곤 했던 일이 생생하고, 두고두고 마음이 풍요로움을 주고 있다.

문학을 통한 봉사활동은 문인협회에 지인분과 함께 7년여 정도를 했는데, 전국에 있는 소년원, 교도소를 거의 다녔다. 기존에 갖고 있던 부정적인 선입견이 모두 깨지는 경험이었다. 보다 전문적으로 공부하고 싶어 각당복지재단에서 운영하는 "비행 청소년 상담사 교육"을 받기도 했다. 시각장애인 봉사도 잊을 수 없다, 선천적 장애와 후천적 장애로 나뉘는데, 이분들을 휠체어로 모시고 밖을 나오면 온몸으로 느껴지는 감각을 두 팔을 벌리고 기쁨을 표현을 하기도 한다. 앞을 볼 수가 없는 분들이 성경을 모두 암기한 것을 보고 너무 놀랐다. 암기한 것을 듣다가 "어떻게 그걸 다 외우셨어요? 하니까 카세트테이프가 몇 개씩 늘어날 정도로 되돌려 감기를 해가면서 듣고 듣고 또 들으면서 외우셨다고 했다. 봉사하면서 얻는 것은 다 적을 수도 없을 정도로 많다. 장애인시설에서의 식사 지원, 목욕 봉사, 이미용봉사 경험, 마을 청소 봉사 경험. 장애인 여행 봉사단과 중국 여행을 하기도 했다. 스마트폰을 잘 다루는 편이다 보니 어르신분들 스마트폰 교육 봉사를 하기도 했다. 소록도 문학 봉사를 갔을 때 느꼈던 인상 깊은 경험들도 있다.

　　내가 가지고 있는 자원들로 다양한 봉사를 할 수도 있고, 없더라도 걱정할 것 없다. 1365 자원봉사센터에 등록하고 봉사 기관을 선택할 수도 있다. 나는 다양한 봉사 경험을 통해 사회복지를 하면서 만나는 다양한 상황에 대한 이해와 견문을 넓힐 수 있었고, 유연성을 가질 수 있었다. 그 과정에서 얻게 되는 감사와 풍요로움을 경험하기도 했다. 다양한 봉사활동 경험을 하기를 추천한다.

커뮤니케이션 프리젠테이션 스피치 교육을 받기를 추천한다. 언어를 유창하게 잘하라고 하는 게 아니다. 언어의 마술사가 되는 일은 가치가 있는 일이다. 나를 자유롭게 표현할 수 있고 상대방의 언어를 기여로 듣는다거나 배경으로 듣는다는 것은 전문영역에 날개를 달아줄 것이다. 삶이 더욱 자유로워지고 풍요로워진다. 자신감이 커질 것이다. 대외적으로 서야되는 일들과 프리젠테이션을 하는 경우가 많을 수 있다. 자기표현 능력을 갖추면 좋다.

전산 활용 능력, 세무회계 능력이 요구된다. 엑셀, 파워포인트, 재무회계 스마트폰 활용 능력에 따라 업무시간 단축이나 역량을 발휘하는데 탁월함을 가져올 수 있다. 작년부터 노션을 활용하고 있는데, 아주 효과적이고 올해 하반기에는 씽크와이즈를 배울 계획이다.

대학원에 교수님께 인터뷰를 했다. 그분에 말을 빌리면, 사회복지사는 내가 이 세상에 태어나 그 사람의 괴로움을 줄여주는 것이 큰 보람이고 내가 세상에 선물을 준다는 것이 가치 있는 일이고 행복이다. 과학적인 연구 방법계발과 클라이언트의 훌륭한 이유를 찾아야 한다. 예를 들어 클라이언트가 빈곤 때문에 우울해요. 라고 했을 때, 우울 원인이 빈곤 갔지만 그렇지 않다는 것을 알게 되었을 때, 제대로 된 이유를 찾으면 변화가 된다. 그때 제대로 된 프로그램계발과 제공을 해줄 수 있다는 것이다. 해줄 수 있는 게 무엇인지 과학적으로 결과물을 내는 것이다. 과학적으로 전문가로서 역량을 갖춰야 한다.

　서울시 지자체 등 여러 기관 등에서 사업계획서, 및 제안서 작성, 등을 할 기회가 많다. 내 역량이 크다면 더 큰 세계를 만나고 창조해 나갈 수 있는 선택의 폭이 넓을 것이다. 내가 아는 만큼 보인다. 아는 만큼 할 수 있다. 영상 촬영 편집 기술을 활용할 수 있다면, 유용하게 사용될 것이다. NLP 심리 치유학, 영양학, 운동처방 등을 배웠고, 명리 체질 심리치료사 공부도 시작해서 배우고 있다. 상담학에 관심이 있다면 더욱 유용하다. 내가 해왔던 공부는 여기에 다 적을 수 없다. 필요하다고 여겨지는 것들을 추가로 배웠고, 계속 배워나가고 있다.

내가 만난 인연들에 대하여? 희노애락에 대하여

사단법인 미래복지경영(구 미래경영협회) 최성균 회장님을 통해 매년 시행하는 해외연수를 통해서 견문을 넓히고, 세계에 여러 나라들의 복지 현장을 돌아보며 견문을 넓히고 문화를 경험할 수 있었다.

　행복복지재단에 박덕경 이사장님은 사회복지 초년생으로

행정부장으로 근무하였다. 나에게 사회복지인의 피가 흐르고 있다고 말씀해 주셨는데, 그 당시에는 그 말뜻을 이해하지 못했었다. 살아오면서 그렇게 말씀해 주셨던 뜻을 조금이나마 이해하게 되었다.

대한 웰다잉협회 최영숙 회장님과의 인연을 통해 웰다잉 기본과정과 심화 교육을 이수하고, 웰다잉을 통한 현재 삶을 어떻게 살아야 하는지에 대한 숙고가 있었다. 현재 서울 동대문지회장으로 활동하고 있으며, 웰다잉 문화 확산을 위해 힘쓰고 있으며, 사전연명의료의향서 전문상담사로 활동하고 있다. 디지털 리터러시, 생명 존중 전문 강사(자살 예방), 노인 심리 관련 자격도 갖출 수 있다.

시니어케어 연구회는 인지 증 연구회로 경복대학교 주경복 교수님. 일본의 사사키 노리코 교수님을 통하여 새로운 연구자료를 미리 공부하거나 프로그램을 실습한다. 인지 증 연구 회원으로서 경험과 치매 전문 주간보호센터가 운영되고 있다.

"강덕 무관 총본관" 이재봉 관장님과의 인연을 들 수 있다. 다양한 환경에 계신 어르신분들을 위한 운동처방을 연구계발하고 보급하고 있다. 중독자 관련 단체 봉사활동도 계속해오고 계시고, 봉사활동으로 표창을 받기도 하셨다. 달란트를 잘 찾아주시고 상담을 하면 시원하게 답을 찾을 수 있도록 이끌어주신다. 사범이 되고 쿵푸 우슈를 통한 봉사활동과 시설관리공단, 복지관, 문화 체육센터 등 다양한 곳에서 지도를 하고 있다.

2009년 스피치 커뮤니케이션 센터를 알아보고 그때 인연이 되었던 정동문 NLP 참만남 스피치센터 와 의 인연으로 NLP 심리학을 배웠다. NLP Practitioner, NLP Master Practitioner 자격을 갖추었다. 이것들을 활용하면서 의사소통 능력이나 상담 능력 등을 유용하게 사용하고 있고, 내 전문영역에 날개를 달아 주었다.

앞으로 필요하다고 여겨지는 것들에 대해서

특화된 자신만의 독특성, 하나의 관심분야의 전문성을 키워라. 예를들어 노인복지, 장애인복지 등 전문상담사로서 역량을 갖춰라. 전산 능력, 엑셀이나 컴퓨터활용능력이 요구된다. 독서광이 돼라. 행동력을 키워라. 커뮤니케이션 능력, 스피치 능력, 건강한 신체와 건강한 정신이 요구된다. 영양학, 운동, 목표, 사명 비전을 가져라. 직업선택도 중요하지만 삶의 방향을 설정하라. 내가 누구이고 왜 하는지? 헌신 대상은 누구인지를 찾는 것이다.

현재 내가 하고 있는 직업이 어떤 일을 하는 곳인가 소개하면 청도재가노인복지센터 방문 요양(1~5등급) 방문목욕 전문기관이다. 장기 요양 인정등급을 받으신 분들이 이용 가능하고, 등급이 없으신 분들은 무료로 신청을 도와드린다. 2020년 국민

건강보험공단이 평가한 심사에서 최우수 A등급 기관이다. 사회복지사 주요 업무는 어르신 댁 라운딩(월 1회 또는 2회)과 매월 직원교육을 진행하고, 기타 행정업무나 상담을 하기도 한다.

취업 및 진로는?

사회복지사, 사회복지 공무원, 노인 상담전문가, 아동·청소년 상담가, 사회복지상담가, 다문화 복지상담가, 사회복지 행정전문가, 의료사회복지사, 정신 건강사회복지사, 학교사회복지사, 직업상담사, 재가복지센터 운영. 등등 이다.

사회복지사의 수입은 어떻게 될까?

보건복지부 기준 190만 원 정도부터 500만 원 정도 호봉 수에 따라 다르다.

사회복지사가 되고자 하는 사람들에게 전하는 말

기계들로 대체되고 없어지는 직업들이 많은데 사회복지사나 상담업무는 기계가 대신해 줄 수 없다. 100세 시대에 노인인구는 늘어가고 있다. 그런 의미에서 전망은 밝다고 본다. 돈만을 벌기 위해 사회복지를 선택한다면 다른 일을 알아보라고 말해주고 싶

313

다. 20대 때부터 끊임없이 해왔던 질문이 지금의 내가 되었다. 나는 어떻게 살아야 하는가? 선한 영향력을 전하는 삶을 살려면 어떻게 해야 할까? 세상에 이로운 일을 하면서 돈을 버는 일, 존경받는 일을 하고 싶었다. 나의 가치체계를 찾고 원하는 삶의 방향을 찾는 일은 중요하다. 힘들 때 지치지 않고 갈 수 있는 힘이다. 교수님께 인터뷰할 때 추가로 말씀하신 내용을 덧붙이면, 대학에서 전문지식을 쌓고 전문성과 프로그램 개발 능력을 갖춰라, 프로그램 개발과 평가 과목을 배우고 현장 가서 역량을 강화해라. 전문의가 진찰하고 수술하는 것처럼 재능과 능력을 제공하라. 인간에 대한 이해, 인문학, 인간 본성에 대한 이해가 필요하다. 이 말에 깊이 공감하는 부분이다.

사람은 만남 속에 성장하고 다음으로 이어진다. 돌아보면 자신을 알아가는 학문이 사회복지사였으며, 자신의 아픔을 치유하고 성장하는 과정이었다. 내 아픔이 커 보였던 삶, 나에게 내 가족에게만 꽂혀있던 삶에서 다른 사람들의 아픔을 사랑으로 바라볼 수 있는 삶으로 확장이 되었다. 사회복지사 라는 직업은 매력적이다. 다양한 사람들을 만나고 소통한다. 의사소통 능력과 선한 마음, 이타심이 있으면 좋겠다. 예수님이나 부처님이 바라봤을 때 아프거나 소외된 분들을 어떻게 바라볼까 하는 그런 마음 말이다. 지금 현재 어떤 공간에 있든지 자신이 생각하는 것보다 훨씬 위대하다. 자신을 신뢰하고 행동하고 도전하기를 바란다. 자신이 품었던 원대한 꿈을 주변에 얘기하면 반대를 할 것이다. 그냥 자신이 원하는 그 방향대로 행동하고 도전하기를 바란다. 위험을 뛰어넘을 수 있는 용기를 가지고 도전하기 바란다. 내가 80이 되어도 에너지 있게 일하고 있을 거야 라고 십 대 시절 말했던 것처럼 사회복지학은 정년이 없다고 말하고 싶다. 정년이 있는 곳도 있지만, 열정만 있다면 할 수 있는 것들이 많다.

꿈이 있다면 5년 후 10년 후를 그 꿈이 이루어졌다고 기정사실화하고 쪼개어보면 지금 현재 해야 할 행동들이 나올 것이다. 행동이 답이다. 그러나 멈춰서서 생각할 수 있어야 한다. 방향에 맞게 잘 가고 있는지, 내가 행복한지, 내가 세상에 무엇을 할 수 있는지, 헌신 대상을 정하라. 비전 미션 사명 서를 작성하라. 버킷리스트를 작성하라. 내가 할 수 있을까요?라는 질문에 "해보기는 했어?" 정주영 회장의 말이다. 큰 뜻이 있고 헌신이 있다면 꼭 해야겠다는 마음이 있다면 도전하라고 얘기하고 싶다.

내가 자유로운가? 내가 행복한가? 그럼. O.K. 간절히 꿈꾸는 모든 것은 이루어진다. 생각하는 시간에 먼저 행동해라. 행동 없는 결과는 없다.

내년부터는 대학교에서 강의를 하려고 준비 중이다. "강덕우정 통합복지센터"를 건립하려는 계획을 가지고 있다. 앞으로는 방송 SNS 컨텐츠를 통해 사람들을 연결하고 소통하고자 한다. 작가가 되어 개인 출판기념회를 올해 안에 기획하고 있다. 쿵푸와 함께 치유 성장을 위한 교육하는 사회복지사로 활동할 것이다. 현재 1인 기업가로서 온라인상에 건물을 건축 중에 있다.

방송과 SNS 활동을 통해서 수익화 모델을 만들고, 세상에 선한 영향력을 전하는 사람으로 세상에 기여하는 삶을 살고자 한다.

우리가 다른 사람들에게 줄 수 있는 최고의 선물은, 우리가 무엇을 나누어 주는 것이 아니라 그들이 가진 것을 발견할 수 있도록 도와주는 것이다.

-벤자민 디즈레일리

어떠한 역경 속에서도 최고의 기회, 최고의 지혜가 숨겨져 있다. 실패는 없다. 다만 미래로 이어지는 결과일 뿐이다.

-앤서니 라빈스

순간의 결정이 새로운 운명을 창조한다. 우리가 진정으로 결단을 내린 순간, 그때부터 하늘도 움직이기 시작한다.

-앤서니 라빈스

에필로그

　공동저서 종이책을 기획했습니다. 공지와 모집, 원고 작성 시작, 수정 작업 등의 일이 기분 좋은 추억으로 기억됩니다. 함께 작업에 참여한 많은 분의 정성과 에너지 그리고 생각과 경험이 들어갔습니다. 평소 글을 많이 안 써보신 작가님들은 글을 쓴다는 것의 어려움을 토로하셨고, 때론 자신의 아픈 과거를 돌아보는 일이 힘들었을 것이란 것을 잘 압니다. 그런 마음을 잘 들어주고 보듬어 주는 것이 저의 역할이라는 생각이 들었습니다.

　분명한 것은 작가님들 또한 글을 쓰면서 자기 자신과 자신의 일을 돌아보는 계기가 되었고 그를 통해 내 직업의 의미와 가치, 그리고 현주소와 미래를 그려보는 매우 소중한 작업이었다는 것이 우리 모두의 공통된 생각입니다.

모두가 바쁜 일상 속에서 짬을 내어 만든 작품입니다. 힘들기도 했지만, 매우 설레고 보람되었고 재미가 있었습니다. 함께 해주신 대표이자 작가님들께 무한한 감사를 전하며 모두의 빛나는 직업을 응원하고 늘 지지합니다.

우리의 책을 통해 세상이 아름다워지고 모두가 행복한 인생을 살았으면 합니다. 모두가 자신에게 잘 맞는 직업을 찾고 만나서 한 번 뿐인 귀한 인생을 후회 없이 살아가기를 바라는 마음으로 책을 마무리합니다.

언제나 당신이 가장 소중합니다.

1인기업협장 나연구소그룹 **우경하** 드림

리얼 스토리 1

내 직업을 소개합니다 2

ⓒ 김옥진, 남궁기순, 윤피터, 공혜경, 최하늬, 유은미, 이선영, 이승주,
  장현정, 박동숙, 김서현, 김은아, 김해숙, 김순복, 우정희, 2021

2021년 7월 20일 **1판 1쇄 인쇄** | 2021년 7월 31일 **1판 1쇄 발행**
글 김옥진, 남궁기순, 윤피터, 공혜경, 최하늬, 유은미, 이선영, 이승주,
장현정, 박동숙, 김서현, 김은아, 김해숙, 김순복, 우정희
편집 조기웅 | **디자인** 기린반 | **교정교열** 김지원

펴낸이 차여진 | **펴낸곳** 숨 | **등록번호** 제406-2015-000048호
문의 050-5505-0555 | **팩스** 050-5333-0555 | **홈페이지** www.soombooks.com

979-11-88511-12-9 (04810)
979-11-88511-13-6 (세트)